Pierre Loti

Ramuntcho

*Édition présentée, établie
et annotée
par Patrick Besnier*
Professeur à l'Université du Maine

Gallimard

PRÉFACE

La mer et les marins font défaut à Ramuntcho, *mais le lecteur y trouve, pour le reste, ce qu'il a appris à espérer d'un roman de Pierre Loti : une histoire d'amour un peu triste dans un décor exotique. Pour le lecteur français, l'effet d'exotisme se double paradoxalement de la proximité, d'une possible familiarité, puisque le cadre, cette fois, n'est pas quelque Japon, une lointaine colonie, mais le pays basque, voisin et* autre, *dépaysant, mal connu encore au moment où Loti publie son livre. Le succès de* Ramuntcho *reposa largement sur cette découverte proposée au lecteur. A la parution, tous les critiques y insistent : Pierre Loti faisait entrer une nouvelle province dans la France littéraire. Si depuis le second Empire, Biarritz était devenu presque familier, le pays basque conservait son mystère. Les lentes évocations qu'en donne Loti, l'ampleur de ces paysages qu'il travaille dans les tonalités les plus variées, à toutes les heures, à toutes les saisons, firent à l'un des premiers critiques l'effet de belles « photographies en couleur »; soit une extrême fidélité, mais teintée d'une sourde étrangeté.*

Ramuntcho n'a-t-il pas finalement souffert de ce premier succès, de cette réputation d'un trop bel album d'images basques? Ces paysages, certes admirables et impressionnants par le dépouillement d'une description toute classique, ces montagnes splendides ont fini par dissimuler quelque chose de ce récit : sa nécessité première. C'est un pays masque sur le visage de l'auteur.

 L'autre moteur du succès de Ramuntcho *risque tout autant de cacher la portée réelle du livre : l'anecdote sentimentale, les amours de Ramuntcho et Gracieuse. Résumer cette intrigue ne doit pas menacer l'intérêt de la lecture, mais simplement placer le récit dans sa perspective la plus juste. Au village d'Etchézar, donc, Ramuntcho et Gracieuse s'aiment. Il est, lui, né « de père inconnu », et s'en trouve légèrement isolé : il n'est pas comme les autres.* La haine mutuelle de leurs mères, Franchita et Dolorès, rend le mariage difficile, mais l'obstacle pourrait être surmonté. Pourtant, tout va s'écrouler : Ramuntcho part pour le service militaire. A son retour, Gracieuse a disparu, enfermée dans un couvent. Le jeune homme voit ensuite mourir sa mère et découvre le visage de son père inconnu. Après avoir compris qu'il ne parviendrait pas à arracher Gracieuse au couvent, Ramuntcho part, désespéré, pour les Amériques.*

 Si pareille anecdote nous touche, c'est qu'elle autorise l'émergence d'une voix, la voix si singulière de Pierre Loti, incertaine et comme à la continuelle recherche de sa tonalité. Le style de Ramuntcho — *si simple, peut-il sembler à une première lecture — qu'on l'examine, et la savante complexité en apparaît : jeu de répétitions lancinantes, systématiques, redoublement obsédant du sujet par l'emploi du pronom, avec le substantif (« il savait bien, Ramuntcho »), une ponctuation souvent insolite — tous procédés qui transforment le récit en une sorte de grand récitatif musical, dont l'effet parfois pourrait se comparer à ce qui nous est dit de la déclamation de Sarah Bernhardt.*

 Cette voix emporte tout, et dissout en particulier l'identité de celui qui est supposé parler. Comme toujours chez Pierre Loti, il est difficile de distinguer entre « roman » et « journal intime », et leur confusion est même l'essentiel. S'interroger sur Ramuntcho, *c'est aller de l'un à l'autre, s'égarer dans l'entre-deux et découvrir que le roman sert à dire la vérité là où le journal ne peut avancer que des fictions, les piètres fictions de l'évidence quotidienne. C'est par celle-ci qu'il faut commencer en rappelant quelques faits et gestes de l'auteur.*

Le 1ᵉʳ décembre 1891, le lieutenant de vaisseau Julien Viaud — en littérature Pierre Loti — prenait à Hendaye le commandement du Javelot, *canonnière chargée de surveiller la frontière franco-espagnole à l'embouchure de la Bidassoa, secteur où la contrebande est particulièrement développée. Cette affectation de dix-huit mois fut renouvelée ensuite, de mai 1896 à la fin de 1898.*

Ramuntcho *est né de cette rencontre de Pierre Loti avec le pays basque. Ce devait n'être qu'une simple étape dans sa carrière, entre deux expéditions lointaines, et il s'y rendit sans enthousiasme. Les premiers mois, tout lui parut terne, comme en témoigne le journal intime. Puis le charme opéra, et Hendaye devint un lieu d'élection, au point que Loti voulut acheter la maison qu'il louait : rebaptisée d'un nom basque, Bakhar-Etchéa (la maison du solitaire), elle vint s'opposer symboliquement à la vieille demeure familiale de Rochefort où vivaient sa mère et sa femme.*

Si la beauté des paysages et le mode de vie « primitif », proche de la nature, expliquent l'attachement de Loti à la terre basque, de plus profondes raisons étaient à l'œuvre. En 1891, on le voit à un tournant de son existence. Il vient de dépasser la quarantaine et semble parfaitement arrivé : son élection se prépare à l'Académie française (elle aura lieu en 1892), et chez Calmann-Lévy va commencer la publication de ses Œuvres complètes, *entreprise toujours un peu funèbre en ce qu'elle annonce, ou du moins suppose, un terme déjà visible. Comme pour contrebalancer l'avènement de ces certitudes, Loti remet violemment en question ses équilibres intérieurs : une crise religieuse le pousse bientôt en Terre sainte à la recherche d'une introuvable foi ; et au pays basque, une très curieuse liaison féminine le conduit à se créer une deuxième famille, qu'il installe à Rochefort, dans les faubourgs, comme un double romanesque et fantomatique de sa « vraie » famille.*

Deux ans après l'installation au pays basque, le journal intime note le début de la rédaction de Ramuntcho : « Mardi 1er novembre 1893. — *Jour calme, lumineux et froid. Une grande mélancolie de feuilles mortes, de choses mortes... Dans la solitude de mon cabinet de travail, je conçois le plan et commence d'écrire* Ramoncho *qui sera peut-être mon grand recours contre les tristesses infinies de cet hiver* »[1]. A ce moment, entre ses deux affectations à Hendaye, Loti, nommé à la préfecture de Rochefort, ne va plus qu'épisodiquement au pays basque. Ramoncho (*conservons cette graphie première*) naît donc dans la dimension du souvenir : pour commencer un livre, Loti a besoin que les pages de son journal soient déjà — légèrement — jaunies et l'installent dans un espace nostalgique. Et précisément, en cette fin de 1893, le journal a déjà accumulé impressions et anecdotes, des scènes de la vie basque qui, presque sans modification, s'intégreront au roman en le rythmant de grands moments pittoresques.

De ce journal, l'une des principales figures est Otharré

---

1. *Journal,* fragment publié par André Moulis dans « Genèse de *Ramuntcho* », *Littératures* XII, 1965, p. 54. Avec l'autre article du même auteur cité plus loin, « Amours basques de Pierre Loti », il s'agit du document essentiel sur *Ramuntcho*. On regrette seulement que A. Moulis ait tenu à chaque fois à lacérer les extraits du *Journal*.

Borda. Excellent joueur de pelote, pratiquant aussi la contre-
bande, il initia Loti à ces deux activités. Ainsi, on connaît de lui
une lettre du 14 juin 1893 où il convoque le romancier à une
expédition nocturne pour le lendemain[2]. *Loti la raconte*
d'ailleurs dans le journal : arrivé en retard, il croit d'abord
avoir manqué le départ. Mais « voici la silhouette superbe
d'Otharré qui se dessine à la porte, sur le ciel rayé de pluie » :
« Oh! dit-il avec son joli sourire, mais pour rien au monde je
n'aurais manqué, puisque vous deviez venir »[3]. *Silhouette*
superbe et joli sourire, on reconnaît en Otharré un spécimen de la
race des « frères » dont Loti eut toujours besoin de s'entourer
et que Mon frère Yves *a parfaitement défini : porteurs*
à la fois d'une plénitude physique et d'une innocence presque
primitive, leur rôle est le plus souvent tenu par l'ordonnance
de Loti (il se nomme Joseph Brahy à l'époque du Javelot,
et lui aussi apparaît dans le Journal). *A cette catégorie de*
héros virils et enfantins à la fois, Ramuntcho, lui, n'appar-
tient pas : il n'est pas le frère, mais le fils, l'adolescent, un
autre type physique et moral, celui à qui échoit le tourment au
lieu de l'innocence un peu animale et heureuse du « frère »
héroïque.

En effet, Ramuntcho est un livre travaillé par les rapports
du père et du fils : leur inexistence ou leur impossibilité. Ses
« amours basques » vont être pour Loti l'occasion de créer un
étonnant entrelacement de fiction et de réalité, qui s'engendrent
mutuellement. La vie se conforme au roman : un enfant, en
chair et en os, va naître, pour témoigner de l'existence du livre,
mais aussi pour le dicter. Loti « poussa la conscience profession-

---

2. *Journal, op. cit.,* p. 67, note 11.
3. *Journal, op. cit.,* pp. 67-68.

nelle, a-t-on pu écrire, jusqu'à se donner une descendance basque » [4]. *Aussi l'étude de* Ramuntcho *passe-t-elle par le rappel de ces curieuses péripéties.*

La rédaction du roman avait commencé le 1ᵉʳ novembre 1893. Le 26, une idée apparaît dans le journal, un projet de liaison, mais dépourvue de tout élément érotique ou sentimental : « je viens [au pays basque] pour recréer de la vie, pour choisir une jeune fille qui soit la mère d'enfants issus de moi, pour me transmettre, me prolonger, me recommencer dans le mystère des incarnations nouvelles, et je me sens plein de volonté, de force et de jeunesse » [5].

Commence la réalisation de ce projet exposé froidement par un Loti bien inquiétant, au bord d'un délire mystico-scientifique, où la race pure promet un salut éternel : au mieux, comme un savant fou sorti de chez H.G. Wells ou Maurice Renard. Toute son œuvre redit pourtant que sont illusoires et suicidaires ces rêves de pureté primitive, et qu'il n'y a pas de retour au paradis... Cela ne l'empêche pas, pendant plusieurs mois, de chercher l'élue, celle qui portera ses enfants. Il hésite entre plusieurs choix possibles — telle jeune fille en robe rose à Sare, par exemple : « je comprends qu'elle me suivrait et que ma visite laissera une inquiétude dans sa jeune tête, comme si quelque fils de roi était venu la demander [...] j'ai un remords d'avoir porté un instant de trouble à son âme » [6]. *(Dans le vaste bal masqué que fut la vie de Loti, ce* « fils de roi » *est un de ses meilleurs rôles !)*

Parmi les candidates, une se distingue vite, Crucita, jeune

---

4. Remarque de N. Serban, citée par J. Le Tanneur, *A l'ombre des platanes*, Bordeaux, 1932.

5. Publié par A. Moulis, « Amours basques de Pierre Loti », *Littératures*, 1980/2, p. 107.

6. Moulis, *op. cit.*, p. 115.

*basque espagnole, présentée à Loti par son ami le docteur
Durruty. Il l'accueille sans enthousiasme, mais avec le sentiment qu'elle conviendra à sa mission : « Je ne puis pas dire que
j'éprouve un grand entraînement vers elle ; c'est plutôt de la
confiance et de l'affection, ce qui est mieux, puisque surtout je la
prends pour être la mère de mes enfants »[7]. L'opération
s'élabore lentement pendant l'année 1894 : il s'agit d'enlever
Crucita à sa famille (à la garde de ses frères en particulier, dont
l'un se nomme Ramoncho...) et de l'installer à Rochefort, dans
le plus grand secret. Lorsqu'elle apprend que Loti est protestant,
Crucita veut rompre : « Cela lui fait le même effet que de se
donner à un quelque sarrasin ou païen » — mais elle accepte
enfin ; en août 1894, elle est installée à Rochefort, loin de son
pays basque.*

*Ultimes hésitations. Le 9 septembre 1894, Loti note : « notre
mariage charnel, selon sa volonté, ne sera consommé qu'après
quinze jours d'épreuves [...] Ses remords et sa dévotion
espagnole la ramènent sans cesse à l'église. Je crois qu'elle sera
simplement ce que je souhaitais qu'elle fût : une mère saine pour
mes enfants ». En octobre, il apprend que l'enfant est conçu « et
je songe à ce petit basque qui naîtra de nous ». La naissance a
lieu le 29 juin 1895.*

*De cette histoire, cette expérience, fondée sur le mépris et
l'utilisation de l'autre, Loti sait la cruauté : des remords lui
viennent, avoués dans le journal, et Ramuntcho se nourrit de
cette mauvaise conscience, prenant parfois un caractère d'auto-
punition : cette faute allait lui valoir l'exclusion du paradis.*

Dans Ramuntcho, *le pays basque a tout en effet de la terre
paradisiaque : un Eden, précise Loti à deux reprises. L'épisode
de la vallée des cerises (I,XVII) est à cet égard le plus parlant,*

7. Moulis, *op. cit.*, pp. 110-111.

brusque surgissement d'une improbable félicité, échappée irrationnelle. L'histoire et le temps ne pèsent pas sur cette Arcadie : le lent passage des jours et des mois est simplement une succession de fêtes et de réjouissances ; le monde extérieur n'intervient jamais et semble ne pas exister : même le service militaire de Ramuntcho échoue à introduire des données précises en ce domaine — le lecteur apprend seulement que le héros part pour « une île australe » (alors que la version théâtrale, tirée dix ans plus tard du livre, est, elle, précisément datée en 1902 et que Ramuntcho y part pour Madagascar : la pièce ne cherche pas à définir un univers mythique et clos).

De ce paradis basque Ramuntcho va être exclu : par là, le roman est, au sens biblique, l'histoire d'une chute, hors de l'innocence et de l'Eden. Quelle est alors la faute de Ramuntcho, pourquoi doit-il s'exiler aux Amériques, gagner son pain à la sueur de son front ? C'est qu'au lieu de vivre dans l'état indifférencié des hôtes du paradis, il a voulu se définir, se choisir une identité. Ce moment crucial a lieu au chapitre V « Tu as ton service à faire à l'armée » lui dit Gracieuse, et Ramuntcho : « Non, je peux ne pas le faire, mon service ! Je suis Guipuzcoan, moi, comme ma mère ; alors, on ne me prendra pour la conscription que si je le demande... »[8]. Il n'accepte pas les frontières politiques du monde « réel », la seule identité qu'il se reconnaisse — basque — échappant à ces critères extérieurs : « Oh ! mon Dieu, Français ou Espagnol, moi, ça m'est égal [...] J'aime autant l'un que l'autre : je suis basque comme toi, comme nous tous ; le reste, je m'en fiche ! » Son nom même

---

8. Curieusement Clive Wake ne semble pas saisir l'exacte position de Ramuntcho devant le service militaire, dans le chapitre d'ailleurs remarquable consacré au livre dans *The Novels of Pierre Loti*, Mouton, 1974.

reflète ce refus de s'inscrire dans une identité : « *Raymond,
Ramon, Ramuntcho : le même nom* », explique Loti à la
première page — impossible de le figer dans une langue, dans
un état unique et le roman fait alterner Raymond *et*
Ramuntcho.

Mais pour plaire à Gracieuse, il va choisir une nationalité,
la française, ce qui va l'obliger à faire son service militaire,
autrement dit à quitter Gracieuse, à déserter le paradis
terrestre...

A cette indifférenciation (ni espagnol ni français, mais
basque), d'autres thèmes viennent s'ajouter : ainsi, l'adolescence
(ni enfant ni adulte). Telle que la décrit Loti, la vie au pays
basque est protégée des réalités et des cruautés de l'existence : on
y vit une adolescence perpétuelle. Sur cette terre heureuse, il ne
semble y avoir que des jeux et des plaisirs, les deux principales
occupations étant la pelote et la danse, le seul « travail »
vraiment évoqué, la contrebande, dont tout montre qu'elle est une
variante des jeux de gendarmes et voleurs. Le pays basque n'est
aux yeux de Loti qu'une gigantesque cour de récréation où les
surveillants eux-mêmes, comme Itchoua, le chantre de l'église,
participent aux chahuts ou les organisent. De même la
population du village ne comprend-elle guère que des adolescents, Ramuntcho et ses amis, et les anciens joueurs de pelote,
ex-adolescents passés directement à la vieillesse ; mais pas
d'adulte, hormis la race terrible des mères.

Le jour où il part pour l'armée, Ramuntcho renonce à ces
jeux, renonce à l'état de grâce de l'adolescence. Comme il choisit
d'être français, il choisit d'être un homme, avec le prestige
suprême de la virilité : l'uniforme. Après avoir décidé, ses
premiers mots à Gracieuse sont significatifs : « *Tu me verras en
pantalon rouge, hein ?* » Pour porter ce « *fort pantalon rouge* »,
il lui faudra renoncer à la grâce des tenues légères des pelotaris,

« *chemise de cotonnade rose ou* [...] *léger maillot de fil* ». *Le moment où Ramuntcho choisit d'être soldat intervient immédiatement après une partie de pelote où, plein d'une* « *hardiesse heureuse* », *il connaît une merveilleuse* « *griserie physique* », *un sentiment de gloire et de grâce :* « *Il est un jeune dieu en ce moment, Ramuntcho ; on est fier de le connaître, d'être de ses amis, d'aller lui chercher sa veste, de lui parler, de le toucher* ». *Jamais plus ensuite il n'éprouve pareille illumination. Le pacte avec la France, avec l'armée, avec l'âge d'homme l'en privent à tout jamais.*

Ce drame vécu par Ramuntcho est d'autant plus fort que les autres personnages échappent, eux, à cet arrachement et continuent à pleinement adhérer au monde de l'enfance. Revenant à Etchézar au début de la seconde partie, Ramuntcho rencontre ses camarades qui, même devenus pères de famille, participent toujours de ce monde édénique.

Le sentiment d'exclusion du paradis qui commence alors pour le héros, Loti l'a toujours connu : l'enfance perdue l'obséda, il fut un exilé dans le monde des adultes où il ne s'intégra jamais vraiment, ne pouvant ni le prendre au sérieux, ni dominer l'angoisse qu'il lui inspirait. Il voulut le conjurer : l'attachement à la vie de marin et la présence rassurante des « *frères* » *à la fois soumis (par la hiérarchie) et tout-puissants, tout cela témoigne de l'immaturité affective essentielle de Loti, de son effort pour demeurer dans l'univers d'une adolescence factice. Tout autant son goût célèbre du travestissement et des bals costumés, maquillages du réel dont témoignent tant de photographies : Loti pharaon, Loti Louis XI ou berbère. Voyez enfin sa célèbre maison-musée de Rochefort, gigantesque maison de poupée, accumulation de décors exotiques, fragments de paradis traversés puis un à un perdus. Le grand voyageur Loti aborde chaque nouveau rivage comme la terre d'un salut possible, où l'Autre sait peut-être le secret de l'innocence primitive qui livrerait l'accès au paradis : à chaque fois, c'est le « mariage de Loti » avec ce monde inconnu. Puis, à chaque fois, la désillusion, le voyageur comprend que, loin d'être lui-même sauvé, il apporte la peste (civilisation, progrès, etc.) au paradis rêvé.*

Ramuntcho et, parallèlement, la liaison avec Crucita montrent comment Loti tente une fois de plus, au pays basque, de trouver sa place en ce paradis. Les témoins ont d'ailleurs dit son sérieux et son application : il apprit à jouer à la pelote et même, s'initia à la langue basque. Surtout, comment ne pas admirer que, capitaine du Javelot, *surveillant la frontière franco-espagnole, il ait voulu participer à des expéditions de contre-bande, à la fois gendarme et voleur ? Mais comment ne pas voir aussi que pour tenir pareille position (sans aucun gain financier, bien sûr) il faut ne croire absolument à rien, et vivre comme un enfant joue. Pareille attitude peut atteindre à une dérision sublime s'il est vrai, comme on le raconte [9] que les contrebandiers organisèrent pour Loti une expédition très mouvementée qui, en fait, se déroula entièrement sur le sol français (à l'insu du romancier...) En outre, son réel attachement pour les contre-bandiers reflète bien la haine de Loti pour tous les masques officiels.*

Ce monde de jeux rustiques, son caractère d'innocence inviteraient à inscrire Ramuntcho *dans une tradition littéraire qui s'épanouit à la fin du XVIIIᵉ siècle : le roman idyllique pastoral, qu'illustrèrent par exemple l'*Estelle et Némorin *de Florian (1787) ou le plus connu d'entre tous,* Paul et Virginie *(1788). Un siècle après,* Ramuntcho *en retrouve les princi-*

9. Selon R. Cuzacq, *Les écrivains du pays basque*, 1951, p. 50.

*paux caractères : amoureux juvéniles et inexpérimentés, mélange
de sensualité naïve et de chasteté affichée, exaltation de la vie
simple et des mœurs frugales, monde intemporel clos sur lui-
même ; enfin et surtout présence d'une nature belle et bienveil-
lante : n'est-ce pas elle qui, dans le jardin de Gracieuse, donne
aux amoureux leurs rares moments de bonheur ? Mais ces
réminiscences de pastorale ne doivent pas dissimuler la signifi-
cation du livre. Le titre d'ailleurs ne trompe pas : Daphnis sans
Chloé, Paul sans Virginie, Ramuntcho est seul. Déjà et à
jamais manque le nom de l'autre. Plus que de l'idylle,*
Ramuntcho *participe du* Bildungsroman, *du roman d'apprentissage et de formation. C'est l'histoire douloureuse d'une
naissance, et le roman d'amour en beaux décors naturels n'est
qu'une étape ou qu'une apparence de ce livre, noir et tragique
malgré, à la fin, un départ vers « l'immense nouveau plein de
surprises ».*

*L'apprentissage passe par une série de ruptures et de
renoncements — le premier d'entre eux aux valeurs maternelles
et protectrices, qui entretiennent et reproduisent le mythe de la
terre paradisiaque. A la dernière page du roman, Loti présente
son héros comme « une plante déracinée du cher sol basque »,
d'une métaphore intéressante si l'on songe que, quelques mois
après* Ramuntcho *paraissaient* Les Déracinés *de Maurice
Barrès. La différence est capitale : pour Loti, le déracinement
est douloureux mais nécessaire, c'est la condition même de la vie,
alors que Barrès le déplore et va vers l'équation « déraciné
= décapité »* [10].

*Ramuntcho doit donc s'arracher au monde des mères. A
Etchézar, elles possèdent tout le pouvoir, et le pays basque vu
par Pierre Loti tient du véritable matriarcat : terre peuplée*

---

10. Titre du chapitre XIX des *Déracinés*.

d'adolescents et de vieillards, de fils et de grands-pères, mais dont les pères sont radicalement absents. Les mères sont veuves. Ayant visiblement depuis longtemps dévoré et digéré leurs maris, elles peuvent maintenant se consacrer entièrement à leur tâche : faire le malheur de leurs enfants. (Si Franchita, la mère de Ramuntcho n'est pas veuve au sens propre, elle a choisi, peut-on dire, un veuvage moral, fuyant le père de son enfant et refusant son aide pour accomplir une expiation exhibitionniste de sa « faute »). Face à ce clan des mères, un seul homme apparaît dans le roman : Itchoua ; mais précisément, il refuse (ou ne peut pas prendre) le rôle du père. Epoux d'une femme laide, il n'a pas d'enfant et passe ses nuits dans les opérations de contre-bande. C'est un personnage louche, parfois effrayant, et Ramuntcho, le fils sans père, finit par rompre avec le seul être qui aurait pu en tenir lieu. Il n'y a pas place, à Etchézar, pour un homme adulte.

S'il est contrebandier la nuit, Itchoua est le jour chantre de l'église, en quoi il est aussi du côté des mères, car Franchita et Dolorès communient dans le respect de la religion, dans une religiosité que Loti analyse finement à propos de Franchita : guère de foi, mais l'assurance d'un pouvoir. L'église est l'alliée des mères, et la formation de Ramuntcho passe par le renoncement à la religion. Cela vaut d'être souligné, tant persiste une imposture qui tend à faire du livre un « roman chrétien ». Pareille acrobatie n'est possible que si on le prend à contresens.

Après une enfance protestante, Loti aspira toute sa vie à une foi religieuse qui lui était refusée, et cette absolue incroyance le plongea dans un désespoir sans rémission. On se souvient que, de février à juin 1894, c'est-à-dire pendant la rédaction de Ramuntcho, il accomplit un véritable pèlerinage en Terre sainte, dont il revint tout aussi athée qu'avant, et toujours « désespéré de l'être » [11]. *Il est donc parfaitement abusif de qualifier* Ramuntcho *de roman chrétien et d' « années chrétiennes » la période de sa rédaction, ainsi que le fait un récent biographe* [12]. *Un chapitre douloureux du livre s'applique au contraire à prendre la mesure d'un monde vide de Dieu, avec la simplicité et la nudité d'un constat où Loti ne maquille rien : « les nuées et la montagne couvraient de leur immense attestation muette ce que la vieille ville murmurait en dessous ; elles confirmaient en silence les vérités sombres : le ciel vide comme les églises, servant à des fantasmagories de hasard ». Et le livre se mue en une litanie du désespoir : « rien nulle part ; rien dans les vieilles églises si longuement vénérées ; rien dans le ciel où s'amassent les nuages et les brumes [...] et toujours et tout de suite la vieillesse, la mort, l'émiettement, la cendre... »*

Après de pareilles lignes, la répétition de la prière qui ponctue les dernières pages du livre, O crux, ave, spes unica ! *ne peut avoir qu'un sens sardonique et plein d'amertume* [13] : *cet « espoir unique » est parfaitement vain et ne représente plus pour* Ramuntcho *que le symbole d'un pouvoir hostile qui lui prit sa fiancée. Il n'y a pas de révolte, plutôt le sentiment d'une énigme, que le personnage de Gracieuse représente idéalement : elle reste opaque au long du livre. Dès les premiers chapitres, sa connivence avec les religieuses est indiquée, une inclination à la rêverie « mystique » se dessine, sans contrarier d'abord ses amours avec Ramuntcho. Des circonstances exactes de son entrée au couvent, rien n'est certain pour le lecteur : entraînée par son*

---

11. L'expression est de son ami Claude Farrère, cité par A. Quella-Villéger, *Pierre Loti l'incompris*, Presses de la Renaissance, 1986, p. 164.

12. Quella-Villéger, *op. cit.*

13. On pourra déceler dans cette invocation un salut à *Cruci*ta, héroïne cachée du livre.

*ignoble mère, oui, mais avec quelles résistances ? Rien ne montre
au dernier chapitre un remords ou une tristesse de sa part
(contrairement à la version théâtrale, beaucoup plus claire sur ce
point). Elle est impénétrable ou, plus exactement, elle est morte,
« ensevelie dans un inviolable linceul ». A-t-elle trouvé sa voie ?
ou les mauvais traitements, les pressions l'ont-ils détruite ? Loti
ne tranche pas, et le silence apathique de la jeune fille au dernier
chapitre est plus impressionnant que des cris ou des pleurs.*

*Ce couvent d'Amezqueta décrit par Loti (en réalité, le
couvent de Méharin, qu'il visita avec Otharré Borda dont la
sœur, nommée Gracieuse, était religieuse), ce couvent est présenté
comme un lieu paisible où de vieilles petites filles jouaient à la
dînette, avec « une gaîté jeunette, un babil presque enfantin »,
autrement dit, c'est encore une négation du monde adulte,
l'équivalent, pour les filles, de la pelote ou de la contrebande
pour les petits garçons du pays basque ; c'est encore le monde
immature et paradisiaque auquel Ramuntcho, devenu homme, ne
peut plus appartenir.*

*Mais le moment essentiel de l'apprentissage de Ramuntcho,
qui est aussi la scène la plus forte du roman, c'est la
confrontation avec son père et la destruction de celui-ci. Le jeune
homme a toujours vécu dans l'ignorance de l'identité paternelle.
A sa mère mourante, il ose enfin poser la question, « tout
tremblant, comme s'il allait commettre une impiété dans une
église [...] — Ma mère !... Ma mère, apprenez-moi maintenant
qui est mon père ! ». Mais à cette solennelle demande d'initia-
tion, Franchita ne répond pas, refusant une fois de plus d'aider
son fils : il doit rester l'enfant soumis, un petit garçon qui ne
sait pas.*

*Après la mort de Franchita, Ramuntcho, rangeant la maison,
découvre les lettres qu'elle avait reçues du père inconnu. Il en
affronte la figure attendue, et tout le passé qui revient, sa mère*

« *entretenue par quelque riche désœuvré, [...] quelque officier peut-être* ». *Eclate* « *une exécration soudaine contre celui qui lui avait par caprice donné la vie* ». *Ramuntcho commence alors à brûler les lettres, quand soudain s'échappe une photographie du père, le visage jamais vu. Le combat commence entre le père et le fils,* « *quelques secondes* » *d'une tension étonnante, avant la conclusion brutale, l'autodafé :* « *Au feu aussi, l'image ! Il la jeta, d'un geste de colère et de terreur* ». *Cette mise à mort réussie apporte à Ramuntcho une révélation extraordinaire : il constate devant la photographie que* « Cela lui ressemblait ! » *Tout, le neutre, l'exclamatif, l'italique, souligne l'importance de cet éblouissement. Devant cette ressemblance, le jeune homme comprend pourquoi il est attiré par les* aïlleurs, *par les choses* autres, *selon les expressions dont l'italique énigmatique parcourt le livre, témoignage de l'irréductible présence paternelle au profond de l'être : l'hérédité, en un mot, comme dans un honnête roman naturaliste, voilà ce qui condamne Ramuntcho.*

Par cette scène fantasmatique, Loti s'exclut aussi définitivement du roman, de son roman : le suborneur de la jeune Crucita, le père du petit bâtard Ramuntcho se juge indigne, se fait condamner par son fils. Il ne fallait pas moins que le feu de la fiction pour se purifier et obtenir un pardon. Dans Ramuntcho, Loti est à la recherche d'une image avouable de lui-même, tel qu'il se désire (« *un des raffinés de nos temps de vertige* » *), mais il s'avère que ce surmoi demeurera dans les marges d'un texte où il ne parvient pas à prendre pied, impossible à sauver.*

Ramuntcho *au fur et à mesure qu'il s'écrit efface le portrait de son auteur, comme si Loti avait trop joué à confondre les limites de la réalité et de la fiction. Que représente exactement cette photographie jetée au feu ? Le romancier Loti a-t-il survécu à cette scène sacrificielle ?* Ramuntcho *est le dernier de ses romans. Les deux volumes qui, une dizaine d'années plus tard, prétendront à cette appellation seront, l'un, une séquelle de* Madame Chrysanthème (La Troisième jeunesse de Madame Prune), *pseudo-roman utilisant des notes de voyage, et l'autre* (Les Désenchantées) *un faux roman dicté à Loti, un canular dont il fut la victime consentante* [14]. *Après* Ramuntcho, *l'idée du roman ne semble plus nécessaire, les béquilles de la fiction devenues inutiles, comme si dans le feu une libération était intervenue.*

Ce moment du livre reflète bien le rapport curieux qu'entretint toujours Loti avec la littérature : certainement ni un métier ni un plaisir, mais l'exploration d'une souffrance grâce à un genre instable, journal-roman, mêlant intimement masochisme et narcissisme, la perte et la conquête de paradis perdus, peut-être, avant d'avoir été tout à fait rêvés. Un art sans illusion, mais porteur d'une véritable lucidité. Déraciné, délivré, Ramuntcho parvient à s'en aller vers les Amériques. Tout est possible, l'apprentissage est achevé : il voyagera, il écrira peut-être.

Patrick Besnier

14. Voir Marc Hélys, *Le Secret des Désenchantées*, Perrin, 1924.

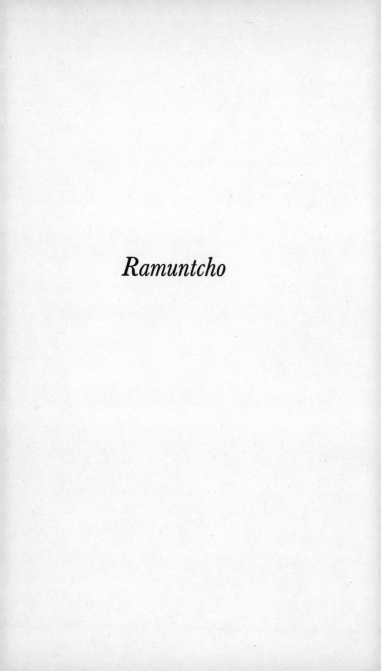

Ramuntcho

A MADAME V. D'ABBADIE [1]
*qui commença de m'initier au pays
basque, en l'automne de 1891.*

Hommage d'affectueux respect.

PIERRE LOTI

Ascain (Basses-Pyrénées).
Novembre 1896.

PREMIÈRE PARTIE

1

Les tristes courlis, annonciateurs de l'automne, venaient d'apparaître en masse dans une bourrasque grise, fuyant la haute mer sous la menace des tourmentes prochaines. A l'embouchure des rivières méridionales, de l'Adour, de la Nivelle, de la Bidassoa qui longe l'Espagne, ils erraient au-dessus des eaux déjà froidies, volant bas, rasant de leurs ailes le miroir des surfaces. Et leurs cris, à la tombée de la nuit d'octobre, semblaient sonner la demi-mort annuelle des plantes épuisées.

Sur les campagnes pyrénéennes, toutes de broussailles ou de grands bois, les mélancolies des soirs pluvieux d'arrière-saison descendaient lentement, enveloppantes comme des suaires, tandis que Ramuntcho * cheminait par le sentier de mousse, sans bruit, chaussée de semelles de cordes, souple et silencieux dans sa marche de montagnard.

Ramuntcho arrivait à pied de très loin, remontait des régions qui avoisinent la mer de Biscaye, vers sa

---

* Raymond, Ramon, Ramuntcho : le même nom.

maison isolée, qui était là-haut, dans beaucoup
d'ombre, près de la frontière espagnole.

Autour du jeune passant solitaire, qui montait si vite
sans peine et dont la marche en espadrilles ne s'entendait pas, des lointains, toujours plus profonds, se
creusaient de tous côtés, très estompés de crépuscule et
de brume.

L'automne, l'automne s'indiquait partout. Les
maïs, herbages des lieux bas, si magnifiquement verts
au printemps, étalaient des nuances de paille morte au
fond des vallées, et, sur tous les sommets, des hêtres et
des chênes s'effeuillaient. L'air était presque froid ; une
humidité odorante sortait de la terre moussue, et, de
temps à autre, il tombait d'en haut quelque ondée
légère. On la sentait proche et angoissante, cette saison
des nuages et des longues pluies, qui revient chaque fois
avec son même air d'amener l'épuisement définitif des
sèves et l'irrémédiable mort, — mais qui passe comme
toutes choses et qu'on oublie, au suivant renouveau.

Partout, dans la mouillure des feuilles jonchant la
terre, dans la mouillure des herbes longues et cou-
chées, il y avait des tristesses de fin, de muettes
résignations aux décompositions fécondes.

Mais l'automne, lorsqu'il vient finir les plantes,
n'apporte qu'une sorte d'avertissement lointain à
l'homme un peu plus durable, qui résiste, lui, à
plusieurs hivers et se laisse plusieurs fois leurrer au
charme des printemps. L'homme, par les soirs pluvieux d'octobre et de novembre, éprouve surtout
l'instinctif désir de s'abriter au gîte, d'aller se réchauf-
fer devant l'âtre, sous le toit que tant de millénaires
amoncelés lui ont progressivement appris à construire.

— Et Ramuntcho sentait s'éveiller au fond de soi-même les vieilles aspirations ancestrales vers le foyer basque des campagnes, le foyer isolé, sans contact avec les foyers voisins; il se hâtait davantage vers le primitif logis, où l'attendait sa mère.

Çà et là, on les apercevait au loin, indécises dans le crépuscule, les maisonnettes basques, très distantes les unes des autres, points blancs ou grisâtres, tantôt au fond de quelque gorge enténébrée, tantôt sur quelque contrefort des montagnes aux sommets perdus dans le ciel obscur; presque négligeables, ces habitations humaines, dans l'ensemble immense et de plus en plus confus des choses; négligeables et s'annihilant même tout à fait, à cette heure, devant la majesté des solitudes et de l'éternelle nature forestière.

Ramuntcho s'élevait rapidement, leste, hardi et jeune, enfant encore, capable de jouer en route, comme s'amusent les petits montagnards, avec un caillou, un roseau, ou une branche que l'on taille en marchant. L'air se faisait plus vif, les alentours plus âpres, et déjà ne s'entendaient plus les cris des courlis, leurs cris de poulie rouillée, sur les rivières d'en bas. Mais Ramuntcho chantait l'une de ces plaintives chansons des vieux temps, qui se transmettent encore au fond des campagnes perdues, et sa naïve voix s'en allait dans la brume ou la pluie, parmi les branches mouillées des chênes, sous le grand suaire toujours plus sombre de l'isolement, de l'automne et du soir.

Pour regarder passer, très loin au-dessous de lui, un char à bœufs, il s'arrêta un instant, pensif. Le bou-

vier qui menait le lent attelage chantait aussi ; par un
sentier rocailleux et mauvais, cela descendait dans un
ravin baigné d'une ombre déjà nocturne.

Et bientôt cela disparut à un tournant, masqué tout
à coup par des arbres, et comme évanoui dans un
gouffre. Alors Ramuntcho sentit l'étreinte d'une
mélancolie subite, inexpliquée comme la plupart de ses
impressions complexes, et, par un geste habituel, tout
en reprenant sa marche moins alerte, il ramena en
visière, sur ses yeux gris très vifs et très doux, le rebord
de son béret de laine.

Pourquoi ?... Qu'est-ce que cela pouvait lui faire, ce
chariot, ce bouvier chanteur qu'il ne connaissait même
pas ?... Évidemment rien... Cependant, de les avoir vus
ainsi disparaître pour aller se gîter, comme sans doute
chaque nuit, en quelque métairie isolée dans un bas-
fond, la compréhension lui était venue, plus exacte, de
ces humbles existences de paysans, attachées à la terre
et au champ natal, de ces vies humaines aussi dépour-
vues de joies que celles des bêtes de labour, mais avec
des déclins plus prolongés et plus lamentables. Et, en
même temps, dans son esprit avait passé l'intuitive
inquiétude des *ailleurs,* des mille choses *autres* que l'on
peut voir ou faire en ce monde et dont on peut jouir ;
un chaos de demi-pensées troublantes, de ressouvenirs
ataviques et de fantômes venait furtivement de s'indiquer, aux tréfonds de son âme d'enfant sauvage...

C'est qu'il était, lui, Ramuntcho, un mélange de
deux races très différentes et de deux êtres que
séparaient l'un de l'autre, si l'on peut dire, un abîme
de plusieurs générations. Créé par la fantaisie triste
d'un des raffinés de nos temps de vertige, il avait été

inscrit à sa naissance comme « fils de père inconnu » et ne portait d'autre nom que celui de sa mère [2]. Aussi ne se sentait-il pas entièrement pareil à ses compagnons de jeux ou de saines fatigues.

Silencieux pour un moment, il marchait moins vite vers son logis, par les sentiers déserts serpentant sur les hauteurs. En lui, le chaos des choses *autres,* des *ailleurs* lumineux, des splendeurs ou des épouvantes étrangères à sa propre vie, s'agitait confusément, cherchant à se démêler... Mais non, tout cela, qui était l'insaisissable et l'incompréhensible, restait sans lien, sans suite et sans forme, dans des ténèbres...

A la fin, n'y pensant plus, il recommença de chanter sa chanson : elle disait, par couplets monotones, les plaintes d'une fileuse de lin dont l'amant, parti pour une guerre éloignée, tardait à revenir ; elle était en cette mystérieuse langue euskarienne dont l'âge semble incalculable et dont l'origine demeure inconnue [3]. Et peu à peu, sous l'influence de la mélodie ancienne, du vent et de la solitude, Ramuntcho se retrouva ce qu'il était au début de sa course, un simple montagnard basque de seize à dix-sept ans, formé comme un homme, mais gardant des ignorances et des candeurs de tout petit garçon.

Bientôt il aperçut Etchézar [4], sa paroisse, son clocher massif comme un donjon de forteresse ; auprès de l'église, quelques maisons étaient groupées ; les autres, plus nombreuses, avaient préféré se disséminer aux environs, parmi des arbres, dans des ravins ou sur des escarpements. La nuit tombait tout à fait, hâtive ce soir, à cause des voiles sombres accrochés aux grandes cimes.

Autour de ce village, en haut ou bien dans les vallées d'en dessous, le pays basque apparaissait en ce moment comme une confusion de gigantesques masses obscures. De longues nuées dérangeaient les perspectives ; toutes les distances, toutes les profondeurs étaient devenues inappréciables, les changeantes montagnes semblaient avoir grandi dans la nébuleuse fantasmagorie du soir. L'heure, on ne sait pourquoi, se faisait étrangement solennelle, comme si l'ombre des siècles passés allait sortir de la terre. Sur ce vaste soulèvement qui s'appelle Pyrénées, on sentait planer quelque chose qui était peut-être l'âme finissante de cette race, dont les débris se sont là conservés et à laquelle Ramuntcho appartenait par sa mère...

Et l'enfant, composé de deux essences si diverses, qui cheminait seul vers son logis, à travers la nuit et la pluie, recommençait à éprouver, au fond de son être double, l'inquiétude des inexplicables ressouvenirs.

Enfin il arriva devant sa maison, — qui était très élevée, à la mode basque, avec de vieux balcons en bois sous d'étroites fenêtres, et dont les vitres jetaient dans la nuit du dehors une lueur de lampe. Près d'entrer, le bruit léger de sa marche s'atténua encore dans l'épaisseur des feuilles mortes : les feuilles de ces platanes taillés en voûte qui, suivant l'usage du pays, forment une sorte d'atrium devant chaque demeure.

Elle reconnaissait de loin le pas de son fils, la sérieuse Franchita, pâle et droite dans ses vêtements noirs, — celle qui jadis avait aimé et suivi l'étranger ; puis, qui, sentant l'abandon prochain, était courageusement revenue au village pour habiter seule la maison délabrée de ses parents morts. Plutôt que de rester dans la grande ville là-bas, et d'y être gênante et quémandeuse, elle avait vite résolu de partir, de renoncer à tout, de faire un simple paysan basque de ce petit Ramuntcho qui, à son entrée dans la vie, avait porté des robes de soie blanche[5].

Il y avait quinze ans de cela, quinze ans qu'elle était revenue, clandestinement, à une tombée de nuit pareille à celle-ci. Dans les premiers temps de ce retour, muette et hautaine avec ses compagnes d'autrefois par crainte de leurs dédains, elle ne sortait que pour aller à l'église, la mantille de drap noir abaissée sur les yeux. Puis, à la longue, les curiosités apaisées, elle avait repris ses habitudes d'avant, si vaillante d'ailleurs et si irréprochable que tous l'avaient pardonnée.

Pour accueillir et embrasser son fils, elle sourit de joie et de tendresse; mais, silencieux par nature, renfermés tous deux, ils ne se disaient guère que ce qu'il était utile de se dire.

Lui, s'assit à sa place accoutumée, pour manger la soupe et le plat fumant qu'elle lui servit sans parler. La salle, soigneusement peinte à la chaux, s'égayait à la lueur subite d'une flambée de branches, dans la cheminée haute et large, garnie d'un feston de calicot blanc. Dans des cadres, accrochés en bon ordre, il y avait les images de première communion de Ramuntcho, et différentes figures de saints ou de saintes, avec des légendes basques; puis la Vierge du Pilar[6], la Vierge des angoisses, et des chapelets, des rameaux bénits. Les ustensiles de ménage luisaient, bien alignés sur des planches scellées aux murailles; — chaque étagère toujours ornée d'un de ces volants en papier rose, découpés et ajourés, qui se fabriquent en Espagne

et où sont invariablement imprimées des séries de
personnages dansant avec des castagnettes, ou bien
des scènes de la vie des toréadors. Dans cet intérieur
blanc, devant cette cheminée joyeuse et claire, on
éprouvait une impression de chez soi, un tranquille
bien-être, qu'augmentait encore la notion de la grande
nuit mouillée d'alentour, du grand noir des vallées, des
montagnes et des bois.

Franchita, comme chaque soir, regardait longuement son fils, le regardait embellir et croître, prendre
de plus en plus un air de décision et de force, à mesure
qu'une moustache brune se dessinait davantage au-
dessus de ses lèvres fraîches.

Quand il eut soupé, mangé avec son appétit de jeune
montagnard plusieurs tranches de pain et bu deux
verres de cidre, il se leva, disant :

— Je m'en vais dormir, car nous avons du travail
pour cette nuit.

— Ah! demanda la mère, et à quelle heure dois-tu
te réveiller?

— A une heure, sitôt la lune couchée. On viendra
siffler sous la fenêtre.

— Et qu'est-ce que c'est?

— Des ballots de soie et des ballots de velours.

— Et avec qui vas-tu?

— Les mêmes que d'habitude : Arrochkoa, Florentino et les frères Iragola. C'est comme l'autre nuit,
pour le compte d'Itchoua, avec qui je viens de
m'engager... Bonsoir, ma mère!... Oh! nous ne serons
pas tard dehors, et, sûr, je rentrerai avant l'heure de la
messe...

Alors, Franchita pencha la tête sur l'épaule solide de

son fils, avec une câlinerie presque enfantine, différente tout à coup de sa manière habituelle ; et, la joue
contre la sienne, elle resta longuement et tendrement
appuyée, comme pour dire, dans un confiant abandon
de volonté : « Cela me trouble encore un peu, ces
entreprises de nuit ; mais réflexion faite, ce que tu veux
est toujours bien ; je ne suis qu'une dépendance de toi,
et toi, tu es tout... »

Sur l'épaule de l'étranger, jadis, elle avait coutume
de s'appuyer et de s'abandonner ainsi, dans le temps
où elle l'aimait.

Quand Ramuntcho fut monté dans sa petite chambre, elle demeura songeuse plus longtemps que de
coutume avant de reprendre son travail d'aiguille...
Ainsi, cela devenait décidément son métier, ces courses
nocturnes où l'on risque de recevoir les balles des
carabiniers d'Espagne !... D'abord il avait commencé
par amusement, par bravade, comme font la plupart
d'entre eux, et comme en ce moment débutait son ami
Arrochkoa dans la même bande que lui ; ensuite, peu à
peu, il s'était fait un besoin de cette continuelle
aventure des nuits noires ; il désertait de plus en plus,
pour ce métier rude, l'atelier en plein vent du charpen-
tier, où elle l'avait mis en apprentissage, à tailler des
solives dans des troncs de chênes.

Et voilà donc ce qu'il serait dans la vie, son petit
Ramuntcho, autrefois si choyé en robe blanche et pour
qui elle avait naïvement fait tant de rêves : contrebandier !... Contrebandier et joueur de pelote, — deux
choses d'ailleurs qui vont bien ensemble et qui sont
basques essentiellement.

Elle hésitait pourtant encore à lui laisser suivre cette voie imprévue. Non par dédain pour les contrebandiers, oh! non, car son père à elle, l'avait été ; ses deux frères aussi ; l'aîné tué d'une balle espagnole au front, une nuit qu'il traversait à la nage la Bidassoa, le second réfugié aux Amériques pour échapper à la prison de Bayonne ; l'un et l'autre respectés pour leur audace et leur force... Non, mais lui, Ramuntcho, le fils de l'étranger, lui, sans doute, aurait pu prétendre à l'existence moins dure des hommes de la ville, si, dans un mouvement irréfléchi et un peu sauvage, elle ne l'avait pas séparé de son père pour le ramener à la montagne basque... En somme, il n'était pas sans cœur, le père de Ramuntcho ; quand fatalement il s'était lassé d'elle, il avait fait quelques efforts pour ne pas le laisser voir et jamais il ne l'aurait abandonnée avec son enfant, si, d'elle-même, par fierté, elle n'était partie... Alors ce serait peut-être un devoir, aujourd'hui, de lui écrire, pour lui demander de s'occuper de ce fils...

Et maintenant l'image de Gracieuse se présentait tout naturellement à son esprit, comme chaque fois qu'elle songeait à l'avenir de Ramuntcho ; celle-là, c'était la petite fiancée que, depuis tantôt dix ans, elle souhaitait pour lui. (Dans les campagnes encore en arrière des façons actuelles, c'est l'usage de se marier tout jeune, souvent même de se connaître et de se choisir dès les premières années de la vie.) Une petite aux cheveux ébouriffés en nuage d'or, fille d'une amie d'enfance à elle, Franchita, d'une certaine Dolorès Detcharry, qui avait toujours été orgueilleuse — et qui était restée méprisante depuis l'époque de la grande faute...

Certes, l'intervention du père dans l'avenir de Ramuntcho serait un appoint décisif pour obtenir la main de cette petite — et permettrait même de la demander à Dolorès avec une certaine hauteur, après les rivalités anciennes... Mais Franchita sentait un grand trouble la pénétrer tout entière, à mesure que se précisait en elle la pensée de s'adresser à cet homme, de lui écrire demain, de le revoir peut-être, de remuer cette cendre... Et puis, elle retrouvait en souvenir le regard si souvent assombri de l'étranger, elle se rappelait ses vagues paroles de lassitude infinie, d'incompréhensible désespérance ; il avait l'air de voir toujours, au-delà de son horizon à elle, des lointains de gouffres et de ténèbres, et, bien qu'il ne fût pas un insulteur des choses sacrées, jamais il ne priait, lui donnant ce surcroît de remords de s'être alliée à quelque païen pour qui le ciel resterait fermé. Ses amis, d'ailleurs, étaient pareils à lui, des raffinés aussi, sans foi, sans prière, échangeant entre eux, à demi-mots légers, des pensées d'abîme... Mon Dieu, si Ramuntcho à leur contact allait devenir comme eux tous ! — et déserter les églises, fuir les sacrements et la messe !... Alors, elle se remémorait les lettres de son vieux père, — aujourd'hui décomposé dans la terre profonde, sous une dalle de granit, contre les fondations de son église paroissiale, — ces lettres en langue euskarienne qu'il lui adressait là-bas, après les premiers mois d'indignation et de silence, dans la ville où elle avait traîné sa faute : « Au moins, ma pauvre Franchita, ma fille, es-tu dans un pays où les hommes sont pieux et vont régulièrement aux églises ?... » Oh ! non, ils n'étaient guère pieux, les hommes de la grande

ville, pas plus les élégants dont le père de Ramuntcho
faisait sa compagnie, que les plus humbles travailleurs
du quartier de banlieue où elle vivait cachée ; tous,
emportés par un même courant loin des dogmes
héréditaires, loin des antiques symboles... Et Ramuntcho, dans de tels milieux, comment résisterait-il ?...

D'autres raisons encore, moindres peut-être, l'arrêtaient aussi. Sa dignité hautaine qui là-bas, dans cette
ville, l'avait maintenue honnête et solitaire, se cabrait
vraiment à l'idée qu'il faudrait reparaître en solli-
citeuse devant son amant d'autrefois. Puis, son bon sens
supérieur, que rien n'avait jamais pu égarer ni éblouir,
lui disait du reste qu'il était trop tard à présent pour
tout changer ; que Ramuntcho, jusqu'ici ignorant et
libre, ne saurait plus atteindre les dangereuses régions
de vertige où s'était élevée l'intelligence de son père,
mais plutôt qu'il languirait en dessous comme un
déclassé. Et enfin un sentiment presque inavoué à elle-
même gisait très puissant au fond de son cœur : la
crainte angoissée de le perdre, ce fils, de ne plus le
guider, de ne plus le tenir, de ne plus l'avoir... Alors,
en cet instant des réflexions décisives, après avoir
hésité durant des années, voici que de plus en plus elle
inclinait à s'entêter pour jamais dans son silence vis-à-
vis de l'étranger et à laisser couler humblement la vie
de son Ramuntcho près d'elle, sous le regard protecteur de la Vierge, des saints et des saintes... Restait la
question de Gracieuse Detcharry... Eh bien, mais, elle
l'épouserait quand même, son fils, tout contrebandier
et pauvre qu'il allait être ! Avec son instinct de mère un
peu farouchement aimante, elle devinait que cette
petite était déjà prise assez pour ne se déprendre

jamais ; elle avait vu cela dans ses yeux noirs de quinze
ans, obstinés et graves sous le nimbe doré des cheveux... Gracieuse épousant Ramuntcho pour son
charme seul, envers et contre la volonté maternelle !...
Ce qu'il y avait de rancuneux et de vindicatif dans
l'âme de Franchita se réjouissait même tout à coup de
ce plus grand triomphe sur la fierté de Dolorès.

Autour de la maison isolée où, sous le grand silence
de minuit, elle décidait seule de l'avenir de son fils,
l'Esprit des ancêtres basques flottait, sombre et jaloux
aussi ; dédaigneux de l'étranger, craintif des impiétés,
des changements, des évolutions de races ; — l'Esprit
des ancêtres basques, le vieil Esprit immuable qui
maintient encore ce peuple les yeux tournés vers les
âges antérieurs ; le mystérieux Esprit séculaire, par qui
les enfants sont conduits à agir comme avant eux leurs
pères avaient agi, au flanc des mêmes montagnes, dans
les mêmes villages, autour des mêmes clochers...

Un bruit de pas maintenant dans le noir du
dehors !... Quelqu'un marchant doucement en espadrilles sur l'épaisseur des feuilles de platane en jonchée
par terre... Puis, un coup de sifflet d'appel...

Comment, déjà !... Déjà une heure du matin !...

Tout à fait résolue à présent, elle ouvrit la porte au
chef contrebandier avec un sourire accueillant que
celui-ci ne lui connaissait pas :

— Entrez, Itchoua, dit-elle, chauffez-vous... tandis
que je vais moi-même réveiller le fils.

Un homme grand et large, cet Itchoua, maigre avec
une épaisse poitrine, entièrement rasé comme un
prêtre, suivant la mode des Basques de vieille souche ;
sous le béret qu'il n'ôtait jamais, une figure incolore,

inexpressive, taillée comme à coups de serpe, et
rappelant ces personnages imberbes, archaïquement
dessinés sur les missels du xve siècle. Au-dessous de
ses joues creusées, la carrure des mâchoires, la saillie
des muscles du cou donnaient la notion de son extrême
force. Il avait le type basque accentué à l'excès ; des
yeux trops rentrés sous l'arcade frontale ; des sourcils
d'une rare longueur, dont les pointes, abaissées comme
chez les madones pleureuses, rejoignaient presque les
cheveux aux tempes. Entre trente ans ou cinquante
ans, il était impossible de lui assigner un âge. Il
s'appelait José-Maria Gorostéguy ; mais, d'après la
coutume, n'était connu dans le pays que sous ce
surnom d'Itchoua (l'aveugle) donné jadis par plaisan-
terie, à cause de sa vue perçante qui plongeait dans la
nuit comme celle des chats. D'ailleurs, chrétien pratiquant, marguillier de sa paroisse et chantre à voix
tonnante. Fameux aussi pour sa résistance aux fatigues, capable de gravir les pentes pyrénéennes durant
des heures au pas de course avec de lourdes charges
sur les reins.

Ramuntcho descendit bientôt, frottant ses paupières
encore alourdies d'un jeune sommeil, et, à son aspect,
le morne visage d'Itchoua fut illuminé d'un sourire.
Continuel chercheur de garçons énergiques et forts
pour les enrôler dans sa bande, sachant les y retenir,
malgré des salaires minimes, par une sorte de point
d'honneur spécial, il s'y connaissait en jarrets, en
épaules, aussi bien qu'en caractères, et il faisait grand
cas de sa recrue nouvelle.

Franchita, avant de les laisser partir, appuya encore
la tête un peu longuement contre le cou de son fils ;

puis, elle accompagna les deux hommes jusqu'au seuil de sa porte, ouverte sur le noir immense, — et récita pieusement le *Pater* pour eux, tandis qu'ils s'éloignaient dans l'épaisse nuit, dans la pluie, dans le chaos des montagnes, vers la ténébreuse frontière...

2

Quelques heures plus tard, à la pointe incertaine de l'aube, à l'instant où s'éveillent les bergers et les pêcheurs.

Ils s'en revenaient joyeusement, les contrebandiers, leur entreprise terminée.

Partis à pied, avec des précautions infinies de silence, par des ravins, par des bois, par de dangereux gués de rivière, ils s'en revenaient comme des gens n'ayant jamais rien eu à cacher à personne, en traversant la Bidassoa, au matin pur, dans une barque de Fontarabie louée sous la barbe des douaniers d'Espagne.

Tout l'amas de montagnes et de nuages, tout le sombre chaos de la précédente nuit s'était démêlé presque subitement, comme au coup d'une baguette magicienne. Les Pyrénées, rendues à leurs proportions réelles, n'étaient plus que de moyennes montagnes, aux replis baignés d'une ombre encore nocturne, mais aux crêtes nettement coupées dans un ciel qui déjà s'éclaircissait. L'air s'était fait tiède, suave, exquis à respirer, comme si tout à coup on eût changé de climat ou de saison, — et c'était le vent de sud qui commençait à souffler, le délicieux vent de sud spécial au pays basque, qui chasse devant lui le froid, les nuages et les brumes, qui avive les nuances de toutes choses, bleuit le ciel, prolonge à l'infini les horizons, et donne, même en plein hiver, des illusions d'été.

Le batelier qui ramenait en France les contrebandiers poussait du fond avec sa perche longue, et la barque se traînait, à demi échouée. En ce moment, cette Bidassoa, par qui les deux pays sont séparés, semblait tarie, et son lit vide, d'une excessive largeur, avait l'étendue plate d'un petit désert.

Le jour allait décidément se lever, tranquille et un peu rose. On était au 1er du mois de novembre ; sur la rive espagnole, là-bas, très loin, dans un couvent de moines, une cloche de l'extrême matin sonnait clair, annonçant la solennité religieuse de chaque automne. Et Ramuntcho, bien assis dans la barque, doucement bercé et reposé après les fatigues de la nuit, humait ce vent nouveau avec un bien-être de tous ses sens ; avec une joie enfantine, il voyait s'assurer un temps radieux pour cette journée de Toussaint, qui allait lui apporter tout ce qu'il connaissait des fêtes de ce monde : la grand'messe chantée, la partie de pelote devant le village assemblé, puis enfin la danse du soir avec Gracieuse, le fandango au clair de lune sur la place de l'église.

Il perdait peu à peu conscience de sa vie physique, Ramuntcho, après sa nuit de veille ; une sorte de torpeur, bienfaisante sous les souffles du matin vierge, engourdissait son jeune corps, laissant son esprit en demi-rêve. Il connaissait bien d'ailleurs ces impres-

sions et ces sensations-là, car les retours à pointe
d'aube, en sécurité dans une barque où l'on s'endort,
sont la suite habituelle des courses de contrebande.

Et tous les détails aussi de cet estuaire de la
Bidassoa lui étaient familiers, tous ses aspects, qui
changent suivant l'heure, suivant la marée monotone
et régulière... Deux fois par jour le flot marin revient
emplir ce lit plat ; alors, entre la France et l'Espagne,
on dirait un lac, une charmante petite mer où courent
de minuscules vagues bleues, — et les barques flottent,
les barques vont vite ; les bateliers chantent leurs airs
des vieux temps, qu'accompagnent le grincement et les
heurts des avirons cadencés. Mais quand les eaux se
sont retirées, comme en ce moment-ci, il ne reste plus
entre les deux pays qu'une sorte de région basse,
incertaine et de changeante couleur, où marchent des
hommes aux jambes nues, où des barques se traînent
en rampant.

Ils étaient maintenant au milieu de cette région-là,
Ramuntcho et sa bande, moitié sommeillant sous la
lumière à peine naissante. Les couleurs des choses
commençaient à s'indiquer, au sortir des grisailles de
la nuit. Ils glissaient, ils avançaient par à-coups légers,
tantôt parmi des velours jaunes qui étaient des sables,
tantôt à travers des choses brunes, striées régulièrement et dangereuses aux marcheurs, qui étaient des
vases. Et des milliers de petites flaques d'eau, laissées
par le flot de la veille, reflétaient le jour naissant,
brillaient sur l'étendue molle comme des écailles de
nacre. Dans le petit désert jaune et brun, leur batelier
suivait le cours d'un mince filet d'argent qui représentait la Bidassoa à l'étale de basse mer. De temps à

autre, quelque pêcheur croisait leur route, passait tout près d'eux en silence, sans chanter comme les jours où l'on rame, trop affairé à pousser du fond, debout dans sa barque et manœuvrant sa perche avec de beaux gestes plastiques.

En rêvant, ils approchaient de la rive française, les contrebandiers. Et là-bas, de l'autre côté de la zone étrange sur laquelle ils voyageaient comme en traîneau, cette silhouette de vieille ville qui les fuyait lentement, c'était Fontarabie ; ces hautes terres qui montaient dans le ciel, avec des physionomies si âpres, c'étaient les Pyrénées espagnoles. Tout cela était l'Espagne, la montagneuse Espagne, éternellement dressée là en face et sans cesse préoccupant leur esprit : pays qu'il faut atteindre en silence par les nuits noires, par les nuits sans lune, sous les pluies d'hiver ; pays qui est le perpétuel but des courses dangereuses ; pays qui, pour les hommes du village de Ramuntcho, semble toujours fermer l'horizon du sud-ouest, tout en changeant d'apparence suivant les nuages et les heures ; pays qui s'éclaire le premier au pâle soleil des matins et masque ensuite, comme un sombre écran, le soleil rouge des soirs...

Il adorait sa terre basque, Ramuntcho, — et ce matin-là était une des fois où cet amour entrait plus profondément en lui-même. Dans la suite de son existence, pendant les exils, le souvenir de ces retours délicieux à l'aube, après les nuits de contrebande, devait lui causer d'indéfinissables et très angoissantes nostalgies. Mais son amour pour le sol héréditaire n'était pas aussi simple que celui de ses compagnons d'aventure. Comme à tous ses sentiments, comme à toutes ses sensations, il s'y mêlait des éléments très divers. D'abord l'attachement instinctif et non analysé des ancêtres maternels au terroir natal, puis quelque chose de plus raffiné provenant de son père, un reflet inconscient de cette admiration d'artiste qui avait retenu ici l'étranger pendant quelques saisons et lui avait donné le caprice de s'allier avec une fille de ces montagnes pour en obtenir une descendance basque...

3

Onze heures maintenant, les cloches de France et d'Espagne sonnant à toute volée et mêlant par-dessus la frontière leurs vibrations des religieuses fêtes.

Baigné, reposé et en toilette, Ramuntcho se rendait avec sa mère à la grand'messe de la Toussaint. Par le chemin jonché de feuilles rousses, ils descendaient tous deux vers leur paroisse, sous un chaud soleil qui donnait l'illusion de l'été.

Lui, vêtu d'une façon presque élégante et comme un garçon de la ville, sauf le traditionnel béret basque, qu'il portait de côté, en visière sur ses yeux d'enfant. Elle, droite et fière, la tête haute, l'allure distinguée, dans une robe d'une forme très nouvelle ; l'air d'une femme du monde, sauf la mantille de drap noir qui couvrait ses cheveux et ses épaules : dans la grande ville jadis, elle avait appris à s'habiller — et du reste, au pays basque où tant de traditions anciennes cependant sont conservées, les femmes et les filles des

moindres villages ont toutes pris l'habitude de se
costumer au goût du jour, avec une élégance inconnue
aux paysannes des autres provinces françaises.

Ils se séparèrent, ainsi que l'étiquette le commande,
en arrivant dans le préau de l'église, où des cyprès
immenses sentaient le midi et l'orient. D'ailleurs, elle
ressemblait du dehors à une mosquée, leur paroisse,
avec ses grands vieux murs farouches, percés tout en
haut seulement de minuscules fenêtres, avec sa chaude
couleur de vétusté, de poussière et de soleil.

Tandis que Franchita entrait par une des portes du
rez-de-chaussée, Ramuntcho prenait un vénérable
escalier de pierre qui montait le long de la muraille
extérieure et qui conduisait dans les hautes tribunes
réservées aux hommes.

Le fond de l'église sombre était tout de vieux ors
étincelants, avec une profusion de colonnes torses,
d'entablements compliqués, de statues aux contourne-
ments excessifs et aux draperies tourmentées dans le
goût de la Renaissance espagnole. Et cette magnificence du tabernacle contrastait avec la simplicité des
murailles latérales, tout uniment peintes à la chaux
blanche. Mais un air de vieillesse extrême harmonisait
ces choses, que l'on sentait habituées depuis des siècles
à *durer* en face les unes des autres.

Il était de bonne heure encore, et on arrivait à peine
pour cette grand'messe. Accoudé sur le rebord[7] de sa
tribune, Ramuntcho regardait en bas les femmes
entrer, toutes comme de pareils fantômes noirs, la tête
et le costume dissimulés sous le cachemire de deuil
qu'il est d'usage de mettre pour aller aux églises.
Silencieuses et recueillies, elles glissaient sur le funèbre

pavage de dalles mortuaires où se lisaient encore, malgré l'effacement du temps, des inscriptions en langue euskarienne, des noms de familles éteintes et des dates de siècles passés.

Gracieuse, dont l'entrée préoccupait surtout Ramuntcho, tardait à venir. Mais, pour distraire un moment son esprit, un *convoi* s'avança en lente théorie noire ; un *convoi,* c'est-à-dire les parents et les plus proches voisins d'un mort de la semaine, les hommes encore drapés dans la longue cape que l'on porte pour suivre les funérailles, les femmes sous le manteau et le traditionnel capuchon de grand deuil.

En haut, dans les deux immenses tribunes qui se superposaient le long des côtés de la nef, les hommes venaient un à un prendre place, graves et le chapelet à la main : fermiers, laboureurs, bouviers, braconniers ou contrebandiers, tous recueillis et prêts à s'agenouiller quand sonnerait la clochette sacrée. Chacun d'eux, avant de s'asseoir, accrochait derrière lui à un clou de la muraille sa coiffure de laine, et peu à peu, sur le fond blanc de la chaux, s'alignaient des rangées d'innombrables bérets basques.

En bas, les petites filles de l'école entrèrent enfin, en bon ordre, escortées par les sœurs de Sainte-Marie-du-Rosaire. Et, parmi ces nonnes embéguinées de noir, Ramuntcho reconnut Gracieuse. Elle aussi avait la tête tout de noir enveloppée ; ses cheveux blonds, qui ce soir s'ébourifferaient au vent du fandango, demeuraient cachés pour l'instant sous l'austère mantille des cérémonies. Gracieuse, depuis deux ans, n'était plus écolière, mais n'en restait pas moins l'amie intime des sœurs, ses maîtresses, toujours en leur compagnie pour

des chants, pour des neuvaines, ou des arrangements
de fleurs blanches autour des statues de la sainte
Vierge...

Puis, les prêtres, dans leurs plus somptueux costumes, apparurent en avant des ors magnifiques du
tabernacle, sur une estrade haute et théâtrale, et la
messe commença, célébrée dans ce village perdu avec
une pompe excessive, comme dans une grande ville. Il
y avait des chœurs de petits garçons, chantés à pleine
voix enfantine avec un entrain un peu sauvage. Puis,
des chœurs très doux de petites filles, qu'une sœur
accompagnait à l'harmonium et que guidait la voix
fraîche et claire de Gracieuse. Et, de temps à autre,
une clameur partait, comme un bruit d'orage, des
tribunes d'en haut où les hommes se tenaient, un
répons formidable animait les vieilles voûtes, les
vieilles boiseries sonores qui, durant des siècles, ont
vibré des mêmes chants...

Faire les mêmes choses que depuis des âges sans
nombre ont faites les ancêtres, et redire aveuglément
les mêmes paroles de foi, est une suprême sagesse, une
suprême force. Pour tous ces croyants qui chantaient
là, il se dégageait de ce cérémonial immuable de la
messe une sorte de paix, une confuse mais douce
résignation aux anéantissements prochains. Vivants
de l'heure présente, ils perdaient un peu de leur
personnalité éphémère pour se rattacher mieux aux
morts couchés sous les dalles et les continuer plus
exactement, ne former, avec eux et leur descendance
encore à venir, qu'un de ces ensembles résistants et de
durée presque indéfinie qu'on appelle une *race*.

4

« *Ite missa est !* » La grand'messe est terminée et
l'antique église se vide. Dehors, dans le préau, parmi
les tombes, les assistants se répandent. Et toute la joie
d'un midi ensoleillé les accueille, au sortir de la nef
sombre où ils avaient plus ou moins entrevu, chacun
suivant ses facultés naïves, le grand mystère et l'inévitable mort.

Recoiffés tous de l'uniforme béret national, les
hommes descendent par l'escalier extérieur ; les
femmes, plus lentes à se reprendre au leurre du ciel
bleu, gardant encore sous leur voile de deuil un peu du
rêve de l'église, sortent en groupes tout noirs par les
portiques d'en bas ; autour d'une fosse fraîchement
fermée, quelques-unes s'attardent et pleurent.

Le vent de sud, qui est le grand magicien du pays
basque, souffle doucement. L'automne d'hier s'en est
allé et on l'oublie. Des haleines tièdes passent dans
l'air, vivifiantes, plus salubres que celles de mai, ayant
l'odeur du foin et l'odeur des fleurs. Deux chanteuses
des grands chemins sont là, adossées au mur du
cimetière, et entonnent, avec un tambourin et une
guitare, une vieille séguidille d'Espagne, apportant
jusqu'ici les gaîtés chaudes et un peu arabes d'au delà
les proches frontières.

Et au milieu de tout cet enivrement de novembre
méridional, plus délicieux dans cette contrée que
l'enivrement du printemps, Ramuntcho, descendu l'un

des premiers, guette la sortie des sœurs pour se
rapprocher de Gracieuse.

Le marchand d'espadrilles est venu, lui aussi, à cette
sortie de la messe, étaler parmi les roses des tombes ses
chaussures en toile ornées de fleurs de laine, et les
jeunes hommes, attirés par les broderies éclatantes,
s'assemblent autour de lui pour des essayages, pour
des choix de couleurs.

Les abeilles et les mouches bourdonnent comme en
juin ; le pays est redevenu pour quelques heures, pour
quelques journées, tant que ce vent soufflera, lumineux
et chaud. En avant des montagnes, qui ont pris des
teintes violentes de brun ou de vert sombre, et qui
paraissent s'être avancées aujourd'hui jusqu'à sur-
plomber l'église, des maisons du village se détachent
très nettes, très blanches sous leur couche de chaux, —
de vieilles maisons pyrénéennes, si hautes d'étage,
avec leurs balcons de bois et, sur leurs murailles, leurs
entre-croisements de poutres à la mode du temps
passé. Et vers le sud-ouest, la partie de l'Espagne qui
est visible, la cime dénudée et rousse, familière aux
contrebandiers, se dresse toute voisine dans le beau
ciel clair.

Gracieuse ne paraît pas encore, attardée sans doute
avec les nonnes à quelque soin d'autel. Quant à
Franchita, qui ne se mêle plus jamais aux fêtes du
dimanche, elle s'éloigne pour reprendre le chemin de
sa maison, toujours silencieuse et hautaine, après un
sourire d'adieu à son fils, qu'elle ne reverra plus que ce
soir, une fois les danses finies.

Cependant un groupe de jeunes hommes, parmi
lesquels le vicaire qui vient à peine de dépouiller ses

ornements d'or, s'est formé au seuil de l'église, dans le soleil, et paraît combiner de graves projets. — Ils sont, ceux-là, les beaux joueurs de la contrée, la fine fleur des lestes et des forts ; c'est pour la partie de « pelote » de l'après-midi qu'ils se concertent tous, et ils font signe à Ramuntcho pensif, qui vient se mêler à eux. Quelques vieillards s'approchent aussi et les entourent, bérets enfoncés sur des cheveux blancs et des faces rasées de moines : les champions du temps passé, encore fiers de leurs succès d'antan, et sûrs de voir leurs avis respectés, quand il s'agit de ce jeu national, auquel les hommes d'ici se rendent avec orgueil, comme au champ d'honneur. — Après discussion courtoise, la partie est arrangée ; ce sera aussitôt après vêpres ; on jouera au *blaid*[8] avec le gant d'osier, et les six champions choisis, divisés en deux camps, seront le Vicaire, Ramuntcho et Arrochkoa, le frère de Gracieuse, contre trois fameux des communes voisines : Joachim, de Mendiazpi ; Florentino, d'Espelette, et Irrubeta, d'Hasparren...

Maintenant voici le « convoi », qui sort de l'église et passe près d'eux, si noir dans cette fête de lumière, et si archaïque, avec l'enveloppement de ses capes, de ses béguins et de ses voiles. Ils disent le moyen âge, ces gens-là, en défilant, le moyen âge dont le pays basque conserve encore l'ombre. Et surtout ils disent la mort, comme la disent les grandes dalles funéraires dont la nef est pavée, comme la disent les cyprès et les tombes, et toutes les choses de ce lieu où les hommes viennent prier ; la mort, toujours la mort... — Mais une mort très doucement voisine de la vie, sous l'égide des vieux symboles consolateurs... Car la vie est là aussi qui s'indique, presque également souveraine, dans les chauds rayons qui éclairent le cimetière, dans les yeux des petits enfants qui jouent parmi les roses d'automne, dans le sourire de ces belles filles brunes, qui, la messe finie, s'en retournent d'un pas indolemment souple vers le village ; dans les muscles de toute cette jeunesse d'hommes alertes et vigoureux, qui vont tout à l'heure exercer au jeu de paume leurs jarrets et leurs bras de fer... Et, de ce groupement de vieillards et de jeunes garçons au seuil d'une église, de tout ce mélange si paisiblement harmonieux de la mort et de la vie, jaillit la haute leçon bienfaisante, l'enseignement qu'il faut jouir en son temps de la force et de l'amour ; puis, sans s'obstiner à durer, se soumettre à l'universelle loi de passer et de mourir, en répétant avec confiance, comme ces simples et ces sages, ces mêmes prières par lesquelles les agonies des ancêtres ont été bercées...

Il est invraisemblablement radieux, le soleil de midi dans ce préau des morts. L'air est exquis et on se grise à respirer. Les horizons pyrénéens se sont déblayés de leurs nuages, de leurs moindres vapeurs, et il semble que le vent de sud ait apporté jusqu'ici des limpidités d'Andalousie ou d'Afrique.

La guitare et le tambourin basque accompagnent la séguidille chantée, que les mendiantes d'Espagne jettent comme une petite ironie légère, dans ce vent tiède, au-dessus des morts. Et garçons et filles songent au fandango de ce soir, sentent monter en eux-mêmes le désir et l'ivresse de danser...

Enfin, voici la sortie des sœurs, tant attendue par

Ramuntcho; avec elles s'avancent Gracieuse et sa mère Dolorès, qui est encore en grand deuil de veuve, la figure invisible sous un béguin noir, fermé d'un voile de crêpe.

Que peut-elle avoir, cette Dolorès, à comploter avec la Bonne-Mère ? — Ramuntcho les sachant ennemies, ces deux femmes, s'étonne et s'inquiète aujourd'hui de les voir marcher côte à côte. A présent, voici même qu'elles s'arrêtent pour causer à l'écart, tant ce qu'elles disent est sans doute important et secret ; leurs pareils béguins noirs, débordants comme des capotes de voiture, se rapprochent jusqu'à se toucher, et elles se parlent à couvert là-dessous ; chuchotement de fantômes, dirait-on, à l'abri d'une espèce de petite voûte noire... Et Ramuntcho a le sentiment de quelque chose d'hostile qui commencerait à se tramer là contre lui, entre ces deux béguins méchants...

Quand le colloque est fini, il s'avance, touche son béret pour un salut, gauche et timide tout à coup devant cette Dolorès, dont il devine le dur regard sous le voile. Cette femme est la seule personne au monde qui ait le pouvoir de le glacer, et, jamais ailleurs qu'en sa présence, il ne sent peser sur lui la tare d'être un enfant de père inconnu, de ne porter d'autre nom que celui de sa mère.

Aujourd'hui cependant, à sa grande surprise, elle est plus accueillante que de coutume et dit d'une voix presque aimable : « Bonjour, mon garçon ! » Alors il passe près de Gracieuse, pour lui demander avec une anxiété brusque :

— Ce soir, à huit heures, dis, on se trouvera sur la place, pour danser ?

Depuis quelque temps, chaque dimanche nouveau ramenait pour lui cette même frayeur, d'être privé de danser le soir avec elle. Or, dans la semaine, il ne la voyait presque plus jamais. A présent qu'il se faisait homme, c'était pour lui la seule occasion de la ressaisir un peu longuement, ce bal sur l'herbe de la place, au clair des étoiles ou de la lune.

Ils avaient commencé de s'aimer depuis tantôt cinq années, Ramuntcho et Gracieuse, étant encore tout enfants. Et ces amours-là, quand par hasard l'éveil des sens les confirme au lieu de les détruire, deviennent dans les jeunes têtes quelque chose de souverain et d'exclusif.

Ils n'avaient d'ailleurs jamais songé à se dire cela entre eux, tant ils le savaient bien ; jamais ils n'avaient parlé ensemble de l'avenir, qui, cependant ne leur apparaissait pas possible l'un sans l'autre. Et l'isolement de ce village de montagne où ils vivaient, peut-être aussi l'hostilité de Dolorès à leurs naïfs projets inexprimés, les rapprochaient plus encore...

— Ce soir à huit heures, dis, on se trouvera sur la place pour danser ?

— Oui..., — répond la petite fille très blonde, levant sur son ami des yeux de tristesse un peu effarée en même temps que de tendresse ardente.

— Mais sûr ? demande à nouveau Ramuntcho, inquiet de ces yeux-là.

— Oui, sûr !

Alors, il est tranquillisé encore pour cette fois, sachant que, si Gracieuse a dit et voulu quelque chose, on y peut compter. Et tout de suite, le temps lui paraît plus beau, le dimanche plus amusant, la vie plus charmante...

Le dîner maintenant appelle les Basques dans les maisons ou les auberges, et, sous l'éclat un peu morne du soleil de midi, le village semble bientôt désert.

Ramuntcho, lui, se rend à la cidrerie que les contrebandiers et les joueurs de pelote fréquentent ; là, il s'attable, le béret toujours en visière sur le front, avec tous ses amis retrouvés : Arrochkoa, Florentino, deux ou trois autres de la montagne, et le sombre Itchoua, leur chef à tous.

On leur prépare un repas de fête, avec des poissons de la Nivelle, du jambon et des lapins. Sur le devant de la salle vaste et délabrée, près des fenêtres, les tables, les bancs de chêne sur lesquels ils sont assis ; au fond, dans la pénombre, les tonneaux énormes, remplis de cidre nouveau.

Dans cette bande de Ramuntcho, qui est là au complet sous l'œil perçant de son chef, règne une émulation d'audace et un réciproque dévouement de frères ; durant les courses nocturnes surtout, c'est à la vie à la mort entre eux tous.

Accoudés lourdement, engourdis dans le bien-être de s'asseoir après les fatigues de la nuit et concentrés dans l'attente d'assouvir leur faim robuste, ils restent silencieux d'abord, relevant à peine la tête pour regarder, à travers les vitres, les filles qui passent. Deux sont très jeunes, presque des enfants comme Raymond : Arrochkoa et Florentino. Les autres ont, comme Itchoua, de ces visages durcis, de ces yeux embusqués sous l'arcade frontale qui n'indiquent plus aucun âge ; leur aspect cependant décèle bien tout un passé de fatigues, dans l'obstination irraisonnée de faire ce métier de contrebande qui aux moins habiles rapporte à peine du pain.

Puis, réveillés peu à peu par les mets fumants, par le cidre doux, voici qu'ils causent ; bientôt leurs mots s'entrecroisent légers, rapides et sonores, avec un roulement excessif des *r*. Ils parlent et s'égayent, en leur mystérieuse langue, d'origine si inconnue, qui, aux hommes des autres pays de l'Europe, semble plus lointaine que du mongolien ou du sanscrit. Ce sont des histoires de nuit et de frontière, qu'ils se disent, des ruses nouvellement inventées et d'étonnantes mystifications de carabiniers espagnols. Itchoua, lui, le chef, écoute plutôt qu'il ne parle ; on n'entend que de loin en loin vibrer sa voix profonde de chantre d'église. Arrochkoa, le plus élégant de tous, détonne un peu à côté des camarades de la montagne (à l'état civil, il s'appelait Jean Detcharry, mais n'était connu que sous ce surnom porté de père en fils par les aînés de sa famille, depuis ses ancêtres lointains). Contrebandier par fantaisie, celui-là, sans nécessité aucune, et possédant de bonnes terres au soleil ; le visage frais et joli, la moustache blonde retroussée à la mode des chats, l'œil félin aussi, l'œil caressant et fuyant ; attiré par tout ce qui réussit, tout ce qui amuse, tout ce qui brille ; aimant Ramuntcho pour ses triomphes au jeu de paume, et très disposé à lui donner la main de sa sœur Gracieuse, ne fût-ce que pour faire opposition à sa mère Dolorès. Et Florentino, l'autre grand ami de Raymond, est, au contraire, le plus humble de la bande ; un athlétique garçon roux, au front large et bas, aux bons yeux de résignation douce comme ceux des bêtes de labour ; sans père ni mère, ne possédant au monde qu'un costume râpé et trois chemises de coton rose ; d'ailleurs, uniquement amoureux d'une petite orpheline de quinze ans, aussi pauvre que lui et aussi primitive.

Voici enfin Itchoua qui daigne parler à son tour. Il conte, sur un ton de mystère et de confidence, certaine histoire qui se passa au temps de sa jeunesse, par une nuit noire, sur le territoire espagnol, dans les gorges d'Andarlaza. Appréhendé au corps par deux carabiniers, au détour d'un sentier d'ombre, il s'était dégagé en tirant son couteau pour le plonger au hasard dans une poitrine : une demi-seconde, la résistance de la chair, puis, crac ! la lame brusquement entrée, un jet de sang tout chaud sur sa main, l'homme tombé, et lui, en fuite dans les rochers obscurs...

Et la voix qui prononce ces choses avec une implacable tranquillité est bien celle-là même qui, depuis des années, chante pieusement chaque dimanche la liturgie dans la vieille église sonore, — tellement qu'elle semble en retenir un caractère religieux et presque sacré !...

— Dame ! quand on est pris, n'est-ce pas ?... — ajoute le conteur, en les scrutant tous de ses yeux redevenus perçants, — quand on est pris, n'est-ce pas ?... Qu'est-ce que c'est que la vie d'un homme dans ces cas-là ? Vous n'hésiteriez pas non plus, je pense bien, vous autres, si vous étiez pris ?...

— Bien sûr, répond Arrochkoa sur un ton d'enfantine bravade, bien sûr ! dans ces cas-là, pour la vie d'un *carabinero*, hésiter !... Ah ! par exemple !...

Le débonnaire Florentino, lui, détourne ses yeux

désapprobateurs : il hésiterait, lui ; il ne tuerait pas, cela se devine à son expression même.

— N'est-ce pas ? répète encore Itchoua, en dévisageant cette fois Ramuntcho d'une façon particulière ; n'est-ce pas, dans ces cas-là, tu n'hésiterais pas, toi non plus, hein ?

— Bien sûr, répond Ramuntcho avec soumission, oh ! non, bien sûr...

Mais son regard, comme celui de Florentino, s'est détourné. Une terreur lui vient de cet homme, de cette impérieuse et froide influence déjà si complètement subie ; tout un côté doux et affiné de sa nature s'éveille, s'inquiète et se révolte.

D'ailleurs, un silence a suivi l'histoire, et Itchoua, mécontent de ses effets, propose de chanter pour changer le cours des idées.

Le bien-être tout matériel des fins de repas, le cidre qu'on a bu, les cigarettes qu'on allume et les chansons qui commencent, ramènent vite la joie confiante dans ces têtes d'enfants. Et puis, il y a parmi la bande les deux frères Iragola, Marcos et Joachim, jeunes hommes de la montagne au-dessus de Mendiazpi, qui sont des improvisateurs renommés dans le pays d'alentour, et c'est plaisir de les entendre, sur n'importe quel sujet, composer et chanter de si jolis vers.

— Voyons, dit Itchoua, toi, Marcos, tu serais un marin qui veut passer sa vie sur l'Océan et chercher fortune aux Amériques ; toi, Joachim, tu serais un laboureur qui préfère ne pas quitter son village et sa terre d'ici. Et, en alternant, tantôt l'un, tantôt l'autre, tous deux vous discuterez, en couplets de longueur égale, les plaisirs de votre métier, sur l'air... sur l'air d'*Iru damacho*. Allez !

Ils se regardent, les deux frères, à demi tournés l'un vers l'autre sur le banc de chêne où ils sont assis ; un instant de songerie, pendant lequel une imperceptible agitation des paupières trahit seule le travail qui se fait dans leurs têtes ; puis, brusquement Marcos, l'aîné, commence, et ils ne s'arrêteront plus. Avec leurs joues rasées, leurs beaux profils, leurs mentons qui s'avancent, un peu impérieux, au-dessus des muscles puissants du cou, ils rappellent, dans leur immobilité grave, ces figures que l'on voit sur les médailles romaines. Ils chantent avec un certain effort du gosier, comme les muezzins des mosquées, en des tonalités hautes. Quand l'un a fini son couplet, sans une seconde d'hésitation ni de silence, l'autre reprend ; de plus en plus leurs esprits s'animent et s'échauffent, ils semblent deux inspirés. Autour de la table des contrebandiers, beaucoup d'autres bérets se sont groupés et on écoute avec admiration les choses spirituelles ou sensées que les deux frères savent dire, avec toujours la cadence et la rime qu'il faut.

Vers la vingtième strophe enfin, Itchoua les interrompt pour les faire reposer, et il commande d'apporter du cidre encore.

— Mais comment avez-vous appris, demande Ramuntcho aux Iragola ; comment cela vous est-il venu ?

— Oh ! répond Marcos, d'abord c'est de famille, comme tu dois savoir. Notre père, notre grand-père ont été des improvisateurs qu'on aimait à entendre dans toutes les fêtes du pays basque, et notre mère

aussi était la fille d'un grand improvisateur du village
de Lesaca. Et puis chaque soir, en ramenant nos bœufs
ou en trayant nos vaches, nous nous exerçons, ou bien
encore au coin du feu durant les veillées d'hiver. Oui,
chaque soir, nous composons ainsi, sur des sujets que
l'un ou l'autre imagine, et c'est notre plaisir à tous
deux...

Mais, quand vient pour Florentino son tour de
chanter, lui qui ne sait que les vieux refrains de la
montagne, entonne en fausset d'arabe la complainte de
la fileuse de lin ; alors Ramuntcho, qui l'avait chantée
la veille dans le crépuscule d'automne, revoit le ciel
enténébré d'hier, les nuées pleines de pluie, le char à
bœufs descendant tout en bas, dans un vallon mélancolique et fermé, vers une métairie solitaire... Et
subitement l'angoisse inexpliquée lui revient, la même
qu'il avait déjà eue ; l'inquiétude de vivre et de passer
ainsi, toujours dans ces mêmes villages, sous l'oppression de ces mêmes montagnes ; la notion et le confus
désir des *ailleurs* ; le trouble des inconnaissables lointains... Ses yeux, devenus atones et fixes, regardent en
dedans ; pour quelques étranges minutes, il se sent
exilé, sans comprendre de quelle patrie, déshérité, sans
savoir de quoi, triste jusqu'au fond de l'âme ; entre lui
et les hommes qui l'entourent se sont dressées tout à
coup d'irréductibles dissemblances héréditaires...

Trois heures [9]. C'est l'heure où finissent les vêpres
chantées, dernier office du jour ; l'heure où sortent de
l'église, dans un recueillement grave comme celui du
matin, toutes les mantilles de drap noir cachant les
jolis cheveux des filles et la forme de leur corsage, tous
les bérets de laine pareillement abaissés sur les figures

rasées des hommes, sur leurs yeux vifs ou sombres, plongés encore dans le songe des vieux temps.

C'est l'heure où vont commencer les jeux, les danses, la pelote et le fandango. Tout cela traditionnel et immuable.

La lumière du jour se fait déjà plus dorée, on sent le soir venir. L'église, subitement vide, oubliée, où persiste l'odeur de l'encens, s'emplit de silence, et les vieux ors des fonds brillent mystérieusement au milieu de plus d'ombre ; du silence aussi se répand alentour, sur le tranquille enclos des morts, où les gens, cette fois, sont passés sans s'arrêter, dans la hâte de se rendre ailleurs.

Sur la place du jeu de paume, on commence à arriver de partout, du village même et des hameaux voisins, des maisonnettes de bergers ou de contrebandiers qui perchent là-haut, sur les âpres montagnes. Des centaines de bérets basques, tous semblables, sont à présent réunis, prêts à juger des coups en connaisseurs, à applaudir ou à murmurer ; ils discutent les chances, commentent la force des joueurs et arrangent entre eux de gros paris d'argent. Et des jeunes filles, des jeunes femmes s'assemblent aussi, n'ayant rien de nos paysannes des autres provinces de France, élégantes, affinées, la taille gracieuse et bien prise dans des costumes de formes nouvelles ; quelques-unes portant encore sur le chignon le foulard de soie, roulé et arrangé comme une petite calotte ; les autres, tête nue, les cheveux disposés de la manière la plus moderne ; d'ailleurs, jolies pour la plupart, avec d'admirables yeux et de très longs sourcils... Cette place, toujours solennelle et en temps ordinaire un peu

triste, s'emplit aujourd'hui dimanche d'une foule vive
et gaie.

Le moindre hameau, en pays basque, a sa place
pour le jeu de paume, grande, soigneusement tenue, en
général près de l'église, sous des chênes.

Mais ici, c'est un peu le centre, et comme le
conservatoire des joueurs français, de ceux qui deviennent célèbres, tant aux Pyrénées qu'aux Amériques, et
que, dans les grandes parties internationales, on
oppose aux champions d'Espagne. Aussi la place est-
elle particulièrement belle et pompeuse, surprenante
en un village si perdu. Elle est dallée de larges pierres,
entre lesquelles des herbes poussent, accusant sa
vétusté et lui donnant un air d'abandon. Des deux
côtés s'étendent, pour les spectateurs, de longs gradins, — qui sont en granit rougeâtre de la montagne
voisine et, en ce moment, tout fleuris de scabieuses
d'automne. — Et au fond, le vieux mur monumental se
dresse, contre lequel les pelotes viendront frapper ; il a
un fronton arrondi, qui semble une silhouette de dôme,
et porte cette inscription à demi effacée par le temps :
« Blaidka haritzea debakatua ». (Il est défendu de
jouer au *blaid*.)

C'est au *blaid* cependant que va se faire la partie du
jour ; mais l'inscription vénérable remonte au temps de
la splendeur du jeu national, dégénéré à présent
comme dégénèrent toutes choses ; elle avait été mise là
pour conserver la tradition du *rebot*[10], un jeu plus
difficile, exigeant plus d'agilité et de force, et qui ne
s'est guère perpétué que dans la province espagnole de
Guipuzcoa.

Tandis que les gradins s'emplissent toujours, elle

reste vide encore, la place dallée que verdissent les herbes, et qui a vu, depuis les vieux temps, sauter et courir les lestes et les vigoureux de la contrée. Le beau soleil d'automne, à son déclin, l'échauffe et l'éclaire. Çà et là quelques grands chênes s'effeuillent au-dessus des spectateurs assis. On voit là-bas la haute église et les cyprès, tout le recoin sacré, d'où les saints et les morts semblent de loin regarder, protéger les joueurs, s'intéresser à ce jeu qui passionne encore tout une race et la caractérise...

Enfin ils entrent dans l'arène, les *pelotaris*, les six champions parmi lesquels il en est un en soutane, le vicaire de la paroisse. Avec eux, quelques autres personnages : le crieur qui, dans un instant, va chanter les coups ; les cinq juges, choisis parmi des connaisseurs de villages différents, pour intervenir dans les cas de litige, et quelques autres portant des espadrilles et des pelotes de rechange. A leur poignet droit, les joueurs attachent avec des lanières une étrange chose d'osier qui semble un grand ongle courbe leur allongeant de moitié l'avant-bras : c'est avec ce gant (fabriqué en France par un vannier unique du village d'Ascain) qu'il va falloir saisir, lancer et relancer la pelote, — une petite balle de corde serrée et recouverte en peau de mouton, qui est dure comme une boule de bois.

Maintenant ils essaient leurs balles, choisissent les meilleures, dégourdissent, par de premiers coups qui ne comptent pas, leurs bras d'athlètes. Puis, ils enlèvent leur veste, pour aller chacun la confier à quelque spectateur de prédilection ; Ramuntcho, lui, porte la sienne à Gracieuse, assise au premier rang, sur le gradin d'en bas. Et, sauf le prêtre qui jouera entravé dans sa robe noire, les voilà tous en tenue de combat, le torse libre dans une chemise de cotonnade rose ou bien moulé sous un léger maillot de fil.

Les assistants les connaissent bien, ces joueurs; dans un moment, ils s'exciteront pour ou contre eux et vont frénétiquement les interpeller, comme on fait aux toréadors.

En cet instant, le village s'anime tout entier de l'esprit des temps anciens; dans son attente du plaisir, dans sa vie, dans son ardeur, il est très basque et très vieux, — sous la grande ombre de la Gizune, la montagne surplombante, qui y jette déjà un charme de crépuscule.

Et la partie commence, au mélancolique soir. La balle, lancée à tour de bras, se met à voler, frappe le mur à grands coups secs, puis rebondit et traverse l'air avec la vitesse d'un boulet.

Ce mur du fond, arrondi comme un feston de dôme sur le ciel, s'est peu à peu couronné de têtes d'enfants, — petits Basques, petits bérets, joueurs de paume de l'avenir, qui tout à l'heure vont se précipiter, comme un vol d'oiseaux, pour ramasser la balle, chaque fois que, trop haut lancée, elle dépassera la place et filera là-bas dans les champs.

La partie graduellement s'échauffe, à mesure que les bras et les jarrets se délient, dans une ivresse de mouvement et de vitesse. Déjà on acclame Ramuntcho. Et le vicaire aussi sera l'un des beaux joueurs de la journée, étrange à voir avec ses sauts de félin et ses gestes athlétiques, emprisonnés dans sa robe de prêtre.

Ainsi est la règle du jeu : quand un champion de

l'un des camps laisse tomber la balle, c'est un point de gagné pour le camp adverse, — et l'on joue d'ordinaire en soixante. — Après chaque coup, le crieur attitré chante à pleine voix, en sa langue millénaire : « Le *but** a tant, le *refil*** a tant, messieurs ! [11] » Et sa longue clameur se traîne au-dessus du bruit de la foule qui approuve ou murmure.

Sur la place, la zone dorée et rougie de soleil diminue, s'en va, mangée par l'ombre ; de plus en plus, le grand écran de la Gizune domine tout, semble enfermer davantage, dans ce petit recoin de monde à ses pieds, la vie très particulière et l'ardeur de ces montagnards, — qui sont les débris d'un peuple très mystérieusement unique, sans analogue parmi les peuples. — Elle marche et envahit en silence, l'ombre du soir, bientôt souveraine ; au loin seulement quelques cimes, encore éclairées au-dessus de tant de vallées rembrunies, sont d'un violet lumineux et rose.

Ramuntcho joue comme, de sa vie, il n'avait encore jamais joué ; il est à l'un de ces instants où l'on croit se sentir retrempé de force, léger, ne pesant plus rien, et où c'est une pure joie de se mouvoir, de détendre ses bras, de bondir. Mais Arrochkoa faiblit, le vicaire deux ou trois fois s'entrave dans sa soutane noire, et le camp adverse, d'abord distancé, peu à peu se rattrape ; alors, en présence de cette partie disputée si vaillamment, les clameurs redoublent et des bérets s'envolent, jetés en l'air par des mains enthousiastes.

* Le *but*, c'est le camp qui, après tirage au sort, a joué le premier au commencement de la partie.
** Le *refil*, le camp opposé à celui du *but*.

Maintenant les points sont égaux de part et d'autre ;
le crieur annonce trente pour chacun des camps rivaux
et il chante ce vieux refrain qui est de tradition
immémoriale en pareil cas : « Les paris en avant !
Payez à boire aux juges et aux joueurs ! » — C'est le
signal d'un instant de repos, pendant qu'on apportera
du vin dans l'arène, aux frais de la commune. Les
joueurs s'asseyent et Ramuntcho va prendre place à
côté de Gracieuse, qui jette sur ses épaules trempées de
sueur la veste dont elle était gardienne. Ensuite, il
demande à sa petite amie de vouloir bien desserrer les
lanières qui tiennent le gant de bois, d'osier et de cuir à
son bras rougi. Et il se repose dans la fierté de son
succès, ne rencontrant que des sourires d'accueil sur
les visages des filles qu'il regarde. Mais il voit aussi là-
bas, du côté opposé au mur des joueurs, du côté de
l'obscurité qui s'avance, l'ensemble archaïque des
maisons basques, la petite place du village avec ses
porches blanchis à la chaux et ses vieux platanes
taillés, puis le clocher massif de l'église, et, plus haut
que tout, dominant tout, écrasant tout, la masse
abrupte de la Gizune d'où vient tant d'ombre, d'où
descend sur ce village perdu une si hâtive impression
de soir... Vraiment elle enferme trop, cette montagne,
elle emprisonne, elle oppresse... Et Ramuntcho, dans
son juvénile triomphe, est troublé par le sentiment de
cela, par cette furtive et vague attirance des *ailleurs* si
souvent mêlée à ses peines et à ses joies...

La partie à présent se continue, et ses pensées se
perdent dans la griserie physique de recommencer la
lutte. D'instant en instant, clac ! toujours le coup de
fouet des pelotes, leur bruit sec contre le gant qui les

lance ou contre le mur qui les reçoit, leur même bruit
donnant la notion de toute la force déployée... Clac!
elle fouettera jusqu'à l'heure du crépuscule, la pelote,
animée furieusement par des bras puissants et jeunes.
Parfois les joueurs, d'un heurt terrible, l'arrêtent au
vol, d'un heurt à briser d'autres muscles que les leurs.
Le plus souvent, sûrs d'eux-mêmes, ils la laissent
tranquillement toucher terre, presque mourir : on
dirait qu'ils ne l'attraperont jamais, et clac! elle repart
cependant, prise juste à point, grâce à une merveilleuse précision de coup d'œil, et s'en va refrapper le
mur, toujours avec sa vitesse de boulet... Quand elle
s'égare sur les gradins, sur l'amas des bérets de laine
et des jolis chignons noués d'un foulard de soie, toutes
les têtes alors, tous les corps s'abaissent comme fau-
chés par le vent de son passage : c'est qu'il ne faut
pas la toucher, l'entraver, tant qu'elle est vivante
et peut encore être prise; puis, lorsqu'elle est vraiment perdue, morte, quelqu'un des assistants se fait
honneur de la ramasser et de la relancer aux joueurs,
d'un coup habile qui la remette à portée de leurs
mains.

Le soir tombe, tombe, les dernières couleurs d'or
s'épandent avec une mélancolie sereine sur les plus
hautes cimes du pays basque. Dans l'église désertée,
les profonds silences doivent s'établir, et les images
séculaires se regarder seules à travers l'envahissement
de la nuit... Oh! la tristesse des fins de fête, dans les
villages très isolés, dès que le soleil s'en va!...

Cependant Ramuntcho de plus en plus est le grand
triomphateur. Et les applaudissements, les cris, dou-
blent encore sa hardiesse heureuse; chaque fois qu'il

fait un *quinze* ∗, les hommes, debout maintenant sur les vieux granits étagés du pourtour, l'acclament avec une méridionale fureur...

Le dernier coup, le soixantième point... Il est pour Ramuntcho et voici la partie gagnée !

Alors, c'est un subit écroulement dans l'arène, de tous les bérets qui garnissaient l'amphithéâtre de pierre ; ils se pressent autour des joueurs, qui viennent de s'immobiliser tout à coup dans des attitudes lassées. Et Ramuntcho desserre les courroies de son gant au milieu d'une foule d'expansifs admirateurs ; de tous côtés, de braves et rudes mains s'avancent afin de serrer la sienne, ou de frapper amicalement sur son épaule.

— As-tu parlé à Gracieuse pour danser ce soir ? lui demande Arrachkoa, qui, à cet instant, ferait pour lui tout au monde.

— Oui, à la sortie de la messe, je lui ai parlé... Elle m'a promis.

— Ah, à la bonne heure ! C'est que j'avais craint que la mère... Oh ! mais j'aurais arrangé ça, moi, dans tous les cas, tu peux me croire.

Un robuste vieillard, aux épaules carrées, aux mâchoires carrées, au visage imberbe de moine, devant lequel on se range par respect, s'approche aussi : c'est Haramburu, un joueur du temps passé, qui fut célèbre, il y a un demi-siècle, aux Amériques pour le jeu de rebot, et qui y gagna une petite fortune.

∗ Il serait trop long d'expliquer cette expression : *faire un quinze*, qui signifie : *faire un point*. C'est une façon de compter du jeu de *rebot*, qui s'est conservée dans le jeu de *blaid*.

Ramuntcho rougit de plaisir, en s'entendant compli-
menter par ce vieil homme difficile. Et là-bas, debout
sur les gradins rougeâtres qui achèvent de se vider,
parmi les herbes longues et les scabieuses de novembre, sa petite amie qui s'en va, suivie d'un groupe de
jeunes filles, se retourne pour lui sourire, pour lui
envoyer de la main un gentil *adios* à la mode espagnole.
Il est un jeune dieu, en ce moment, Ramuntcho ; on est
fier de le connaître, d'être de ses amis, d'aller lui
chercher sa veste, de lui parler, de le toucher.

Maintenant, avec les autres *pelotaris,* il se rend à
l'auberge voisine, dans une chambre où sont déposés
leurs vêtements de rechange à tous et où des amis
soigneux les accompagnent pour essuyer leurs torses
trempés de sueur.

Et, l'instant d'après, sa toilette faite, élégant dans
une chemise toute blanche, le béret de côté et crâne-
ment mis, il sort sur le seuil de la porte, sous les
platanes taillés en berceau, pour jouir encore de son
succès, voire encore passer des gens, continuer de
recueillir des compliments et des sourires.

C'est tout à fait le déclin du jour automnal, c'est le
vrai soir à présent. Dans l'air tiède, des chauves-souris
glissent. Les uns après les autres partent les montagnards des environs ; une dizaine de carrioles s'attel-
lent, allument leur lanterne, s'ébranlent avec des
tintements de grelots, puis disparaissent, par les
petites routes ombreuses des vallées, vers les hameaux
éloignés d'alentour. Au milieu de la pénombre limpide, on distingue les femmes, les filles jolies, assises
sur les bancs, devant les maisons, sous les voûtes

arrangées des platanes ; elles ne sont plus que des formes claires, leurs costumes du dimanche font dans le crépuscule des taches blanches, des taches roses, — et cette tache bleu pâle, tout là-bas, que Ramuntcho regarde, c'est la robe neuve de Gracieuse... Au-dessus de tout, emplissant le ciel, la Gizune gigantesque, confuse et sombre, est comme le centre et la source des ténèbres, peu à peu épandues sur les choses. Et à l'église, voici que tout à coup sonnent les pieuses cloches, rappelant aux esprits distraits l'enclos des tombes, les cyprès autour du clocher, et tout le grand mystère du ciel, de la prière, de l'inévitable mort.

Oh ! la tristesse des fins de fête, dans les villages très isolés, quand le soleil n'éclaire plus, et quand c'est l'automne !...

Ils savent bien, ces gens si ardents tout à l'heure aux humbles plaisirs de la journée, que dans les villes il y a d'autres fêtes plus brillantes, plus belles et moins vite finies ; mais ceci, c'est quelque chose d'à part ; c'est la fête du pays, de leur propre pays, et rien ne leur remplace ces furtifs instants, auxquels, tant de jours à l'avance, ils avaient songé... Des fiancés, des amoureux, qui vont repartir, chacun de son côté, vers les maisons éparses au flanc des Pyrénées, des couples qui, demain, reprendront leur vie monotone et rude, se regardent avant de se séparer, se regardent au soir qui tombe, avec des yeux de regret qui disent : « Alors, c'est déjà fini ? alors, c'est tout ?... [12] »

5

Huit heures du soir. Ils ont dîné à la cidrerie, tous les joueurs, sauf le vicaire, sous le patronage d'Itchoua ; ils ont flâné longuement ensuite, alanguis dans la fumée des cigarettes de contrebande et écoutant les improvisations merveilleuses des deux frères Iragola, de la montagne de Mendiazpi, — tandis que dehors, dans la rue, les filles par petits groupes se donnant le bras, venaient regarder aux fenêtres, s'amuser à suivre, sur les vitres enfumées, les ombres rondes de toutes ces têtes d'hommes coiffés de bérets pareils...

Maintenant, sur la place, l'orchestre de cuivres joue les premières mesures du fandango, et les jeunes garçons, les jeunes filles, tous ceux du village et quelques-uns aussi de la montagne qui sont restés pour danser, accourent par bandes impatientes. Il y en a qui dansent déjà dans le chemin, pour ne rien perdre, qui arrivent en dansant.

Et bientôt le fandango tourne, tourne, au clair de la lune nouvelle dont les cornes semblent poser là-haut, sveltes et légères, sur la montagne énorme et lourde. Dans les couples qui dansent, sans s'enlacer ni se tenir, on ne se sépare jamais ; l'un devant l'autre toujours et à distance égale, le garçon et la fille évoluent, avec une grâce rythmée, comme liés ensemble par quelque invisible aimant.

Il s'est caché, le croissant de lune, abîmé, dirait-on,

dans la ténébreuse montagne; alors on apporte des lanternes qui s'accrochent aux troncs des platanes, et les jeunes hommes peuvent mieux voir leurs danseuses qui, vis-à-vis d'eux, se balancent, avec un air de continuellement fuir, mais sans s'éloigner jamais : presque toutes jolies, élégamment coiffées en cheveux, un soupçon de foulard sur la nuque, et portant avec aisance des robes à la mode d'aujourd'hui. Eux, les danseurs, un peu graves toujours, accompagnent la musique en faisant claquer leurs doigts en l'air : figures rasées et brunies, auxquelles les travaux des champs, de la contrebande ou de la mer, ont donné une maigreur spéciale, presque ascétique; cependant, à l'ampleur de leurs cous bronzés, à la carrure de leurs épaules, la grande force se décèle, la force de cette vieille race sobre et religieuse.

Le fandango tourne et oscille, sur un air de valse ancienne. Tous les bras, tendus et levés, s'agitent en l'air, montent ou descendent avec de jolis mouvements cadencés, suivant les oscillations des corps. Les espadrilles à semelle de corde rendent cette danse silencieuse et comme infiniment légère; on n'entend que le froufrou des robes, et toujours le petit claquement sec des doigts imitant un bruit de castagnettes. Avec une grâce espagnole, les filles, dont les larges manches s'éploient comme des ailes, dandinent leurs tailles serrées, au-dessus de leurs hanches vigoureuses et souples [13]...

En face l'un de l'autre, Ramuntcho et Gracieuse ne se disaient d'abord rien, tout entiers à l'enfantine joie de se mouvoir vite et en cadence, au son d'une musique. Elle est d'ailleurs très chaste, cette façon de danser sans que jamais les corps se frôlent.

Mais il y eut aussi, au cours de la soirée, des valses et des quadrilles, et même des promenades bras dessus bras dessous, permettant aux amoureux de se toucher et de causer.

— Alors, mon Ramuntcho, dit Gracieuse, c'est de ça que tu penses faire ton avenir, n'est-ce pas ? du jeu de paume ?

Ils se promenaient maintenant au bras l'un de l'autre, sous les platanes effeuillés, dans la nuit de novembre, tiède comme une nuit de mai, un peu à l'écart, pendant un intervalle de silence où les musiciens se reposaient.

— Dame, oui ! répondit Raymond ; chez nous, c'est un métier comme un autre, où l'on gagne bien sa vie, tant que la force est là... Et on peut aller de temps en temps faire une tournée aux Amériques, tu sais, comme Irun et Gorostéguy, rapporter des vingt, des trente mille francs pour une saison, gagnés honnêtement sur les places de Buenos-Aires.

— Oh ! les Amériques ! — s'écria Gracieuse, dans un élan étourdi et joyeux, — les Amériques, quel bonheur ! Ç'avait toujours été mon envie, à moi ! Traverser la grande mer, pour voir ces pays de là-bas !... Et nous irions à la recherche de ton oncle Ignacio, puis chez mes cousins Bidegaïna, qui tiennent une ferme au bord de l'Uruguay, dans les prairies...

Elle s'arrêta de parler, la petite fille jamais sortie de ce village que les montagnes enferment et surplombent ; elle s'arrêta pour rêver à ces pays si lointains, qui hantaient sa jeune tête parce qu'elle avait eu,

comme la plupart des Basques, des ancêtres migra-
teurs, — de ces gens que l'on appelle ici Américains ou
Indiens, qui passent leur vie aventureuse de l'autre
côté de l'Océan et ne reviennent au cher village que
très tard, pour y mourir. Et, tandis qu'elle rêvait, le
nez en l'air, les yeux en haut dans le noir des nuées et
des cimes emprisonnantes, Ramuntcho sentait son
sang courir plus vite, son cœur battre plus fort, dans
l'intense joie de ce qu'elle venait de si spontanément
dire. Et, la tête penchée vers elle, la voix infiniment
douce et enfantine, il lui demanda, comme un peu
pour plaisanter :

— *Nous irions ?* C'est bien comme ça que tu as parlé :
nous irions, toi avec moi ? Ça signifie donc que tu serais
consentante, un peu plus tard, quand nous serons
d'âge, à nous marier tous deux ?

Il perçut, à travers l'obscurité, le gentil éclair noir
des yeux de Gracieuse qui se levaient vers lui avec une
expression d'étonnement et de reproche :

— Alors... tu ne le savais pas ?

— Je voulais te le faire dire, tu vois bien... C'est que
tu ne me l'avais jamais dit, sais-tu...

Il serra contre lui le bras de sa petite fiancée, et leur
marche devint plus lente. C'est vrai, qu'ils ne s'étaient
jamais dit cela, non pas seulement parce qu'il leur
semblait que ça allait de soi, mais surtout parce qu'ils
se sentaient arrêtés au moment de parler par une
terreur quand même, — la terreur de s'être trompés et
que ce ne fût pas vrai... Et maintenant ils savaient, ils
étaient sûrs. Alors ils prenaient conscience qu'ils
venaient de franchir à deux le seuil grave et solennel de
la vie. Et, appuyés l'un à l'autre, ils chancelaient

presque dans leur promenade ralentie, comme deux enfants ivres de jeunesse, de joie et d'espoir.

— Mais, est-ce que tu crois qu'elle voudra, ta mère? reprit Ramuntcho timidement, après le long silence délicieux...

— Ah! voilà... répondit la petite fiancée, avec un soupir d'inquiétude... Arrochkoa, mon frère, sera pour nous, c'est bien probable. Mais maman?... Maman voudra-t-elle?... Et puis, ce ne serait pas pour bientôt, dans tous les cas... Tu as ton service à faire à l'armée.

— Non, si tu le veux! Non, je peux ne pas le faire, mon service! Je suis Guipuzcoan, moi, comme ma mère; alors, on ne me prendra pour la conscription que si je le demande... Donc ce sera comme tu l'entendras; comme tu voudras, je ferai...

— Ça, mon Ramuntcho, j'aimerais mieux plus longtemps t'attendre et que tu te fasses naturaliser, et que tu sois soldat comme les autres. C'est mon idée à moi, puisque tu veux que je te la dise!...

— Vrai, c'est ton idée?... Eh bien, tant mieux, car c'est la mienne aussi. Oh! mon Dieu, Français ou Espagnol, moi, ça m'est égal. A ta volonté, tu m'entends! J'aime autant l'un que l'autre : je suis Basque comme toi, comme nous sommes tous; le reste, je m'en fiche! Mais, pour ce qui est d'être soldat quelque part, de ce côté-ci de la frontière ou de l'autre, oui, je préfère ça : d'abord on a l'air d'un lâche quand on s'esquive; et puis, c'est une chose qui me plaira, pour te dire franchement. Ça et voir du pays, c'est mon affaire tout à fait!

— Eh bien, mon Ramuntcho, puisque ça t'est égal,

alors, fais-le en France, ton service, pour que je sois plus contente.

— Entendu, Gatchutcha*!... Tu me verras en pantalon rouge, hein? Je reviendrai au pays comme Bidegarray, comme Joachim, te rendre visite en soldat. Et, sitôt mes trois années finies, alors, notre mariage, dis, si ta maman nous permet!

Après un silence encore, Gracieuse reprit, d'une voix plus basse, et solennellement cette fois :

— Écoute-moi bien, mon Ramuntcho... Je suis comme toi, tu penses : j'ai peur d'elle... de ma mère... Mais, écoute-moi bien... si elle nous refusait, nous ferions ensemble n'importe quoi, tout ce que tu voudrais, car ce serait la seule chose au monde pour laquelle je ne lui obéirais pas...

Puis, le silence de nouveau revint entre eux, maintenant qu'ils s'étaient promis, l'incomparable silence des joies jeunes, des joies neuves et encore inéprouvées, qui ont besoin de se taire, de se recueillir pour se comprendre mieux dans toute leur profondeur. Ils allaient à petits pas et au hasard vers l'église, dans l'obscurité douce que les lanternes ne troublaient plus, grisés rien que de leur innocent contact et de se sentir marcher l'un contre l'autre, dans ce chemin où personne ne les avait suivis...

Mais, un peu loin d'eux, qui avaient fait pour s'isoler plus de chemin que d'ordinaire, le bruit des cuivres tout à coup s'éleva de nouveau, en une sorte de valse lente un peu bizarrement rythmée. Et les deux petits fiancés, très enfants, à l'appel du fandango, sans

---

* Diminutif basque de Gracieuse.

s'être consultés et comme s'il s'agissait d'une chose obligée qui ne se discute pas, prirent leur course pour n'en rien manquer, vers le lieu où les couples dansaient. Vite, vite en place l'un devant l'autre, ils se remirent à se balancer en mesure, toujours sans se parler, avec leurs mêmes jolis gestes de bras, leurs mêmes souples mouvements de hanches. De temps à autre, sans perdre le pas ni la distance, ils filaient tous deux, en ligne droite comme des flèches, dans une direction quelconque. Mais ce n'était qu'une variante habituelle de cette danse-là ; — et, toujours en mesure, vivement, comme des gens qui glissent, ils revenaient à leur point de départ.

Gracieuse apportait à danser la même ardeur passionnée qu'elle mettait à prier devant les chapelles blanches, — la même ardeur aussi que, plus tard sans doute, elle mettrait à enlacer Raymond, quand les caresses entre eux ne seraient plus défendues. Et par moments, toutes les cinq ou six mesures, en même temps que son danseur léger et fort, elle faisait un tour complet sur elle-même, le torse penché avec une grâce espagnole, la tête en arrière, les lèvres entr'ouvertes sur la blancheur nette des dents, une grâce distinguée et fière se dégageant de toute sa petite personne encore si mystérieuse, qui à Raymond seul se livrait un peu.

Tout ce beau soir de novembre, ils dansèrent l'un devant l'autre, muets et charmants, avec des intervalles de promenade à deux, pendant lesquels même ils ne parlaient plus qu'à peine, et toujours de choses enfantines et quelconques — enivrés chacun en silence par la grande chose sous-entendue et délicieuse dont ils avaient l'âme remplie.

Et, jusqu'au couvre-feu sonné à l'église, ce petit bal sous les branches d'automne, ces petites lanternes, cette petite fête dans ce recoin fermé du monde, jetèrent un peu de lumière et de bruit joyeux au milieu de la vaste nuit, que faisaient plus sourde et plus noire les montagnes dressées partout comme des géants d'ombre.

6

Il s'agit d'une grande partie de paume pour dimanche prochain, à l'occasion de la Saint-Damase [14], au bourg d'Hasparitz.

Arrochkoa et Ramuntcho, compagnons de continuelles courses à travers le pays d'alentour, cheminent le jour entier, dans la petite voiture des Detcharry, pour organiser cette partie-là, qui représente à leurs yeux un événement considérable.

D'abord, ils ont été consulter Marcos, l'un des Iragola. Au coin d'un bois, devant la porte de sa maison verdie à l'ombre, ils l'ont trouvé assis sur une souche de châtaignier, toujours grave et sculptural, les yeux inspirés et le geste noble, en train de faire manger la soupe à un tout petit frère encore dans ses maillots.

— C'est le petit onzième, celui-là ? ont-ils demandé en riant.

— Ah! ouat!... a répondu le grand aîné, il court déjà comme un lapin dans la bruyère, le onzième de nous! C'est le numéro douze, celui-ci!... vous savez bien, le petit Jean-Baptiste, le petit nouveau qui, je le pense, ne sera pas le dernier.

Et puis, baissant la tête pour ne pas se heurter aux branches, ils ont traversé les bois, les futaies de chênes sous lesquelles s'étend à l'infini la dentelle rousse des fougères.

Et ils ont traversé plusieurs villages aussi, — villages basques, groupés tous autour de ces deux choses qui en sont le cœur et qui en symbolisent la vie : l'église et le jeu de paume. Çà et là, ils ont frappé à des portes de maisons isolées, maisons hautes et grandes, soigneusement blanchies à la chaux, avec des auvents verts, et des balcons de bois où sèchent au dernier soleil des chapelets de piment rouge. Longuement ils ont parlementé, en leur langage si fermé aux étrangers de France, avec les joueurs fameux, les champions attitrés, — ceux dont on a vu les noms bizarres sur les journaux du sud-ouest, sur toutes les affiches de Biarritz ou de Saint-Jean-de-Luz, et qui, dans la vie ordinaire, sont de braves aubergistes de campagne, des forgerons, des contrebandiers, la veste jetée à l'épaule et les manches de chemise retroussées sur des bras de bronze.

Maintenant que tout est réglé et les paroles fermes échangées, il est trop tard pour rentrer cette nuit chez eux à Etchézar; alors, suivant leurs habitudes d'errants, ils choisissent pour y dormir un village à leur guise, Zitzarry, par exemple, qu'ils ont déjà beaucoup fréquenté pour leurs affaires de contrebande. A la tombée du jour donc, ils tournent bride vers ce lieu, qui est proche et confine à l'Espagne. C'est toujours par les mêmes petites routes pyrénéennes, ombreuses et solitaires sous les vieux chênes qui s'effeuillent, entre des talus richement feutrés de mousse et de fougères rouillées. Et c'est tantôt dans les ravins où bruissent les torrents, tantôt sur les hauteurs d'où apparaissent de tous côtés les grandes cimes assombries.

D'abord, il faisait froid, un froid cinglant[15] le visage et la poitrine. Mais voici que des bouffées commencent à passer, étonnamment chaudes et embaumées de senteurs de plantes : le vent de sud, presque africain, qui se lève encore une fois, ramenant tout à coup l'illusion de l'été. Et, alors, cela devient pour eux une sensation délicieuse, de fendre l'air si brusquement changé, d'aller vite sous les souffles tièdes, au bruit des grelots de leur cheval qui galope follement dans les montées, flairant le gîte du soir.

Zitzarry, un village de contrebandiers, un village perdu qui frôle la frontière. Une auberge délabrée et de mauvais aspect, où, suivant la coutume, les logis pour les hommes se trouvent directement au-dessus des étables, des écuries noires. Ils sont là des voyageurs très connus, Arrochkoa et Ramuntcho, et, tandis qu'on allume le feu pour eux, ils s'asseyent près d'une antique fenêtre à meneau, qui a vue sur la place du jeu de paume et l'église ; ils regardent finir la tranquille petite vie de la journée dans ce lieu si séparé du monde.

Sur cette place solennelle, les enfants s'exercent au jeu national ; graves et ardents, déjà forts, ils lancent leur pelote contre le mur, tandis que, d'une voix chantante et avec l'intonation qu'il faut, l'un d'eux compte et annonce les points, en la mystérieuse langue des ancêtres. Alentour, les hautes maisons, vieilles et blanches, aux murs déjetés, aux chevrons débordants, contemplent par leurs fenêtres vertes ou rouges ces petits joueurs si lestes qui courent au crépuscule comme les jeunes chats. Et les chariots à bœufs rentrent des champs, avec des bruits de sonnailles, ramenant des charges de bois, des charges d'ajoncs coupés ou de fougères mortes... Le soir tombe, tombe avec sa paix et son froid triste. Puis, l'angélus sonne — et c'est, dans tout le village, un tranquille recueillement de prière...

Alors Ramuntcho, silencieux, s'inquiète de sa destinée, se sent comme prisonnier ici, avec toujours ses mêmes aspirations, vers on ne sait quoi d'inconnu, qui le troublent à l'approche des nuits. Et son cœur aussi se serre, de ce qu'il est seul et sans appui au monde, de ce que Gracieuse est d'une condition différente de la sienne et ne lui sera peut-être jamais donnée.

Mais voici qu'Arrochkoa, très fraternel cette fois, dans un de ses bons moments, lui frappe sur l'épaule comme s'il avait compris sa rêverie et lui dit d'un ton de gaîté légère :

— Eh bien ! il paraît que vous avez causé ensemble, hier au soir, la sœur et toi, — c'est elle qui me l'a appris, — et que vous êtes joliment d'accord tous deux !...

Ramuntcho lève vers lui un long regard d'interrogation anxieuse et grave, qui contraste avec ce début de leur causerie :

— Et qu'est-ce que tu penses, toi, demande-t-il, de ce que nous avons dit tous deux ?

— Oh ! moi, mon ami, répond Arrochkoa devenu plus sérieux lui aussi, moi, parole d'honneur, ça me va

très bien !... Même, comme je prévois que ce sera dur
avec la mère, si vous avez besoin d'un coup de main, je
suis prêt à vous le donner, voilà !...

Et la tristesse de Raymond est dissipée comme un
peu de poussière sur laquelle on a soufflé. Il trouve le
souper délicieux, l'auberge gaie. Il se sent bien plus le
fiancé de Gracieuse, à présent que quelqu'un est dans
la confidence, et quelqu'un de la famille qui ne le
repousse pas. Il avait cru pressentir qu'Arrochkoa ne
lui serait pas hostile, mais ce concours si nettement
offert dépasse de beaucoup ses espoirs. — Pauvre petit
abandonné, si conscient de l'humilité de sa situation,
que l'appui d'un autre enfant, un peu mieux établi
dans la vie, suffit à lui rendre courage et confiance !...

7

A l'aube incertaine et un peu glacée, il s'éveilla dans
sa chambrette d'auberge, avec une impression persis-
tante de sa joie d'hier, au lieu de ces confuses angoisses
qui, si souvent, accompagnaient chez lui le retour
progressif des pensées. Dehors, on entendait des
sonnailles de troupeaux partant pour les pâturages,
des vaches qui beuglaient au jour levant, des cloches
d'églises, — et déjà, contre le mur de la grande place,
les coups secs de la pelote basque : tous les bruits d'un
village pyrénéen qui recommence sa vie coutumière
pour un jour nouveau. Et cela semblait à Raymond
une aubade de fête.

De bonne heure ils remontèrent, Arrochkoa et lui, dans leur petite voiture, et, enfonçant leurs bérets pour le vent de la course, partirent au galop de leur cheval, sur les routes un peu saupoudrées de gelée blanche.

A Etchézar, quand ils arrivèrent pour midi, on aurait cru l'été, — tant le soleil était beau.

Dans le jardinet devant sa maison, Gracieuse se tenait assise sur le banc de pierre :

— J'ai parlé à Arrochkoa ! lui dit Ramuntcho, avec un bon sourire heureux, dès qu'il se trouva seul avec elle... Et il est tout à fait pour nous, tu sais !

— Oh ! ça, répondit la petite fiancée, sans perdre l'air tristement pensif qu'elle avait ce matin-là, oh ! ça... mon frère Arrochkoa, je m'en doutais, c'était sûr ! Un joueur de pelote comme toi, tu penses, c'est fait pour lui plaire, à son idée c'est tout ce qu'il y a de supérieur...

— Mais ta maman, Gatchutcha, depuis quelques jours elle est bien mieux pour moi, je trouve... Ainsi dimanche, tu t'en souviens, quand je t'ai demandée pour danser...

— Oh ! ne t'y fie pas, mon Ramuntchito !... tu veux dire avant-hier, à la sortie de la messe ? C'est qu'elle venait de causer avec la Bonne-Mère, n'as-tu pas vu ?... Et la Bonne-Mère avait tempêté pour que je ne danse plus avec toi sur la place ; alors, rien que dans le but de la contrarier, tu comprends... Mais, ne t'y fie pas, non...

— Ah !... répondit Ramuntcho, dont la joie était déjà tombée, c'est vrai, qu'elles ne sont pas trop bien ensemble...

— Bien ensemble, maman et la Bonne-Mère ?...

Comme chien et chat, oui!... Depuis qu'il a été question de mon entrée au couvent, tu ne te rappelles donc pas l'histoire?

Il se rappelait très bien, au contraire, et cela l'épouvantait encore. Les souriantes et mystérieuses nonnes noires avaient une fois cherché à attirer dans la paix de leurs maisons cette petite tête blonde, exaltée et volontaire, possédée d'un immense besoin d'aimer et d'être aimée...

— Gatchutcha, tu es toujours chez les sœurs ou avec elles; pourquoi si souvent? explique-moi : elles te plaisent donc bien?

— Les sœurs? non, mon Ramuntcho, celles d'à présent surtout, qui sont nouvelles au pays et que je connais à peine — car on nous les change souvent, tu sais... Les sœurs, non... Je te dirai même que, pour la Bonne-Mère, je suis comme maman, je ne peux pas la sentir...

— Eh bien, alors, quoi?

— Non, mais, que veux-tu, j'aime leurs cantiques, leurs chapelles, leurs maisons, tout... Je ne peux pas bien t'expliquer, moi... Et puis, d'ailleurs, les garçons, ça ne comprend rien...

Son petit sourire, pour dire cela, fut tout de suite éteint, changé en une expression contemplative ou une expression d'*absence*, que Raymond lui avait déjà souvent vue. Elle regardait attentivement devant elle où il n'y avait pourtant que la route sans promeneurs, que les arbres effeuillés, que la masse brune de l'écrasante montagne; mais on eût dit que Gracieuse était ravie en mélancolique extase par des choses aperçues au delà, par des choses que les yeux de

Ramuntcho ne distinguaient pas... Et, pendant leur silence à tous deux, l'angélus de midi commença de sonner, jetant plus de paix encore sur le village tranquille qui se chauffait au soleil d'hiver; alors, courbant la tête, ils firent naïvement ensemble leur signe de croix...

Puis, quand finit de vibrer la sainte cloche, qui dans les villages basques interrompt la vie, comme en Orient le chant des muezzins, Raymond se décida à dire :

— Ça me fait peur, Gatchutcha, de te voir en leur compagnie toujours... Je ne suis pas sans me demander, va, quelle idée tu gardes au fond de la tête...

Fixant sur lui le noir profond de ses yeux, elle répondit, en reproche très doux :

— Voyons, c'est toi, qui me parles ainsi, après ce que nous avons dit ensemble dimanche soir !... Si je venais à te perdre, oui alors, peut-être... pour sûr, même !... Mais jusque-là, oh! non... oh! sois bien tranquille, mon Ramuntcho...

Il soutint longuement son regard, qui peu à peu ramenait en lui toute la confiance délicieuse, et il finit par sourire d'un sourire d'enfant :

— Pardonne-moi, demanda-t-il... Je dis des bêtises très souvent, tu sais !...

— Ça, par exemple, c'est vrai !

Alors, on entendit sonner leurs deux rires, qui, en des intonations différentes, avaient la même fraîcheur et la même jeunesse. Ramuntcho, d'un geste de brusquerie et de grâce qui lui était familier, changea sa veste d'épaule, tira son béret de côté, et, sans autre adieu qu'un petit signe de tête, ils se

séparèrent, parce que Dolorès arrivait là-bas au bout
du chemin.

8

Minuit, une nuit d'hiver noire comme l'enfer, par
grand vent et pluie fouettante. Au bord de la Bidassoa,
au milieu d'une étendue confuse au sol traître qui
éveille des idées de chaos, parmi des vases où leurs
pieds s'enfoncent, des hommes charrient des caisses
sur leurs épaules et, entrant dans l'eau jusqu'à mi-
jambe, viennent tous les jeter dans une longue chose,
plus noire que la nuit, qui doit être une barque, — une
barque suspecte et sans fanal, amarrée près de la
berge.

C'est encore la bande d'Itchoua, qui cette fois va
opérer par la rivière. On a dormi quelques moments,
tout habillés, dans la maison d'un receleur qui habite
près de l'eau, et, à l'heure voulue, Itchoua, qui ne
ferme jamais qu'un seul de ses yeux, a secoué son
monde ; puis, on est sorti à pas de loup, dans les
ténèbres, sous l'ondée froide propice aux contrebandes.

En route maintenant, à l'aviron, pour l'Espagne
dont les feux s'aperçoivent au loin, brouillés par la
pluie. Il fait un temps déchaîné ; les chemises des
hommes sont déjà trempées, et, sous les bérets
enfoncés jusqu'aux yeux, le vent cingle les oreilles.
Cependant, grâce à la vigueur des bras, on allait vite et

bien, quand tout à coup apparaît dans l'obscurité quelque chose comme un monstre qui s'approcherait en glissant sur les eaux. Mauvaise affaire! C'est le bateau de ronde qui promène chaque nuit les douaniers d'Espagne. En hâte, il faut changer de direction, ruser, perdre un temps précieux quand déjà on est en retard.

Enfin pourtant les voici arrivés sans encombre tout près de la rive espagnole, parmi les grandes barques de pêche qui, les nuits de tourmente, dorment là sur leurs chaînes, devant la « Marine » de Fontarabie[16]. C'est l'instant grave. Heureusement la pluie leur est fidèle et tombe encore à torrents. Tout baissés dans leur canot pour moins paraître, ne parlant plus, poussant du fond avec les rames pour faire moins de bruit, ils s'approchent doucement, doucement, avec des temps d'arrêt sitôt qu'un rien leur a paru bouger, au milieu de tant de noir diffus et d'ombres sans contours.

Maintenant les voici tapis contre l'une de ces grandes barques vides, presque à toucher la terre. Et c'est le point convenu, c'est là que les camarades de l'autre pays devraient se tenir pour les recevoir et pour emporter leurs caisses jusqu'à la maison de recel... Personne, cependant! Où donc sont-ils?... Les premiers moments se passent dans une sorte de paroxysme d'attente et de guet, qui double la puissance de l'ouïe et de la vue. Les yeux dilatés et les oreilles tendues, ils veillent, sous le ruissellement monotone de la pluie... Mais où sont-ils donc, les camarades d'Espagne? Sans doute l'heure est passée, à cause de cette maudite ronde de douane qui a

dérangé tout le voyage, et, croyant le coup manqué
pour cette fois, ils seront repartis...

Des minutes encore s'écoulent, dans la même immobilité et le même silence. On distingue, alentour, les
grandes barques inertes, comme des cadavres de bêtes
qui flotteraient, et puis, au-dessus des eaux, un amas
d'obscurités plus denses que les obscurités du ciel et
qui sont les maisons, les montagnes de la rive... Ils
attendent, sans un mouvement ni une parole. On
dirait des bateliers-fantômes, aux abords d'une ville
morte.

Peu à peu la tension de leurs sens faiblit, une
lassitude leur vient, avec un besoin de sommeil — et ils
dormiraient là même, sous cette pluie d'hiver, si le lieu
n'était si dangereux.

Itchoua alors tient conseil tout bas, en langue
basque, avec les deux plus anciens, et ils décident de
faire une chose hardie. Puisqu'ils ne viennent pas, les
autres, eh bien! tant pis, on va tenter d'y aller, de
porter jusqu'à la maison, là-bas, les caisses de contrebande. C'est terriblement risqué, mais ils l'ont mis
dans leur tête et rien ne les arrêtera plus.

— Toi, dit Itchoua à Raymond, avec sa manière à
lui qui n'admet pas de réplique, toi, mon petit, tu seras
celui qui gardera la barque, puisque tu n'es jamais
venu dans le chemin où nous allons ; tu l'amarreras
tout contre terre, mais d'un tour pas trop solide, tu
m'entends, pour être prêt à filer sans bruit si les
carabiniers arrivent.

Donc, ils s'en vont, tous les autres, les épaules
courbées sous les lourdes charges ; les frôlements à
peine perceptibles de leur marche se perdent tout de

suite sur le quai désert et si noir, au milieu des monotones bruissements de l'averse. Et Ramuntcho, resté seul, s'accroupit au fond de son canot pour moins paraître, s'immobilise à nouveau, sous l'arrosage incessant d'une pluie qui tombe maintenant régulière et tranquille.

Ils tardent à revenir, les camarades, — et par degrés, dans cette inaction et ce silence, un engourdissement irrésistible le gagne, presque un sommeil.

Mais voici qu'une longue forme, plus sombre que tout ce qui est sombre, passe à ses côtés, passe très vite, — toujours dans ce même absolu silence qui demeure comme la caractéristique de cette entreprise nocturne : une des grandes barques espagnoles !... Cependant, songe-t-il, puisque toutes sont à l'ancre, puisque celle-ci n'a ni voiles ni rameurs... alors, quoi ?... c'est que c'est moi-même qui passe !... Et il a compris : son canot était trop légèrement amarré, et le courant, très rapide ici, l'entraîne, — et il est déjà loin, filant vers l'embouchure de la Bidassoa, vers les brisants, vers la mer...

Une anxiété vient l'étreindre, presque une angoisse... Que faire ?... Et, ce qui complique tout, il faut agir sans un cri d'appel, sans un bruit, car, tout le long de cette côte qui semble le pays du vide et des ténèbres, il y a des carabiniers, échelonnés en cordon interminable et veillant chaque nuit sur l'Espagne comme sur une terre défendue... Il essaie, avec une des longues rames, de pousser du fond pour revenir en arrière ; — mais il n'y en a plus de fond ; il ne trouve que l'inconsistance de l'eau fuyante et noire, il est déjà dans la passe profonde... Alors, ramer coûte que coûte et tant pis !...

A grand'peine, la sueur au front, il ramène seul

contre le courant la barque pesante, inquiet, à chaque coup d'aviron, du petit grincement révélateur, qu'une ouïe fine là-bas pourrait si bien percevoir. Et puis, on n'y voit plus rien, à travers la pluie plus épaisse qui brouille les yeux; il fait noir, noir comme dans les entrailles de la terre où le diable demeure. Il ne reconnaît plus le point de départ où doivent l'attendre les autres, dont il aura peut-être causé la perte; il hésite, il s'arrête, l'oreille tendue, les artères bruissantes, et se cramponne, pour réfléchir, à l'une des grandes barques d'Espagne... Quelque chose alors s'approche, glissant comme avec des précautions infinies à la surface de l'eau à peine remuée : une ombre humaine, dirait-on, une silhouette debout, — un contrebandier, sûrement, pour faire si peu de bruit! L'un l'autre ils se devinent, et, Dieu merci! c'est bien Arrochkoa; Arrochkoa, qui a détaché un frêle canot espagnol pour aller à sa rencontre... Donc, la jonction entre eux est opérée et ils sont probablement sauvés tous, encore une fois!

Mais Arrochkoa, en l'abordant, profère d'une voix sourde et mauvaise, d'une voix serrée entre ses dents de jeune félin, une de ces suites d'injures qui appellent la réplique immédiate et sonnent comme une invitation à se battre... C'était si imprévu, que la stupeur d'abord immobilise Raymond, retarde la montée du sang à sa tête vive. Est-ce bien cela que son ami vient de dire, et sur un tel ton d'indéniable insulte!...

— Tu as dit?

— Dame!... — reprend Arrochkoa, un peu radouci tout de même, et sur ses gardes, observant dans les ténèbres les attitudes de Ramuntcho. — Dame! tu as manqué nous faire prendre tous, maladroit que tu es !...

Cependant les silhouettes des autres surgissent d'un canot voisin.

— Ils sont là, continue-t-il, arme ton aviron, rapprochons-nous d'eux !

Et Ramuntcho se rassied à sa place de rameur, les tempes chaudes de colère, les mains tremblantes... Non, d'ailleurs... c'est le frère de Gracieuse : tout serait perdu s'il se battait avec lui ; à cause d'elle, il courbera la tête et ne répondra rien.

Maintenant leur barque s'éloigne à force de rames, les emmenant tous ; le tour est joué. Il était temps ; deux voix espagnoles vibrent sur la rive noire : deux carabiniers, qui sommeillaient dans leur manteau et que le bruit a réveillés !... Et ils commencent à héler cette barque fuyante et sans fanal, moins aperçue que soupçonnée, perdue tout de suite dans l'universelle confusion nocturne.

— Trop tard, les amis ! ricane Itchoua, en ramant à outrance. Hélez à votre aise, à présent, et que le diable vous réponde !

Le courant aussi les aide ; ils s'éloignent dans l'épaisse obscurité avec la vitesse des poissons.

Ouf ! Maintenant ils sont dans les eaux françaises, en sécurité, non loin sans doute de la vase des berges.

— Arrêtons-nous pour souffler un peu, propose Itchoua.

Et ils lèvent leurs avirons, tout haletants, trempés de sueur et de pluie. Les voici de nouveau immobiles sous l'ondée froide qu'ils ne semblent pas sentir. On n'entend plus, dans le vaste silence, que le souffle peu à peu calmé des poitrines, la petite musique des gouttes d'eau qui tombent et leurs ruissellements légers.

Mais tout à coup, de cette barque qui était si tranquille et qui n'avait plus que l'importance d'une ombre à peine réelle au milieu de tant de nuit, un cri s'élève, suraigu, terrrifiant ; il remplit le vide et s'en va déchirer les lointains... Il est parti de ces notes très hautes qui n'appartiennent d'ordinaire qu'aux femmes, mais avec quelque chose de rauque et de puissant qui indique plutôt le mâle sauvage ; il a le mordant de la voix des chacals et il garde quand même on ne sait quoi d'humain qui fait davantage frémir ; on attend avec une sorte d'angoisse qu'il finisse, et il est long, long, il oppresse par son inexplicable longueur... Il avait commencé comme un haut bramement d'ago- nie, et voici qu'il s'achève et s'éteint en une sorte de rire, sinistrement burlesque, comme le rire des fous...

Cependant, autour de l'homme qui vient de crier ainsi à l'avant de la barque, aucun des autres ne s'étonne ni ne bouge. Et, après quelques secondes d'apaisement silencieux, un nouveau cri semblable part de l'arrière, répondant au premier et passant par les mêmes phases —, qui sont de tradition infiniment ancienne.

Et c'est simplement l'*irrintzina*, le grand cri basque, qui s'est transmis avec fidélité du fond de l'abîme des âges jusqu'aux hommes de nos jours, et qui constitue l'une des étrangetés de cette race aux origines envelop- pées de mystère. Cela ressemble au cri d'appel de certaines tribus Peaux-Rouges dans les forêts des Amériques ; la nuit, cela donne la notion et l'insonda- ble effroi des temps primitifs, quand, au milieu des solitudes du vieux monde, hurlaient des hommes au gosier de singe[17].

On pousse ce cri pendant les fêtes, ou bien pour s'appeler le soir dans la montagne, et surtout pour célébrer quelque joie, quelque aubaine imprévue, une chasse miraculeuse ou un coup de filet heureux dans l'eau des rivières.

Et ils s'amusent, les contrebandiers, à ce jeu des ancêtres ; ils donnent de la voix pour glorifier leur entreprise réussie, ils crient par besoin physique de se dédommager de leur silence de tout à l'heure.

Mais Ramuntcho reste muet et sans un sourire. Cette sauvagerie soudaine le glace, bien qu'elle lui soit depuis longtemps connue ; elle le plonge dans les rêves qui inquiètent et ne se démêlent pas.

Et puis, il a senti ce soir une fois de plus combien était incertain et changeant son seul appui au monde, l'appui de cet Arrochkoa sur qui il aurait pourtant besoin de pouvoir compter comme sur un frère ; ses audaces et ses succès au jeu de paume le lui rendront sans doute, mais une défaillance, un rien, peut à tout moment le lui faire perdre. Alors il lui semble que l'espoir de sa vie n'a plus de base, que tout s'évanouit comme une inconsistante chimère.

9

C'était le soir de la Saint-Sylvestre.

Toute la journée, s'était maintenu ce ciel sombre qui

est si souvent le ciel du pays basque — et qui va bien
d'ailleurs avec les âpres montagnes, avec la mer
bruissante et mauvaise, en bas, au fond du golfe de
Biscaye.

Au crépuscule de ce dernier jour de l'année, à
l'heure où les feux de branches retiennent les hommes
autour des foyers épars dans la campagne, à l'heure où
le gîte est désirable et délicieux, Ramuntcho et sa mère
allaient s'asseoir pour souper, quand on frappa discrè-
tement à leur porte.

L'homme qui leur arrivait de la nuit du dehors, au
premier aspect leur sembla inconnu ; quand il se fut
nommé seulement (José Bidegarray, d'Hasparitz), ils
se rappelèrent le matelot parti depuis des années pour
naviguer aux Amériques.

— Voilà, dit-il après avoir accepté une chaise, voilà
quelle commission l'on m'a chargé de vous faire. Une
fois, à Rosario de l'Uruguay, comme je causais sur les
docks avec d'autres Basques émigrés là-bas, un
homme, qui pouvait avoir cinquante ans environ, s'est
approché de moi, en m'entendant parler d'Etchézar.

» — Vous en êtes, vous, d'Etchézar ? m'a-t-il
demandé.

» — Non, mais du bourg d'Hasparitz, qui n'en est
guère éloigné.

» Alors il m'a fait des questions sur toute votre
famille. J'ai dit :

» — Les vieux sont morts, le frère aîné a été tué à la
contrebande, le second a disparu aux Amériques ; il ne
reste plus que Franchita avec son fils Ramuntcho, un
beau jeune garçon qui peut avoir dans les dix-huit ans
aujourd'hui.

» Il était tout songeur en m'écoutant parler.

» — Eh bien, m'a-t-il dit pour finir, puisque vous retournez là-bas, vous leur direz le bonjour de la part d'Ignacio.

» Et, après m'avoir offert un verre à boire, il s'en est allé...

Franchita s'était levée, tremblante et encore plus pâle que de coutume. Ignacio, le plus aventurier de toute la famille, son frère disparu depuis dix années sans donner de ses nouvelles!...

Comment était-il? Quelle figure? Habillé de quelle façon?... Avait-il l'air heureux, au moins, ou la tenue d'un pauvre?

— Oh! répondit le matelot, il marquait bien encore, malgré ses cheveux gris; pour le costume, il paraissait un homme à son aise, avec une belle chaîne d'or à sa ceinture.

Et c'était tout ce qu'il pouvait dire, par exemple, cela, avec ce naïf et rude bonjour dont il était porteur; au sujet de l'exilé, il n'en savait pas davantage, et peut-être, jusqu'à la mort, Franchita n'apprendrait jamais rien de plus sur ce frère, presque inexistant comme un fantôme.

Puis, quand il eut vidé un verre de cidre, il reprit sa route, le messager étrange qui se rendait là-haut dans son village. Alors, ils se mirent à table sans se parler, la mère et le fils; elle, la silencieuse Franchita, distraite, avec des larmes qui faisaient briller ses yeux; lui, troublé aussi, mais d'une manière différente, par la pensée de cet oncle, courant là-bas la grande aventure.

Au sortir de l'enfance, quand Ramuntcho commençait à déserter l'école, à vouloir suivre les contreban-

diers dans la montagne, Franchita avait coutume de
lui dire en le grondant :

— D'ailleurs, tu tiens de ton oncle Ignacio, on ne
fera jamais rien de toi !...

Et c'était vrai qu'il tenait de son oncle Ignacio, qu'il
était fasciné par toutes les choses dangereuses, inconnues et lointaines...

Ce soir donc, si elle ne parlait pas à son fils du
message qui venait de leur être transmis, c'est qu'elle
devinait le sens de la rêverie sur les Amériques et
qu'elle avait peur de ses réponses. Du reste, chez les
campagnards ou chez les gens du peuple, les petits
drames profonds et intimes se jouent sans paroles, avec
des malentendus jamais éclaircis, des phrases seulement devinées et d'obstinés silences.

Mais, comme ils finissaient leur repas, ils entendi-
rent un chœur de voix jeunes et gaies, qui se rappro-
chait, accompagné d'un tambour : les garçons
d'Etchézar, venant prendre Ramuntcho pour l'emmener avec eux faire en musique le tour du village,
suivant la coutume des nuits de la Saint-Sylvestre,
entrer dans chaque maison, y boire un verre de cidre et
y donner une joyeuse sérénade sur un air du vieux
temps.

Et Ramuntcho, oubliant l'Uruguay et l'oncle mystérieux, redevint enfant, dans son plaisir de les suivre et
de chanter avec eux le long des chemins obscurs, ravi
surtout de penser qu'on entrerait chez les Detcharry et
qu'il reverrait un instant Gracieuse.

10

Le changeant mois de mars était arrivé, et avec lui l'enivrement du printemps, joyeux pour les jeunes, mélancolique pour ceux qui déclinent.

Et Gracieuse avait recommencé de s'asseoir, au crépuscule des jours déjà allongés, sur le banc de pierre devant sa porte.

Oh! les vieux bancs de pierre, autour des maisons, faits dans les temps passés, pour les rêveries des soirées douces et pour les causeries éternellement pareilles des amoureux!...

La maison de Gracieuse était très ancienne, comme la plupart des maisons de ce pays basque, où les années changent, moins qu'ailleurs, les choses... Elle avait deux étages; un grand toit débordant, en pente rapide; des murailles comme une forteresse, que l'on blanchissait à la chaux tous les étés; de très petites fenêtres, avec des entourages de granit taillé et des contrevents verts. Au-dessus de la porte de façade, un linteau de granit portait une inscription en relief; des mots compliqués et longs, qui, pour des yeux de Français, ne ressemblaient à rien de connu. Cela disait : « Que notre Sainte Vierge bénisse cette demeure, bâtie en l'an 1630 par Pierre Detcharry, bedeau, et sa femme Damasa Irribarne, du village d'Istaritz. » Un jardinet de deux mètres de large, entouré d'un mur bas pour permettre de voir passer le monde, séparait la maison du chemin; il y avait là un

beau laurier-rose de pleine terre, étendant son feuil-
lage méridional au-dessus du banc des soirs, et puis
des yuccas, un palmier, et des touffes énormes de ces
hortensias, qui deviennent géants ici, dans ce pays
d'ombre, sous ce tiède climat enveloppé si souvent de
nuages. Par derrière ensuite, venait un verger mal
clos, qui dévalait jusqu'à un chemin abandonné,
favorable aux escalades d'amants.

Les rayonnants matins de lumière qu'il y eut ce
printemps-là, et les tranquilles soirs roses!...

Après une semaine de pleine lune, qui maintenait
jusqu'au jour les campagnes toutes bleues de rayons,
et où les gens d'Itchoua ne travaillaient plus, — tant
était clair leur domaine habituel, tant s'illuminaient
leurs grands fonds vaporeux de Pyrénées et
d'Espagne, — la fraude de frontière reprit de plus
belle, dès que le croissant aminci fut redevenu discret
et matinal. Alors, par ces beaux temps recommencés,
la contrebande des nuits fut exquise à faire ; métier de
solitude et de rêve où l'âme des naïfs et très pardon-
nables fraudeurs [18] grandissait inconsciemment en
contemplation du ciel et des ténèbres animées
d'étoiles, — comme il arrive pour l'âme des gens de
mer veillant sur la marche nocturne des navires, et
comme il arrivait jadis pour l'âme des pasteurs de
l'antique Chaldée.

Elle était favorable aussi et tentante pour les amoureux, cette période attiédie qui suivit la pleine lune de
mars, car il faisait noir partout autour des maisons,
noir dans tous les chemins voûtés d'arbres, — et très
noir, derrière le verger des Detcharry, dans le sentier
à l'abandon où ne passait jamais personne.

Gracieuse vivait de plus en plus sur son banc devant sa porte.

C'était là qu'elle s'était assise, comme chaque année pour recevoir et regarder les danseurs du carnaval : ces groupes de jeunes garçons et de jeunes filles d'Espagne ou de France, qui, chaque printemps, s'organisent pour quelques jours en bande errante et, vêtus tous de mêmes couleurs roses ou blanches, s'en vont parcourir les villages de la frontière, danser le fandango devant les maisons, avec des castagnettes...

Elle s'attardait toujours davantage à cette place qu'elle aimait, sous l'abri du laurier-rose près de fleurir, et quelquefois même, sans bruit par la fenêtre, comme une petite sournoise, pour venir là respirer longuement, après que sa mère était couchée. Or, Ramuntcho le savait et, chaque soir, la pensée de ce banc troublait son sommeil.

11

Un clair matin d'avril, ils cheminaient tous deux vers l'église, Gracieuse et Raymond. Elle, d'un air demi-grave [19], d'un petit air particulier et très drôle, le menant là pour lui faire faire une pénitence qu'elle lui avait commandée.

Dans le saint enclos, les parterres des tombes refleurissaient, comme aussi les rosiers des murailles. Une fois de plus les sèves nouvelles s'éveillaient, au-dessus du long sommeil des morts. Ils entrèrent ensemble, par la porte d'en bas, dans l'église vide, où la vieille *benoîte* en mantille noire était seule, époussetant les autels.

Quand Gracieuse eut donné à Ramuntcho l'eau bénite et qu'ils eurent fait leur signe de croix, elle le conduisit, à travers la nef sonore pavée de dalles funéraires, jusqu'à une étrange image accrochée au mur, dans un recoin d'ombre, sous les tribunes des hommes.

C'était une peinture, empreinte d'un mysticisme ancien, qui représentait la figure de Jésus les yeux fermés, le front sanglant, l'expression lamentable et morte ; la tête semblait tranchée, séparée du corps et posée là sur un linge gris. Au-dessous, se lisaient les longues *Litanies de la Sainte-Face,* qui ont été composées, comme chacun sait, pour être dites en punition par les blasphémateurs repentants. La veille, Ramuntcho, étant en colère, avait juré très vilainement : une kyrielle tout à fait inimaginable de mots, où les sacrements et les plus saintes choses se trouvaient mêlés aux cornes du diable et à d'autres vilenies plus affreuses encore. C'est pourquoi la nécessité d'une pénitence s'était imposée à l'esprit de Gracieuse.

— Allons, mon Ramuntcho, recommanda-t-elle en s'éloignant, n'omets rien de ce qu'il faut dire.

Elle le quitta donc devant la Sainte-Face, commençant de murmurer ses litanies à voix basse, et se rendit auprès de la benoîte, pour l'aider à changer l'eau des pâquerettes blanches, devant l'autel de la Vierge.

Mais quand le langoureux soir fut revenu, et Gracieuse assise dans l'obscurité à rêver sur son banc

de pierre, une jeune forme humaine surgit tout à coup
près d'elle ; quelqu'un qui s'était approché en espadrilles, sans faire plus de bruit que les hiboux soyeux
dans l'air, venant du fond du jardin sans doute, après
quelque escalade, et qui se tenait là, droit et cambré, la
veste jetée sur une épaule : celui vers qui allaient
toutes ses tendresses de cette terre, celui qui incarnait
l'ardent rêve de son cœur et de ses sens...

— Ramuntcho ! dit-elle... Oh ! que j'ai eu peur de
toi !... D'où es-tu sorti à une heure pareille ? Qu'est-ce
que tu veux ? Pourquoi es-tu venu ?

— Pourquoi je suis venu ? A mon tour, pour te
commander une pénitence, répondit-il en riant.

— Non, dis vrai, qu'est-ce qu'il y a, qu'est-ce que tu
viens faire ?

— Mais, te voir seulement ! C'est ça que je viens
faire... Qu'est-ce que tu veux ! nous ne nous voyons
plus jamais !... Ta mère m'éloigne davantage chaque
jour. Je ne peux pas vivre comme ça, moi... Nous ne
faisons pas de mal après tout, puisque c'est pour nous
marier, dis !... Et tu sais, je pourrai venir tous les soirs,
si cela te va, sans que personne s'en doute...

— Oh ! non !... Oh ! ne fais pas ça, jamais, je t'en
supplie...

Ils causèrent un instant, et si bas, si bas, avec plus
de silences que de paroles, comme s'ils avaient peur
d'éveiller les oiseaux dans les nids. Ils ne reconnais-
saient plus le son de leurs voix, tant elles étaient
changées et tant elles tremblaient, comme s'ils avaient
commis là quelque crime délicieux et damnable, rien
qu'en restant près l'un de l'autre, dans le grand
mystère caressant de cette nuit d'avril, qui couvait

autour d'eux tant de montées de sèves, de germinations et d'amours...

Il n'avait même pas osé s'asseoir à ses côtés; il demeurait debout, prêt à fuir sous les branches à la moindre alerte comme un rôdeur nocturne.

Cependant, quand il voulut partir, ce fut elle qui demanda, confuse, en hésitant et de façon à être à peine entendue :

— Et... tu reviendras demain, dis ?

Alors, sous sa moustache commençante, il sourit de voir ce brusque changement d'idée et il répondit :

— Mais oui, bien sûr !... Demain et tous les soirs !... Tous les soirs où nous n'aurons pas de travail pour l'Espagne... je viendrai...

12

Le logis de Raymond était, dans la maison de sa mère et juste au-dessus de l'étable, une chambre très nettement badigeonnée à la chaux; il avait là son lit, toujours propre et blanc, mais où la contrebande lui laissait maintenant peu d'heures pour dormir. Des livres de voyages ou de cosmographie, que lui prêtait le curé de sa paroisse, posaient sur sa table, — inattendus dans cette demeure. Les portraits encadrés de différents saints ornaient les murailles, et plusieurs gants de joueur de pelote pendaient aux poutres du plafond, — de ces longs gants d'osier et de cuir, qui semblent plutôt des engins de chasse ou de pêche.

Franchita, à son retour au pays, avait racheté cette maison, qui était celle de ses parents défunts, avec une partie de la somme donnée par l'étranger à la naissance de son fils. Elle avait placé le reste ; puis elle travaillait à faire des robes ou à repasser du linge pour les personnes d'Etchézar, et louait, à des fermiers d'une terre environnante, deux chambres d'en bas, avec l'étable où ceux-ci mettaient leurs vaches et leurs brebis.

Différentes petites musiques familières berçaient Ramuntcho dans son lit. D'abord, le bruit constant d'un torrent très proche ; puis, des chants de rossignols quelquefois, des aubades de divers oiseaux. Et, à ce printemps surtout, les vaches, ses voisines d'en bas, excitées sans doute par la senteur du foin frais, se remuaient toute la nuit, s'agitaient en rêve, avec de continuels tintements de leurs clochettes.

Souvent, après les longues expéditions nocturnes, il rattrapait son sommeil pendant l'après-midi, étendu à l'ombre dans quelque coin de mousse et d'herbes. D'ailleurs, comme les autres contrebandiers, il n'était guère matinal pour un garçon de village, et s'éveillait des fois bien après le lever du jour, quand déjà, entre les bois mal joints de son plancher, des raies d'une lumière vive et gaie arrivaient de l'étable d'en dessous, — dont la porte restait toujours grande ouverte au levant, après le départ des bêtes pour les pâturages. Alors, il allait à sa fenêtre, poussait le vieux petit auvent en bois de châtaignier massif peint d'un ton olive, et s'accoudait sur l'appui de la muraille épaisse pour regarder les nuages ou le soleil du matin nouveau.

Ce qu'il voyait là, aux entours de sa maison, était vert, vert, magnifiquement vert, comme le sont au printemps tous les recoins de ce pays d'ombre et de pluie. Les fougères, qui prennent à l'automne une si chaude couleur de rouille, étaient maintenant, à cet avril, dans l'éclat de leur plus verte fraîcheur et couvraient le flanc des montagnes comme d'un immense tapis de haute laine frisée, où des fleurs de digitale faisaient partout des taches roses. En bas, dans un ravin, le torrent bruissait sous des branches. En haut, des bouquets de chênes et de hêtres s'accrochaient sur les pentes, alternant avec des prairies; puis, au-dessus de ce tranquille Éden, vers le ciel, montait la grande cime dénudée de la Gizune, souveraine ici de la région des nuages. Et on apercevait aussi, un peu en recul, l'église et les maisons, — ce village d'Etchézar, solitaire et haut perché sur l'un des contreforts pyrénéens, loin de tout, loin des lignes de communication qui ont bouleversé et perdu le bas pays des plages; à l'abri des curiosités, des profanations étrangères, et vivant encore de sa vie basque d'autrefois.

Les réveils de Ramuntcho s'imprégnaient, à cette fenêtre, de paix et d'humble sérénité. D'ailleurs, ils étaient pleins de joie, ses réveils de fiancé, depuis qu'il avait l'assurance de retrouver le soir Gracieuse au rendez-vous promis. Les vagues inquiétudes, les tristesses indéfinies, qui accompagnaient en lui jadis le retour quotidien des pensées, avaient fui pour un temps, chassées par le souvenir et l'attente de ces rendez-vous-là; sa vie en était toute changée; sitôt que ses yeux se rouvraient, il avait l'impression d'un mystère et d'un enchantement immense, l'enveloppant au milieu de ces verdures et de ces fleurs d'avril. Et cette paix printanière, ainsi revue chaque matin, lui semblait toutes les fois une chose nouvelle, très différente de ce qu'elle avait été les autres années, infiniment douce à son cœur et voluptueuse à sa chair, ayant des dessous insondables et ravissants...

13

On est au soir de Pâques, après que se sont tues les cloches des villages, après qu'ont fini de se mêler dans l'air tant de saintes vibrations, venues d'Espagne et de France...

Assis au bord de la Bidassoa, Raymond et Florentino guettent l'arrivée d'une barque. Un grand silence à présent, et les cloches dorment. Le crépuscule attiédi s'est prolongé beaucoup et, rien qu'en respirant, on sent l'été venir.

Sitôt la nuit descendue, elle doit poindre de la côte d'Espagne, la barque de contrebande, rapportant le phosphore très prohibé. Et, sans qu'elle touche la rive [20], eux doivent aller chercher cette marchandise-là, en s'avançant à pied dans le lit de la rivière, avec de longs bâtons pointus à la main, pour se donner, s'ils étaient par hasard pris, des airs de gens qui pêchent innocemment des « platuches ».

L'eau de la Bidassoa est cette nuit un miroir immobile et clair, un peu plus lumineux que le ciel, où

se reproduisent et se renversent toutes les constella-
tions d'en haut, toute la montagne espagnole d'en face,
découpée en silhouette si sombre dans l'atmosphère
tranquille. L'été, l'été, on a de plus en plus conscience
de son approche, tant la nuit s'annonce limpide et
douce, tant il y a ce soir de langueur tiède épandue sur
ce recoin du monde, où manœuvrent silencieusement
les contrebandiers.

Mais cet estuaire, qui sépare les deux pays, semble
en ce moment à Ramuntcho plus mélancolique que de
coutume, plus fermé et plus muré devant lui par ces
noires montagnes, au pied desquelles brillent à peine
çà et là deux ou trois incertaines lumières. Et alors, il
est repris par son désir de connaître ce qu'il y a au
delà, et au delà encore... Oh! s'en aller ailleurs!...
Échapper, au moins pour un temps, à l'oppression de
ce pays, — cependant si aimé! — Avant la mort,
échapper à l'oppression de cette existence toujours
pareille et sans issue. Essayer d'autre chose, sortir
d'ici, voyager, savoir!...

Puis, tout en surveillant les petits lointains terrestres
où la barque doit poindre, il lève les yeux de temps à
autre vers ce qui se passe au-dessus, dans l'infini,
regarde la lune nouvelle, dont le croissant, mince
autant qu'une ligne, s'abaisse et va disparaître;
regarde les étoiles, dont il a observé, comme tous les
gens de son métier, pendant tant d'heures nocturnes,
la marche lente et réglée; s'inquiète au fond de lui-
même des proportions et des éloignements inconceva-
bles de ces choses.

Dans son village d'Etchézar, le vieux prêtre qui lui
avait jadis appris son catéchisme, intéressé par sa

jeune intelligence en éveil, lui a prêté des livres, a continué avec lui des causeries sur mille sujets, et, à propos des astres, lui a donné la notion des mouvements et des immensités, a entr'ouvert devant ses yeux les grands abîmes des espaces et des durées. Alors, dans son âme, les doutes innés, les effrois et les désespérances qui sommeillaient, tout ce que son père lui avait légué en sombre héritage, tout cela a pris forme noire et s'est dressé. Sous le grand ciel des nuits, sa foi de petit Basque a commencé de faiblir. Son âme n'est plus assez simple pour admettre aveuglément les dogmes et les observances, et, comme tout devient incohérence et désordre dans sa jeune tête si étrangement préparée, dont personne n'a pris la direction, il ne sait pas qu'il est sage de se soumettre, avec confiance quand même, aux formules vénérables et consacrées, derrière lesquelles se cache peut-être tout ce que nous pouvons entrevoir des vérités inconnaissables.

Donc, ces cloches de Pâques qui, l'année dernière encore, l'avaient rempli d'un sentiment religieux et doux, cette fois ne lui ont semblé qu'une musique quelconque, plutôt mélancolique et presque vaine. Et, à présent qu'elles viennent de se taire, il écoute, avec une tristesse indéfinie, venir de là-bas ce bruit puissant et sourd, presque incessant depuis les origines, que font les brisants de la mer de Biscaye et qui, par les soirs paisibles, s'entend au loin jusque derrière les montagnes.

Mais son rêve flottant change encore... C'est que, maintenant, l'estuaire qui achève de s'enténébrer, et où ne se voient plus les amas d'habitations humaines,

lui semble peu à peu devenir différent; puis, étrange
tout à coup, comme si quelque mystère allait s'y
accomplir; il n'en perçoit plus que les grandes lignes
abruptes, qui sont presque éternelles, et il s'étonne de
penser confusément à des temps plus anciens, d'une
antiquité imprécise et obscure... L'Esprit des vieux
âges, qui parfois sort de terre durant les nuits calmes,
aux heures où dorment les êtres perturbateurs de nos
jours, l'Esprit des vieux âges commence sans doute de
planer dans l'air autour de lui; il ne définit pas bien
cela car son sens d'artiste et de voyant, qu'aucune
éducation n'a affiné, est demeuré rudimentaire; mais il
en a la notion et l'inquiétude... Dans sa tête, c'est
encore et toujours un chaos, qui perpétuellement
cherche à se démêler sans y parvenir jamais... Cependant, quand les deux cornes agrandies et rougies de la
lune s'enfoncent lentement derrière la montagne toute
noire, les aspects des choses prennent, pour un inap-
préciable instant, on ne sait quoi de farouche et de
primitif; alors, une mourante impression des époques
originelles, qui était restée on ne sait où dans l'espace,
se précise pour lui d'une façon soudaine, et il en est
troublé jusqu'au frisson. Voici même qu'il songe sans
le vouloir à ces hommes des forêts qui vivaient ici *dans
les temps,* dans les temps incalculés et ténébreux, parce
que tout à coup, d'un point éloigné de la rive, un long
cri basque s'élève de l'obscurité en fausset lugubre, un
irrintzina, la seule chose de son pays avec laquelle
jamais il n'a pu se familiariser entièrement... Mais un
grand bruit dissonant et moqueur se fait dans le
lointain, des fracas de ferraille, des sifflets : un train de
Paris à Madrid, qui passe là-bas, derrière eux, dans le

noir de la rive française. Et l'Esprit des vieux temps replie ses ailes d'ombre et s'évanouit. Le silence a beau revenir : après le passage de cette chose bête et rapide, l'Esprit qui a fui ne reparaît plus...

Enfin, la barque que Raymond attendait avec Florentino se décide à poindre là-bas, à peine perceptible pour d'autres yeux que les leurs, petite forme grise qui laisse derrière elle des rides légères sur ce miroir couleur de ciel de nuit où les étoiles se reflètent renversées. C'est du reste l'heure bien choisie, l'heure où les douaniers veillent le plus mal ; l'heure aussi où l'on y voit le moins, quand les derniers reflets du soleil et ceux du croissant de lune viennent de s'éteindre, et que les yeux des hommes ne sont pas encore habitués à l'obscurité.

Alors, pour aller chercher ce phosphore prohibé, ils prennent leurs longs bâtons de pêche et entrent tous deux silencieusement dans l'eau...

14

Il y avait une grande partie de paume arrangée pour dimanche prochain à Erribiague, un village très éloigné, du côté des hautes montagnes. Ramuntcho, Arrochkoa et Florentino y joueraient contre trois célèbres d'Espagne ; ils devaient ce soir s'exercer, se délier les bras sur la place d'Etchézar, et Gracieuse, avec quelques autres petites filles de son âge, était venue s'asseoir sur les bancs de granit, pour les

regarder faire. Jolies, toutes ; des airs élégants, avec
leurs corsages de couleurs pâles, taillés d'après les plus
récentes fantaisies de la saison. Et elles riaient, ces
petites, elles riaient [21] parce qu'elles avaient commencé
de rire et sans savoir de quoi. Un rien, un demi-mot de
leur vieille langue basque, dit sans le moindre à-propos
par l'une d'elles, et les voilà toutes pâmées... Ce pays
est vraiment un des coins du monde où le rire des filles
éclate le mieux, sonnant le cristal clair, sonnant la
jeunesse et les gorges fraîches.

Arrochkoa était là depuis longtemps, le gant d'osier
au bras, lançant seul la pelote, que, de temps à autre,
des enfants lui ramassaient. Mais Raymond, Florentino, à quoi donc pensaient-ils ? Comme ils étaient en
retard...

Ils arrivèrent enfin, la sueur au front, la démarche
pesante et embarrassée. Et, comme les petites rieuses
les interrogeaient, avec ce ton moqueur que les filles,
lorsqu'elles sont en troupe, prennent d'ordinaire pour
interpeller les garçons, ils sourirent, et chacun d'eux
frappa sa propre poitrine qui rendit un son de métal...
Par des sentiers de la Gizune, ils revenaient à pied
d'Espagne, bardés et alourdis de monnaie de cuivre à
l'effigie du gentil petit roi Alphonse XIII [22]. Nouveau
truc de contrebandiers : pour le compte d'Itchoua, ils
avaient changé là-bas, à bénéfice, une grosse somme
d'argent contre des pièces de billon, destinées à être
ensuite écoulées au pair, pendant les foires prochaines,
dans différents villages des Landes où les sous espagnols ont communément cours. A eux deux, ils rappor-
taient dans leurs poches, dans leur chemise, contre
leur peau, une quarantaine de kilos de cuivre. Ils firent

tomber tout cela en pluie, sur l'antique granit des bancs, aux pieds des petites très amusées, les chargeant de le leur garder et de le leur compter; puis après s'être essuyé le front, avoir soufflé un peu, ils commencèrent de jouer et de sauter, se trouvant plus lestes[23] que de coutume, cette surcharge en moins.

A part trois ou quatre enfants de l'école qui couraient comme de jeunes chats après les pelotes égarées, il n'y avait qu'elles, les petites, assises en groupe perdu tout en bas de ces rangées de gradins déserts, dont les vieilles pierres rougeâtres avaient en ce moment leurs herbes et leurs fleurettes d'avril. Robes d'indienne, clairs corsages blancs ou roses, elles étaient toute la gaîté de ce lieu solennellement triste. A côté de Gracieuse, Pantchika Dargaignaratz, une autre blonde de quinze ans, qui était fiancée à son frère Arrochkoa et allait l'épouser sans tarder, car celui-ci, comme fils de veuve, ne devait pas de service à l'armée. Et, critiquant les joueurs, alignant sur le granit les rangées de sous empilés, elles riaient, elles chuchotaient, avec leur accent chanté, avec toujours leurs finales en *rra* ou en *rrik*, faisant rouler si alertement les *r* qu'on eût dit à chaque instant des bruits d'ailes de moineau dans leurs bouches.

Eux aussi, les garçons, s'en donnaient de rire, et venaient fréquemment, sous prétexte de repos, s'asseoir parmi elles. Pour jouer, elles les gênaient et les intimidaient trois fois plus que le public des grands jours, — si railleuses, toutes!

Ramuntcho apprit là de sa petite fiancée une chose qu'il n'aurait jamais osé espérer : elle avait obtenu l'autorisation de sa mère pour venir aussi à cette fête

d'Erribiague, assister à la partie de paume et visiter
ce pays qu'elle ne connaissait pas; c'était arrangé,
qu'elle irait en voiture, avec Pantchika et madame
Dargaignaratz; et on se retrouverait là-bas; peut-être
même serait-il possible de combiner un retour tous
ensemble.

Depuis tantôt deux semaines que leurs rendez-vous
du soir étaient commencés, c'était la première fois
qu'il avait l'occasion de lui parler ainsi dans le jour et
devant les autres, — et leur manière s'en trouvait
différente, plus cérémonieuse d'apparence, avec, en
dessous, un très suave mystère. Il y avait longtemps
aussi qu'il ne l'avait vue si bien et de si près au grand
jour : or, elle embellissait encore beaucoup à ce
printemps-là; elle était jolie, mais jolie!... Sa poitrine
devenait plus ronde et sa taille plus mince; son allure
gagnait chaque jour en souplesse élégante. Elle continuait de ressembler à son frère, les mêmes traits
réguliers, le même ovale parfait; mais la différence de
leurs yeux allait s'accentuant : tandis que ceux d'Arrochkoa, d'une nuance bleu-vert qui semblait fuyante
par elle-même, se dérobaient quand on les regardait,
les siens au contraire, prunelles et cils noirs, se
dilataient pour vous regarder fixement. Ramuntcho
n'en connaissait de semblables à personne; il en
adorait la tendresse franche, et aussi l'interrogation
anxieuse et profonde. Bien avant qu'il se fût fait
homme et accessible aux duperies des sens, ces yeux-
là s'étaient emparés de sa première petite âme
d'enfant par tout ce qu'elle avait de meilleur et de
plus pur. Et voici maintenant qu'autour de tels yeux,
la grande Transformeuse énigmatique et souveraine

avait mis toute une beauté de chair, qui appelait irrésistiblement sa chair à lui pour une communion suprême...

Ils étaient fort distraits, les joueurs, par le groupe des petites filles, des corsages blancs et des corsages roses, et ils riaient eux-mêmes de se voir jouer plus mal que de coutume. Au-dessus d'elles, qui n'occupaient qu'un petit coin du vieil amphithéâtre de granit, montaient des rangées de bancs vides un peu en ruines ; puis, les maisons d'Etchézar, si paisiblement isolées du reste du monde ; puis enfin la masse obscure, encombrante de la Gizune, emplissant le ciel et se mêlant à d'épais nuages qui dormaient contre ses flancs. Nuages immobiles, inoffensifs et sans menace de pluie ; nuages de renouveau, qui étaient d'une couleur tourterelle et qui semblaient tièdes comme l'air de cette soirée. Et, dans une déchirure, bien moins haut que la cime dominatrice de tout ce lieu, une lune ronde commençait de s'argenter à mesure que déclinait le jour.

Ils jouèrent, au beau crépuscule, jusqu'à l'heure des premières chauves-souris, jusqu'à l'heure où la pelote envolée ne se voyait vraiment plus assez dans l'air. Peut-être sentaient-ils inconsciemment tous que l'instant était rare et ne se retrouverait plus : alors, autant que possible, ils le prolongeaient...

Et, pour finir, on s'en alla tous ensemble porter à Itchoua ses sous d'Espagne. En deux parts, on les avait mis dans deux grosses serviettes rousses qu'un garçon et une fille tenaient à chaque bout, et on marchait en mesure, en chantant l'air de « la Fileuse de Lin ».

Comme ce crépuscule d'avril était long, clair et doux !... Il y avait déjà des roses et toutes sortes de fleurs, devant les murs des vénérables maisons blanches aux auvents bruns ou verts. Des jasmins, des chèvrefeuilles, des tilleuls embaumaient. Pour Gracieuse et Raymond, c'était l'une de ces heures exquises que plus tard, dans la tristesse angoissée des réveils, on se rappelle avec un regret à la fois déchirant et charmé...

Oh ! qui dira pourquoi il y a sur terre des soirs de printemps, et de si jolis yeux à regarder, et des sourires de jeunes filles, et des bouffées de parfums que les jardins vous envoient quand les nuits d'avril tombent, et tout cet enjôlement délicieux de la vie, puisque c'est pour aboutir ironiquement aux séparations, aux décrépitudes et à la mort...

15

Le lendemain vendredi, le départ s'organise pour ce village où la fête aura lieu le dimanche suivant. Il est situé très loin, dans une ombreuse région, au tournant d'une gorge profonde, au pied de très hautes cimes. Arrochkoa y est né et y a passé les premiers mois de sa vie, au temps où son père habitait là comme brigadier des douanes françaises ; mais il en est parti trop enfant pour en garder le moindre souvenir.

Dans la petite voiture des Detcharry, Gracieuse, Pantchika et, un long fouet à la main, madame

Dargaignaratz, sa mère, qui doit conduire, partent ensemble à l'angélus de midi, pour se rendre directement là-bas par les routes de montagne.

Ramuntcho, Arrochkoa et Florentino, qui ont à régler des affaires de contrebande à Saint-Jean-de-Luz, prennent un grand détour pour arriver de nuit à Erribiague, par le petit chemin de fer qui relie Bayonne à Burguetta. Aujourd'hui, ils sont insouciants et heureux tous les trois; jamais bonnets basques n'ont coiffé plus joyeuses figures.

La nuit tombe quand ils s'enfoncent, par ce petit train de Burguetta, dans le tranquille pays intérieur. Les wagons sont pleins d'une foule très gaie, foule des soirs de printemps qui s'en revient de quelque fête, jeunes filles coiffées sur la nuque d'un mouchoir de soie, jeunes garçons en bérets de laine; tout ce monde chante, rit et s'embrasse. Malgré l'obscurité envahissante, on distingue encore les haies toutes blanches d'aubépines, les bois tout blancs de fleurs d'acacias; dans les compartiments ouverts pénètre une senteur à la fois violente et suave que la campagne exhale. Et sur toutes ces floraisons blanches d'avril, de plus en plus effacées par la nuit, le train qui passe jette, comme un sillage de joie, le refrain d'une vieille chanson navarraise, indéfiniment recommencée à pleine gorge, par ces filles et ces garçons, dans le fracas des roues et de la vapeur...

Erribiague! Aux portières, on crie ce nom qui les fait tressaillir tous trois. La bande chanteuse était depuis quelque temps descendue, les laissant presque seuls dans ce train devenu silencieux. Des montagnes plus hautes sur le parcours avaient rendu la nuit très épaisse, — et ils dormaient presque.

Tout ahuris, ils sautent à terre, au milieu d'une obscurité où même leurs yeux de contrebandiers ne distinguent plus rien. C'est à peine si, tout en haut, brillent quelques étoiles, tant le ciel est encombré par les cimes surplombantes.

— Où est le village? demandent-ils à un homme qui est là seul pour les recevoir.

— A un quart de lieue, de ce côté, sur la droite.

En effet, ils commencent à distinguer la traînée grise d'une route, tout de suite perdue au cœur de l'ombre. Et dans le grand silence, dans l'humide fraîcheur de ces vallées pleines de ténèbres, ils se mettent en marche sans parler, leur gaîté un peu éteinte par la majesté noire des cimes qui gardent ici la frontière.

Voici enfin un vieux pont courbe, sur un torrent; puis, le village endormi que n'annonçait aucune lumière. Et l'auberge, où pourtant brille une lampe, est là tout près, adossée à la montagne, les pieds dans l'eau vive et bruissante.

D'abord, on les conduit à leurs petites chambres, qui ont l'air honnête, — et l'air propret malgré leur vétusté extrême: bien basses, bien écrasées par leurs énormes solives, et, sur toutes les murailles blanchies à la chaux, des images du Christ, de la Vierge et des saints.

Ensuite, ils redescendent s'attabler pour souper dans la salle d'entrée, où sont assis deux ou trois vieux en costume d'autrefois: large ceinture, blouse noire, très courte, à mille plis. Et Arrochkoa ne se tient pas de leur demander, vaniteux de son ascendance, s'ils n'ont

pas connu Detcharry, qui fut ici brigadier de douane, il
y aura tantôt dix-huit ans.

Un des vieux le dévisage, en avançant la tête, la
main sur les yeux :

— Ah! vous êtes son fils, vous, je parie, pour sûr!
Vous lui ressemblez trop!... Detcharry! Si je m'en
souviens, de Detcharry!... Il m'a pris dans les temps
plus de deux cents ballots de marchandises, tel que
vous me voyez!... Ça ne fait rien, tenez, touchez là tout
de même si vous êtes son fils!

Et le vieux fraudeur, qui fut un grand chef de bande,
sans rancune, avec effusion, serre les deux mains
d'Arrochkoa [24].

C'est que ce Detcharry est resté fameux à Erriba-
gue, pour ses ruses, ses embuscades, ses captures de
marchandises de contrebande, avec lesquelles plus
tard il s'est fait ces petites rentes, dont jouissent
Dolorès et ses enfants.

Et Arrochkoa s'enorgueillit, tandis que Ramuntcho
baisse la tête, se sentant d'une condition plus humble,
lui qui n'a pas de père.

— Vous ne seriez pas aussi dans la douane, comme
votre défunt père était, vous, par hasard? continue le
vieux sur un ton de goguenardise.

— Oh! non, pas précisément... Tout au contraire
même...

— Ah! bien!... Compris!... Alors, touchez là encore
une fois!... Et ça me venge de Detcharry, tenez, de
savoir que son fils s'est mis dans la contrebande
comme nous autres!...

Ils font apporter du cidre et ils boivent ensemble,
tandis que les vieillards redisent les exploits et les ruses

de jadis, toutes les anciennes histoires des nuits de la montagne : ils parlent un basque un peu différent de celui d'Etchézar, village où la langue se conserve plus nettement articulée, plus incisive, plus pure peut-être. Raymond et Arrochkoa s'étonnent de cet accent du haut pays, qui adoucit les mots et qui les chante ; ces conteurs à cheveux blancs leur semblent presque des étrangers, dont la causerie serait une suite de strophes monotones, indéfiniment répétées comme dans les antiques complaintes. Et, dès qu'ils se taisent, les bruits légers du sommeil de ces campagnes arrivent des paisibles et fraîches ténèbres extérieures. Les grillons chantent ; on entend, au pied de l'auberge, le torrent bouillonner et courir ; on entend là-haut s'égoutter les terribles cimes surplombantes, qui sont tapissées de feuillées épaisses et pleines de sources vives... Il dort, le tout petit village, écrasé, et perdu dans son creux de ravin, et on a le sentiment que la nuit d'ici est une nuit plus noire qu'ailleurs et plus mystérieuse.

— Mon Dieu ! conclut le vieux chef, la douane et la contrebande, dans le fond, ça se ressemble ; tout ça, c'est jouer au plus fin, n'est-ce pas, et au plus hardi ? Même, je vais vous dire mon opinion à moi, c'est qu'un douanier un peu décidé et un peu matois, un douanier comme était votre père, par exemple, eh bien, vaut autant que n'importe lequel de nous !

Sur ce, l'hôtesse étant venue avertir qu'il est l'heure d'éteindre la lampe, — la dernière lampe encore allumée dans le village, — ils s'en vont, les vieux fraudeurs. Raymond et Arrochkoa montent dans leurs chambres, se couchent et s'endorment, toujours au

chant des grillons, toujours au bruit des eaux fraîches
qui courent ou qui tombent. Et Ramuntcho, comme
dans sa maison d'Etchézar, perçoit vaguement pendant son sommeil des tintements de clochettes, au cou
des vaches qui s'agitent en rêve, au-dessous de lui,
dans l'étable.

16

Maintenant[25] ils ouvrent, au beau matin d'avril, les
volets de leurs étroites fenêtres, percées comme des
sabords dans l'épaisseur de la très vieille muraille.

Et tout à coup, c'est de la lumière à flots, dont leurs
yeux s'éblouissent. Dehors, le printemps resplendit.
Jamais encore ils n'avaient vu, surplombant leur tête,
des cimes tellement hautes et proches. Mais le long des
pentes feuillues, le long des montagnes garnies
d'arbres, le soleil descend pour rayonner dans ce fond
de vallée sur les blancheurs du village, sur la chaux des
maisonnettes anciennes, aux contrevents verts.

Du reste, ils s'éveillent tous deux avec de la jeunesse
plein les veines et de la joie plein le cœur. C'est que ce
matin ils ont le projet d'aller, là-bas dans la campagne,
chez des cousins de madame Dargaignaratz, faire
visite aux deux petites qui ont dû arriver hier au soir
en voiture, Gracieuse et Pantchika...

Après un coup d'œil à la place du jeu de paume, où
ils reviendront s'exercer dans l'après-midi, ils se
mettent en route, par des petits sentiers magnifique-

ment verts qui se cachent au plus creux des vallées en
longeant des torrents frais. Les digitales en fleurs
s'élancent partout comme de longues fusées roses au-
dessus de l'amas léger et infini des fougères.

C'est loin, paraît-il, cette maison des cousins Olhagarray, et ils s'arrêtent de temps à autre pour demander leur chemin à des bergers, ou bien ils frappent à la
porte des quelques logis solitaires rencontrés çà et là
sous le couvert des branches. Ils n'en avaient jamais
vu de si vieux, de ces logis basques, ni de si primitifs à
l'ombre de châtaigniers si grands.

Les ravins dans lesquels ils s'avancent sont encaissés
étrangement. Plus haut encore que tous ces bois de
chênes et de hêtres, qui se tiennent comme suspendus
au-dessus, apparaissent de farouches cimes dénudées,
toute une zone abrupte et chauve, d'un brun sombre,
qui pointe dans le bleu violent du ciel. Mais ici, en bas,
c'est la région abritée et moussue, verte et profonde,
que le soleil ne brûle jamais et où l'avril a caché tout
son luxe fraîchement superbe.

Et eux aussi, les deux qui passent dans ces sentiers
de digitales et de fougères, participent à cette printanière splendeur.

Peu à peu, dans leur amusement d'être là, et sous
l'influence de ce lieu sans âge, les vieux instincts de
chasse et de destruction se rallument au fond de leurs
âmes. Arrochkoa surtout s'excite, bondit de droite et
de gauche, brise, déracine des herbes et des fleurs;
s'inquiète de tout ce qui remue dans les feuillages si
verts, des lézards qu'on pourrait attraper, des oiseaux
qu'on pourrait dénicher, et des belles truites qui
nagent dans l'eau vive; il saute, il saute; il voudrait

des lignes de pêche, des bâtons, des fusils; vraiment il se révèle un peu sauvage, dans l'épanouissement de ses robustes dix-huit ans blonds[26]... Ramuntcho, lui, s'apaise vite; après les premières poignées de fleurs arrachées, il commence de se recueillir; il contemple et il songe...

Les voici arrêtés maintenant à un carrefour de vallées, en un lieu perdu d'où ne s'aperçoit aucune habitation humaine. Autour d'eux, des gorges d'ombre où se tassent de grands chênes, et au-dessus, partout, un lourd amoncellement de montagnes, d'une couleur rousse, brûlée de soleil. Nulle part, aucun indice des temps nouveaux; un absolu silence et comme une paix des époques primitives. En levant la tête vers les cimes brunes, ils aperçoivent là-haut, très loin, des paysans qui cheminent par des sentiers invisibles, poussant devant eux des petits ânes contrebandiers : infimes comme des insectes, à de telles distances, ces passants silencieux, au flanc de la montagne géante; Basques d'autrefois, presque confondus, quand on les regarde d'ici, avec cette terre rougeâtre d'où ils sortirent — et où ils doivent rentrer, après avoir vécu comme leurs ancêtres sans rien soupçonner des choses de nos temps, des choses *d'ailleurs*.

Ils ôtent leurs bérets, Arrochkoa et Ramuntcho, pour s'essuyer le front; il fait une telle chaleur dans ces gorges, et ils ont tant couru, tant sauté que la sueur perle sur tout leur corps. Ils ont beau s'amuser là, ils voudraient bien arriver, pourtant, auprès des deux petites blondes qui les

attendent. Mais à qui demander la route à présent,
puisqu'il n'y a plus personne?...

— *Ave Maria!* crie près d'eux, dans l'épaisseur des
branches, une vieille voix rauque.

Et cela se continue par une kyrielle de mots dits en
decrescendo rapide, vite, vite; une prière basque
dégoisée à perdre haleine, commencée très fort, puis
mourante pour finir. Et un vieux mendiant émerge des
fougères, tout terreux, tout velu, tout gris, courbé sur
son bâton comme un homme des bois.

— Oui! dit Arrochkoa, en mettant la main à la
poche. Mais tu vas nous conduire à la maison Olhagarray! pour gagner notre aumône.

— La maison Olhagarray! répond le vieux. J'en
reviens, mes beaux enfants, et vous y êtes!

En effet, comment n'avaient-ils pas vu, à cent pas
plus loin, ce bout de pignon noir, parmi des ramures
de châtaigniers?

En un point où bruissent des écluses, elle baigne
dans le torrent, cette maison Olhagarray, antique et
grande, parmi des châtaigniers séculaires. Alentour, la
terre rouge est dénudée et ravinée par les eaux de la
montagne; des racines énormes s'y contournent,
comme de monstrueux serpents gris; et le lieu entier,
surplombé de tous côtés par les masses pyrénéennes,
est rude et tragique.

Mais deux jeunes filles sont là, assises à l'ombre; des
chevelures blondes et d'élégants petits corsages roses;
d'étonnantes petites fées très modernes, au milieu du
décor farouche et vieux... Et elles se lèvent avec des
cris de joie, pour courir au-devant des visiteurs.

C'eût été mieux, évidemment, d'entrer d'abord dans

la maison pour saluer les anciens. Mais ils se disent qu'on ne les a sans doute pas vus venir, et ils préfèrent commencer par s'asseoir chacun auprès de sa fiancée blonde, au bord du ruisseau, sur les racines géantes. Et, comme par hasard, les deux couples s'arrangent de façon à ne pas se gêner mutuellement, à rester cachés l'un à l'autre par des rochers, par des branches.

Là alors, ils entonnent tout bas une causerie longue, Arrochkoa avec Pantchika, Ramuntcho avec Gracieuse.

Qu'est-ce qu'ils peuvent bien dire, pour parler tant et si vite?

Bien que leur accent soit moins chanté que celui du haut pays, dont ils s'étonnaient hier, on croirait tout de même entendre des strophes scandées et rythmées, une sorte de petite musique infiniment douce où les voix des garçons s'atténuent jusqu'à sembler des voix d'enfants.

Qu'est-ce qu'ils peuvent bien se dire, pour parler tant et si vite, au bord de ce torrent, dans cet âpre ravin, sous le lourd soleil de midi?... Mon Dieu, cela n'a guère de sens; c'est plutôt une sorte de murmure spécial aux amoureux, quelque chose comme ce chant particulier que les hirondelles font en sourdine, à la saison des nids. C'est enfantin, tissu d'incohérences et de redites. Non, cela n'a guère de sens, — à moins que ce ne soit ce qu'il y a de plus sublime au monde, ce qu'il est possible d'exprimer de plus profond et de plus vrai avec des paroles terrestres... Cela ne veut rien dire, à moins que ce ne soit l'hymne éternel et merveilleux pour lequel seul a été créé le langage des hommes ou des bêtes, et auprès de quoi tout est vide, misérable et vain.

Il fait une étouffante chaleur dans le fond de cette gorge si encaissée de toutes parts ; malgré l'ombre des châtaigniers, les rayons tamisés par les feuilles brûlent encore. Et cette terre nue d'une couleur de sanguine, la vieillesse extrême de ce logis voisin, l'antiquité de ces arbres donnent aux entours, tandis que les amoureux causent, des aspects un peu âpres et hostiles.

Jamais Ramuntcho n'avait vu sa petite amie si rosée par le soleil : à ses joues, le beau sang rouge est là, qui affleure la peau mate, la peau fine et transparente ; elle est rose comme les fleurs des digitales.

Des mouches, des moustiques bourdonnent à leurs oreilles. Or, voici que Gracieuse a été piquée, en haut du menton, presque sur la bouche, et qu'elle essaie d'y passer le bout de sa langue, de se gratter en mordant la place avec ses dents d'en haut. Et Ramuntcho qui regarde ça de tout près, de trop près, se sent pris d'une langueur subite, et, pour faire diversion, s'étire violemment les bras comme quelqu'un qui veut s'éveiller.

Elle recommence, la petite, sa lèvre lui démangeant toujours, — et, lui, de nouveau, détend les deux bras en se rejetant le torse en arrière.

— Qu'est-ce que tu as, Raymond, à t'étirer comme un chat ?...

Mais, la troisième fois que Gracieuse se mord à la même place et montre encore le petit bout de sa langue, lui se penche, vaincu par l'irrésistible vertige, et mord lui aussi, prend dans sa bouche, comme un joli fruit rouge qu'on a cependant peur d'écraser, la fraîche lèvre que le moustique a piquée...

Un silence de frayeur et de délices, pendant lequel ils frissonnent tous deux, elle autant que lui ; elle, tremblante aussi de tous ses membres, pour avoir senti là ce contact de la naissante moustache noire.

— Tu n'es pas fâchée, au moins, dis ?

— Non, mon Ramuntcho... Oh ! je ne suis pas fâchée, non...

Alors il recommence, éperdu tout à fait, et, dans cet air languide et chaud, ils se donnent pour la première fois de leur vie, les longs baisers des amants

17

Le lendemain dimanche, ils étaient allés religieusement, tous ensemble, entendre une des messes du clair matin, pour pouvoir rentrer à Etchézar le jour même, aussitôt après la grande partie de paume. Or, c'était ce retour, plus encore que le jeu, qui intéressait Gracieuse et Raymond, car, suivant leur espérance, Pantchika et sa mère resteraient à Erribiague, et eux s'en iraient, serrés l'un contre l'autre, dans la très petite voiture des Detcharry, sous la surveillance indulgente et légère d'Arrochkoa : cinq ou six heures de voyage, tous trois seuls, par les routes de printemps, sous les verdures nouvelles ; avec des haltes amusantes dans des villages inconnus.

Dès onze heures du matin, ce beau dimanche, les abords de la place s'encombrèrent de montagnards,

descendus de tous les sommets, accourus de tous les
sauvages hameaux d'alentour. C'était une partie internationale, trois joueurs de France contre trois
d'Espagne, et, dans l'assistance, les Basques espagnols
dominaient ; on y voyait même quelques larges som-
breros, des vestes et des guêtres du vieux temps.

Les juges des deux nations, désignés par le sort, se
saluèrent avec une courtoisie surannée, et la partie
s'engagea, dans un grand silence d'attente, sous un
accablant soleil qui gênait les joueurs malgré leurs
bérets rabattus en visière sur leurs yeux.

Ramuntcho bientôt, et après lui Arrochkoa, furent
acclamés comme des triomphateurs, et on regardait
ces deux petites étrangères, si attentives, au premier
rang, si jolies aussi avec leurs élégants corsages roses,
et on se disait : « Ce sont leurs promises, aux deux
beaux joueurs ». Alors Gracieuse, qui entendait tout,
se sentait très fière de son jeune fiancé.

Midi. Ils jouaient depuis bientôt une heure. Le
vieux mur, au faîte arrondi comme une coupole, se
fendillait de sécheresse et de chaleur sous son badigeon
d'ocre jaune. Les grandes masses pyrénéennes, plus
voisines encore ici qu'à Etchézar, plus écrasantes et
plus hautes, dominaient de partout ces petits groupes
humains qui s'agitaient dans un repli profond de leurs
flancs. Et le soleil tombait d'aplomb sur les lourds
bérets des hommes, sur les têtes nues des femmes,
chauffant les cerveaux, grandissant les enthousiasmes.
La foule passionnée donnait de la voix, et les pelotes
bondissaient, quand commença de tinter doucement
l'angélus. Alors un vieil homme, tout couturé, tout
basané, qui attendait ce signal, emboucha son clairon,

— son ancien clairon des zouaves d'Afrique, — et sonna « aux champs ». Et on vit se lever toutes les femmes qui s'étaient assises ; tous les bérets tombèrent, découvrant des chevelures noires, blondes ou blanches, et le peuple entier fit le signe de la croix, tandis que les joueurs, aux poitrines et aux fronts ruisselants, s'étaient immobilisés au plus ardent de la partie, et demeuraient recueillis, la tête inclinée vers la terre...

Au coup de deux heures, le jeu ayant fini glorieusement pour les Français, Arrochkoa et Ramuntcho montèrent dans leur petite voiture, reconduits et acclamés par tous les jeunes d'Erribiague ; puis Gracieuse prit place entre eux deux, et ils partirent pour leur longue route charmante, les poches garnies de l'or qu'ils venaient de gagner, ivres de joie, de bruit et de soleil.

Et Ramuntcho, qui gardait à sa moustache le goût du baiser d'hier, avait envie, en s'en allant, de leur crier à tous : « Cette petite, que vous voyez, si jolie, est à moi ! Ses lèvres sont à moi, je les tenais hier entre les miennes et je les y reprendrai encore ce soir ! »

Ils partirent et tout de suite retrouvèrent le silence, dans les vallées ombreuses aux parois garnies de digitales et de fougères...

Rouler pendant des heures sur les petites routes pyrénéennes, changer de place presque tous les jours, parcourir le pays basque en tous sens, aller d'un village à un autre, appelé ici par une fête, là par une aventure de frontière, c'était maintenant la vie de Ramuntcho, la vie errante que le jeu de paume lui faisait pendant ses journées, et la contrebande, pendant ses nuits.

Des montées, des descentes, au milieu d'un monotone déploiement de verdure. Des bois de chênes et de hêtres, presque inviolés et demeurés tels que jadis, aux siècles tranquilles...

Quand venait à passer quelque logis antique, égaré dans ces solitudes d'arbres, ils ralentissaient pour s'amuser à lire, au-dessus de la porte, la traditionnelle légende, inscrite dans le granit : « *Ave Maria !* En l'an 1600, ou en l'an 1500, un tel, de tel village, a bâti cette maison, pour y vivre avec une telle, son épouse. »

Très loin de toute habitation humaine, dans un recoin de ravin où il faisait plus chaud qu'ailleurs, à l'abri de tous les souffles, ils rencontrèrent un marchand de saintes images qui s'essuyait le front. Il avait posé à terre son panier, tout plein de ces peinturlures aux cadres dorés qui représentent des saints et des saintes, avec des légendes euskariennes, et dont les Basques aiment encore à garnir [27] leurs vieilles chambres aux murs blancs. Et il était là, épuisé de fatigue et de chaleur, comme échoué dans les fougères, à un tournant de ces petites routes de montagne qui s'en vont solitaires sous des chênes.

Gracieuse voulut descendre et lui acheter une Sainte-Vierge.

— C'est, dit-elle à Raymond, pour plus tard, la mettre *chez nous,* en souvenir.

Et l'image, éclatante dans son cadre d'or, s'en alla avec eux sous les longues voûtes vertes...

Ils firent un détour, car ils voulaient passer par certaine vallée des Cerisiers, non pas dans l'espoir d'y trouver déjà des cerises, en avril, mais pour montrer à Gracieuse ce lieu, qui est renommé dans tout le pays basque.

Il était près de cinq heures, le soleil déjà bas, quand ils arrivèrent là. Une région ombreuse et calme, où le crépuscule printanier allait descendre en caresse sur la magnificence des feuillées d'avril. L'air y était frais et suave, embaumé de senteurs de foins, de senteurs d'acacias. Des montagnes — très hautes, surtout vers le nord pour y faire le climat plus doux — l'entouraient de toutes parts, y jetant le mélancolique mystère des Édens fermés.

Et, quand les cerisiers apparurent, ce fut une gaie surprise : ils étaient déjà rouges, au 20 avril[28] !

Personne, dans ces chemins, au-dessus desquels ces grands cerisiers étendaient, comme un toit, leurs branches toutes perlées de corail.

Çà et là seulement, quelques maisons d'été encore inhabitées, quelques jardins à l'abandon, envahis par les hautes herbes et les buissons de roses.

Alors, ils mirent leur cheval au pas ; puis, chacun à son tour, se débarrassant des rênes et se tenant debout dans la voiture, ils s'amusèrent à manger des cerises à même les arbres, en passant et sans s'arrêter. Après, ils en piquèrent des bouquets à leur boutonnière, ils en cueillirent des branches pour les attacher à la tête du cheval, aux harnais, à la lanterne : on eût dit un petit équipage paré pour quelque fête de jeunesse et de joie...

— A présent, dépêchons-nous ! pria Gracieuse.

Pourvu qu'il fasse assez clair, au moins, quand nous arriverons à Etchézar, pour que le monde nous voie passer, décorés comme nous sommes!

Quant à Ramuntcho, lui, à l'approche de ce tiède crépuscule, il songeait surtout au rendez-vous du soir, au baiser qu'il oserait recommencer, pareil à celui d'hier, en reprenant la lèvre de Gracieuse entre ses lèvres à lui, comme une cerise...

18

Mai! l'herbe monte, monte de partout comme un tapis somptueux, comme du velours à longue soie, spontanément émané de la terre.

Pour arroser cette région des Basques, qui tout l'été demeure humide et verte comme une sorte de Bretagne plus chaude, les vapeurs errantes sur la mer de Biscaye s'assemblent toutes dans ce fond de golfe, s'arrêtent aux cimes pyrénéennes et se fondent en pluies. De longues averses tombent, qui sont décevantes un peu, mais après lesquelles la terre sent les fleurs et le foin nouveau.

Dans les champs, le long des chemins, s'épaississent hâtivement les herbages; tous les rebords des sentiers sont comme feutrés par l'épaisseur magnifique des gramens; partout, c'est une profusion de pâquerettes géantes, de boutons d'or à hautes tiges, d'amourettes roses, et de très larges mauves roses comme celles des printemps d'Algérie.

Et, aux longs crépuscules tièdes, d'une couleur d'iris pâle ou d'un bleu de cendre, chaque soir les cloches du mois de Marie résonnent longtemps dans l'air, sous la masse des nuages accrochés aux flancs des montagnes.

Durant ce mois de mai, avec le petit groupe des nonnes noires, aux babils discrets, aux rires puérils et sans vie, Gracieuse, à toute heure, se rendait à l'église. Hâtant le pas sous les fréquentes ondées, elles traversaient ensemble le cimetière plein de roses ; ensemble, toujours ensemble, la petite fiancée clandestine, aux robes claires, et les filles embéguinées, aux longs voiles de deuil ; pendant la journée, elles apportaient des bouquets de fleurs blanches, des pâquerettes, des gerbes de grands lys ; le soir, c'était pour venir chanter, dans la nef encore plus sonore que le jour, les cantiques doucement joyeux de la Vierge Marie :

— Salut, reine des Anges ! Étoile de la mer, salut !...

Oh ! la blancheur des lys éclairés par les cierges, leurs feuilles blanches et leur pollen jaune en poussière d'or ! Oh ! leurs senteurs, dans les jardins ou dans l'église, pendant les crépuscules de printemps !...

Et sitôt que Gracieuse entrait là, le soir, au bruit mourant des cloches, — quittant le pâle demi-jour du cimetière plein de roses pour la nuit étoilée de cierges, qui déjà régnait dans l'église, quittant l'odeur des foins et des roses pour celle de l'encens et des grands lys coupés, passant de l'air tiède et vivant du dehors à ce froid lourd et sépulcral que les siècles amassent dans les vieux sanctuaires, — un calme particulier tout de suite se faisait dans son âme, un apaisement de tous ses désirs, un renoncement à toutes ses terrestres joies. Puis, quand elle s'était agenouillée, quand les pre-

miers cantiques avaient pris leur vol sous la voûte
aux sonorités infinies, cela devenait peu à peu une
extase, un état plein de rêves, un état visionnaire
que traversaient de confuses apparitions blanches :
des blancheurs, des blancheurs partout ; des lys,
des myriades de gerbes de lys, et de blanches
ailes, des tremblements d'ailes d'anges...

Oh ! rester longuement ainsi, oublier toutes
choses, et se sentir pure, sanctifiée et immaculée,
sous ce regard de fascination ineffable et douce,
sous ce regard d'irrésistible appel, que laissait tomber du haut du tabernacle la Vierge sainte aux
longs vêtements blancs !...

Mais, quand elle se retrouvait dehors, quand la
nuit de printemps la réenveloppait de tiédeurs et
de souffles de vie, le souvenir du rendez-vous
qu'elle avait promis hier, hier ainsi que tous les
jours, chassait comme un vent d'orage les visions
de l'église. Dans l'attente du contact de Raymond,
dans l'attente de la senteur de ses cheveux, du
frôlement de sa moustache, du goût de ses lèvres,
elle se sentait prête à défaillir, à s'affaisser comme
une blessée au milieu des étranges compagnes qui
la reconduisaient, des paisibles et spectrales nonnettes noires.

Et, l'heure venue, malgré toutes ses résolutions,
elle était là anxieuse et ardente, aux aguets du
moindre bruit de pas, le cœur battant si une
branche du jardin remuait dans la nuit, — torturée par le moindre retard du bien-aimé.

Il arrivait, lui, toujours de son même pas silencieux de rôdeur nocturne, la veste sur l'épaule,

avec autant de précautions et de ruses que pour les plus dangereuses contrebandes.

Par les nuits pluvieuses, si fréquentes durant ces printemps basques, elle restait dans sa chambre de rez-de-chaussée, et lui s'asseyait sur le rebord de la fenêtre ouverte, ne cherchant pas à entrer, n'en ayant pas d'ailleurs la permission. Et ils se tenaient là, elle en dedans, lui en dehors, mais leurs bras noués, leurs têtes se touchant, la joue de l'un longuement posée contre la joue de l'autre.

Quand il faisait beau, elle escaladait cette fenêtre basse pour l'attendre dehors, et c'était sur le banc du jardin que se passaient leurs longs tête-à-tête presque sans paroles. Entre eux deux, ce n'étaient même plus ces continuels chuchotements en sourdine dont les amoureux sont coutumiers ; non, c'étaient plutôt des silences. D'abord ils n'osaient pas causer, de peur d'être découverts, car les moindres murmures de voix, la nuit, s'entendent. Et puis, tant que rien de nouveau ne menaçait leur vie ainsi arrangée, quel besoin avaient-ils de se parler ? qu'est-ce qu'ils auraient bien pu se dire, qui valût mieux que les longs contacts de leurs mains jointes et de leurs têtes appuyées ?

La possibilité d'être surpris les tenait souvent l'oreille au guet, dans une inquiétude qui rendait plus délicieux ensuite les moments où ils s'abandonnaient davantage, la confiance reprise... Personne du reste ne les épouvantait comme Arrochkoa, très fin rôdeur nocturne lui-même, et toujours si au courant des allées et venues de Ramuntcho... Malgré son indulgence à leurs projets, que ferait-il, celui-là, s'il venait à tout découvrir ?...

Oh! les vieux bancs de pierre, sous des branches,
devant les portes des maisons isolées, quand tombent
les soirs attiédis de printemps!... Le leur était une
vraie cachette d'amour, et même il se faisait là
chaque soir une musique pour eux, car, dans toutes
les pierres du mur voisin, habitaient de ces rainettes
chanteuses, bestioles du midi, qui, dès la nuit tombée, donnent de minute en minute une petite note
brève, discrète, drôle, participant de la cloche de
cristal et du gosier d'enfant. On produirait quelque
chose de semblable en touchant çà et là, sans jamais
appuyer ni tenir, le clavier d'un orgue à voix céleste.
Il y en avait d'ailleurs partout, de ces rainettes, qui
se répondaient en différents tons; même celles de
dessous le banc, tout près d'eux, rassurées par leur
immobilité, chantaient aussi de temps à autre; alors
ce petit son brusque et doux, si rapproché, les faisait
tressaillir et sourire. Toute l'exquise obscurité d'alentour était comme animée de cette musique-là, qui se
continuait au loin, dans le mystère des feuilles et des
pierres, au fond de tous les petits trous noirs des
rochers ou des murailles; cela semblait un carillon
en miniature, ou plutôt une sorte de grêle concert un
peu persifleur, — oh! mais très peu et sans malice
aucune, — mené timidement par d'inoffensifs
gnomes. Et cela rendait la nuit plus vivante et plus
amoureuse...

Après les audaces enivrées des premières fois, la
frayeur les prenait davantage, et, quand l'un d'eux
avait quelque chose de particulier à dire, il entraî-
nait d'abord l'autre par la main sans parler; cela
signifiait qu'il fallait marcher, doucement, douce-

ment, comme des chats en maraude, jusqu'à une allée, derrière la maison, où l'on pouvait causer sans crainte.

— Où demeurerons-nous, Gracieuse? demandait Raymond, un soir.

— Mais... chez toi, j'avais pensé.

— Ah! oui, moi aussi, j'avais pensé de même... Seulement je craignais que tu ne trouves bien triste d'être si loin de la paroisse et de la place...

— Oh!... avec toi, trouver quelque chose triste?...

— Alors, on renverrait ceux qui demeurent en bas, dis, et on prendrait la grande chambre qui regarde la route d'Hasparitz...

C'était pour lui une joie de plus, que de savoir sa maison acceptée par Gracieuse, d'être sûr qu'elle viendrait apporter le rayonnement de sa présence dans ce vieux logis aimé, et qu'ils feraient là leur nid pour la vie...

19

Voici venir les longs crépuscules pâles de juin, un peu voilés comme ceux de mai, moins incertains cependant et plus tièdes encore. Dans les jardins, les lauriers-roses de pleine terre, qui commencent de fleurir à profusion, deviennent des gerbes magnifiquement rosées. A la fin de chaque journée de labeur, les bonnes gens s'asseyent dehors devant les portes, pour regarder la nuit tomber, — la nuit qui bientôt embrume et confond, sous les voûtes de platanes, leurs groupes assemblés pour de bienfaisants repos. Et de tranquilles mélancolies descendent sur les villages pendant ces interminables soirs.

Pour Ramuntcho, c'est l'époque où la contrebande devient un métier presque sans peine, avec des heures charmantes : marcher vers les sommets, à travers les nuages printaniers ; franchir des ravins, errer dans des régions de sources et de figuiers sauvages ; dormir, pour attendre l'heure convenue avec les carabiniers complices, sur des tapis de menthes et d'œillets... La bonne senteur des plantes imprégnait ses habits, sa veste jamais mise qui ne lui servait que d'oreiller ou de couverture ; — et Gracieuse quelquefois lui disait le soir : « Je sais la contrebande que vous avez faite la nuit dernière, car tu sens les menthes de la montagne au-dessus de Mendiazpi », — ou bien : « Tu sens les absinthes du marais de Subernoa ».

Elle, Gracieuse, regrettait le mois de Marie, les offices de la Vierge dans la nef parée de fleurs blanches. Par les crépuscules sans pluie, avec les sœurs et quelques « grandes » de leur classe, on allait s'asseoir sous le porche de l'église. contre le mur bas du cimetière d'où la vue plonge dans les vallées d'en dessous. Là, c'étaient des causeries, ou bien de ces jeux très enfantins, auxquels les nonnes se prêtent toujours si volontiers.

C'étaient aussi des méditations longues et étranges, quand on ne jouait pas et qu'on ne causait plus, des méditations auxquelles le déclin du jour, le voisinage de l'église, des tombes et de leurs fleurs, donnait bientôt une sérénité détachée des choses et comme affranchie de tout lien avec les sens. Dans ses premiers rêves mystiques de petite fille, — inspirés surtout par les rites pompeux du culte, par la voix des orgues, les bouquets blancs, les mille flammes des cierges, — c'étaient des images seulement qui lui apparaissaient, — il est vrai, de très rayonnantes images : autels qui posaient sur des nuées, tabernacles d'or où vibraient des musiques, et où venaient s'abattre de grands vols d'anges. Mais ces visions-là maintenant faisaient place à des idées : elle entrevoyait cette paix et ce suprême renoncement que donne la certitude d'une vie céleste ne devant jamais finir ; elle concevait d'une façon plus haute que jadis la mélancolique joie d'abandonner tout pour n'être qu'une partie impersonnelle de cet ensemble de nonnes blanches, ou bleues, ou noires, qui, des innombrables couvents de la terre, font monter vers le ciel une immense et perpétuelle intercession pour les péchés du monde...

Cependant, dès que la nuit était tombée tout à fait, le cours de ses pensées redescendait chaque soir fatalement vers les choses enivrantes et mortelles. L'attente, la fiévreuse attente commençait, de minute en minute plus impatiente. Il lui tardait que ses froides compagnes au voile noir fussent rentrées dans le sépulcre de leur couvent, et d'être seule dans sa chambre, libre enfin dans la maison endormie, prête à ouvrir sa fenêtre pour guetter le bruit léger des pas de Raymond.

Le baiser des amants, le baiser sur les lèvres, était maintenant une chose acquise dont ils n'avaient plus la force de se priver. Et ils le prolongeaient beaucoup, ne voulant ni l'un ni l'autre, par scrupules et par pudeur charmante, s'accorder davantage.

D'ailleurs, si l'enivrement qu'ils se donnaient
ainsi était un peu trop charnel, il y avait entre
eux cette tendresse absolue, infinie, unique, par
laquelle toutes choses sont élevées et purifiées.

20

Ramuntcho, ce soir-là, était venu au rendez-
vous plus tôt que de coutume, — avec plus
d'hésitation aussi dans sa marche et son escalade, car l'on risque par ces soirs de juin, de
trouver des filles attardées le long des chemins,
ou bien des garçons, derrière les haies, en
maraude d'amour.

Et, par hasard, elle était déjà seule en bas,
regardant au dehors, sans cependant l'attendre.

Tout de suite, elle remarqua son allure agitée,
ou joyeuse, et devina du nouveau. N'osant pas
s'approcher trop, il lui fit signe qu'il fallait vite
venir, enjamber la fenêtre, gagner l'allée obscure
où l'on causait sans crainte. Puis, dès qu'elle fut
près de lui, à l'ombre nocturne des arbres, il la
prit par la taille et lui annonça brusquement
cette grande nouvelle qui, depuis le matin, boule-
versait sa jeune tête et celle de Franchita sa
mère.

— L'oncle Ignacio a écrit !

— Vrai ? l'oncle Ignacio !...

C'est qu'elle savait, elle aussi, que cet oncle

aventurier, cet oncle d'Amérique, disparu depuis tant
d'années, n'avait jusqu'ici songé à envoyer qu'un
étrange bonjour, par un matelot de passage.

— Oui!... Et il dit qu'il a du bien là-bas, dont il faut
s'occuper, de grandes prairies, des troupes de chevaux; qu'il n'a pas d'enfants, que, si je voulais aller
m'établir près de lui, avec une gentille Basquaise
épousée au pays, il serait content de nous adopter tous
deux... Oh! je crois que ma mère viendrait aussi...
Donc, si tu voulais... ce serait dès maintenant que nous
pourrions nous marier... Tu sais, on en marie d'aussi
jeunes, c'est permis... A présent que je serais adopté
par l'oncle et que j'aurais une vraie position, elle
consentirait, ta mère, je pense... Et ma foi, tant pis
pour le service militaire, n'est-ce pas, dis?...

Ils s'assirent, sur des pierres moussues qui étaient
là, leurs têtes tournant un peu, aussi troublés l'un que
l'autre par l'approche et la tentation imprévue du
bonheur. Ainsi, ce ne serait plus dans un incertain
avenir, après son temps de soldat, ce serait presque
tout de suite; ce serait dans deux mois, dans un mois
peut-être, que cette communion de leurs âmes et de
leurs chairs, si ardemment désirée et aujourd'hui si
défendue, hier encore si lointaine, pourrait être accomplie sans péché, honnête aux yeux de tous, permise et
bénie... Oh! jamais ils n'avaient envisagé cela de si
près... et ils appuyaient l'un contre l'autre leurs fronts
alourdis de trop de pensées, fatigués tout à coup d'une
sorte de trop délicieux délire... Autour d'eux, l'odeur
des fleurs de juin montait de toute la terre, emplissait
la nuit d'une suavité immense. Et, comme s'il n'y avait
pas encore assez de senteurs épandues, les jasmins, les

chèvrefeuilles des murs exhalaient d'instant en instant, par bouffées intermittentes, l'excès de leur parfum ; on eût dit que des mains balançaient en silence des cassolettes dans l'obscurité, pour quelque fête cachée, pour quelque enchantement magnifique et secret.

Il y a souvent et partout de ces très mystérieux enchantements-là, qui émanent de la nature même, commandés par on ne sait quelle souveraine volonté aux desseins insondables, pour nous donner le change à tous, sur la route de la mort...

— Tu ne me réponds pas, Gracieuse, tu ne me dis rien ?...

Il voyait bien qu'elle était grisée, elle aussi, comme lui, et pourtant il devinait, à sa façon de rester si longtemps muette, que des ombres devaient s'amasser sur son rêve charmeur et beau.

— Mais, demanda-t-elle enfin, tes papiers de naturalisation, tu les as déjà reçus, n'est-ce pas ?...

— Oui, c'est arrivé depuis la semaine dernière, tu sais bien... Et c'est toi, d'ailleurs, qui m'avais commandé de les faire, ces démarches-là.

— Et alors, tu es Français aujourd'hui... Et alors, si tu manques à ton service militaire, tu es déserteur !

— Dame !... Dame oui !... Déserteur, non ; mais *insoumis*, je crois, ça s'appelle... et ça ne vaut pas mieux, du reste, puisqu'on ne peut plus revenir... Moi qui n'y pensais pas !...

Comme elle était torturée à présent d'en être cause, de l'avoir elle-même poussé à cet acte-là, qui faisait planer une menace si noire sur la joie à peine entrevue ! Oh ! mon Dieu, déserteur, lui, son Ramuntcho ! C'est-à-dire banni à jamais du cher pays basque !... Et ce départ pour les Amériques, devenu tout à coup effroyablement grave, solennel, comme une sorte de mort, puisqu'il serait sans retour possible!... Alors, que faire?...

Voici donc qu'ils restaient anxieux et muets, chacun d'eux préférant se soumettre à la volonté de l'autre, et attendant, avec un égal effroi, la décision qui serait prise, pour partir ou pour rester. Du fond de leurs deux jeunes cœurs montait peu à peu une même et pareille détresse, empoisonnant le bonheur offert là-bas, dans ces Amériques d'où l'on ne reviendrait plus... Et les petites cassolettes nocturnes des jasmins, des chèvre-feuilles, des tilleuls, continuaient de plus belle à lancer dans l'air des bouffées exquises pour les enivrer; l'obscurité dont ils étaient enveloppés semblait de plus en plus caressante et douce; dans le silence du village et de la campagne, les rainettes des murailles don-naient de minute en minute leur petite note flûtée, qui semblait un très discret appel d'amour, sous le velours des mousses; et, à travers la dentelle noire des feuillages, dans la sérénité d'un ciel de juin qu'on eût dit à jamais inaltérable, ils voyaient scintiller, comme une simple et gentille poussière de phosphore, la multitude terrifiante des mondes.

Le couvre-feu cependant commença de sonner à l'église. Or, le timbre de cette cloche, la nuit surtout, représentait pour eux quelque chose d'unique sur la terre; en ce moment, c'était même comme une voix qui serait venue apporter, dans leur indécision, son avis, son conseil décisif et tendre. Muets toujours, ils l'écoutaient avec une émotion croissante, d'une inten-sité jusqu'alors inconnue, la tête brune de l'un appuyée contre la tête blonde de l'autre. Elle disait, la voix conseillère, la chère voix protectrice : « Non, ne vous en allez pas pour toujours ; les lointains pays sont faits pour le temps de la jeunesse ; mais il faut pouvoir revenir à Etchézar : c'est ici qu'il faut vieillir et mourir : nulle part au monde vous ne dormiriez comme dans ce cimetière autour de l'église, où l'on peut, même couché sous la terre, m'entendre sonner encore... » Ils cédaient de plus en plus à la voix de la cloche, les deux enfants dont l'âme était religieuse et primitive. Et Raymond sentit bientôt couler sur sa joue une larme de Gracieuse :

— Non, dit-il enfin, déserter, non ; je crois, vois-tu, que je n'en aurais pas le courage...

— Je pensais la même chose que toi, mon Ramun-tcho, dit-elle. Non, ne faisons pas cela... Mais j'atten-dais, pour te le laisser dire...

Alors, il s'aperçut qu'il pleurait lui aussi, comme elle...

Donc, le sort en était jeté, ils laisseraient passer le bonheur, qui était là, à leur portée, presque sous leur main ; ils remettraient tout à un avenir incertain et si reculé !

Et à présent, dans la tristesse, dans le recueillement de leur grande décision prise, ils se communiquaient ce qui leur semblait de mieux à faire.

— On pourrait, disait-elle, lui répondre une jolie lettre, à ton oncle Ignacio ; lui écrire que tu acceptes, que tu viendras avec beaucoup de plaisir aussitôt après ton service militaire ; ajouter même, si tu veux, que celle avec qui tu es fiancé le remercie comme toi et se

tiendra prête à te suivre; mais que, déserter, tu
ne le peux pas.

— Et, à ta mère, si tu lui en parlais dès maintenant, toi, Gatchutcha, pour voir un peu ce
qu'elle en penserait?... Car enfin, voici que ce
n'est plus comme autrefois, tu comprends bien, je
ne suis plus un abandonné comme j'étais...

... Des pas légers derrière eux, dans le chemin... Et au-dessus du mur, la silhouette apparue
d'un jeune homme, qui s'était approché sur la
pointe de ses espadrilles, comme pour les épier!...

— Va-t'en, sauve-toi, mon Ramuntcho, à
demain soir!...

En une demi-seconde, plus personne : lui, tapi
dans une broussaille, elle envolée, vers sa chambre.

Fini, leur entretien grave! Fini jusqu'à quand?
Jusqu'à demain ou jusqu'à toujours?... Sur leurs
adieux, brusques ou prolongés, épouvantés ou paisibles, chaque fois, chaque nuit, pesait la même
incertitude de se revoir...

21

La cloche d'Etchézar, la même chère vieille
cloche, celle des tranquilles couvre-feu, celle des
fêtes et celle des agonies, sonnait joyeusement, au
beau soleil de juin. Le village était tendu partout
de draps blancs, de broderies blanches, et la pro-

cession de la Fête-Dieu défilait très lente, sur une verte
jonchée de fenouils et de roseaux coupés dans les
marais d'en bas.

Les montagnes paraissaient proches et sombres, un
peu farouches avec leurs tons bruns et leurs tons
fauves, au-dessus de cette blanche théorie de petites
filles cheminant sur un tapis de feuilles et d'herbes
fauchées.

Toutes les vieilles bannières de l'église étaient là,
éclairées par ce soleil qu'elles connaissaient depuis des
siècles, mais qu'elles ne voient qu'une ou deux fois
l'an, aux jours consacrés.

La grande, celle de la Vierge, en soie blanche brodée
d'or éteint, s'avançait portée par Gracieuse, qui marchait tout de blanc vêtue et les yeux perdus en plein
rêve mystique. Derrière les jeunes filles, venaient les
femmes, toutes les femmes du village, coiffées d'un
voile noir, y compris Dolorès et Franchita, les deux
ennemies. Des hommes, assez nombreux encore, fer-
maient le cortège, le cierge à la main, le béret bas, —
mais c'étaient surtout des chevelures grises, des
visages aux expressions vaincues et résignées, des têtes
de vieillards.

Gracieuse, en tenant haut la bannière de la Vierge,
devenait à cette heure une petite illuminée ; elle se
croyait en marche, comme après la mort, vers les
célestes tabernacles. Et quand, par instants, le souvenir des lèvres de Raymond traversait son rêve, elle
avait l'impression, au milieu de tout ce blanc, d'une
souillure cuisante, bien que délicieuse. Vraiment, à
mesure que ses pensées de jour en jour s'élevaient, ce
qui la ramenait sans cesse vers lui, c'était moins les

sens, susceptibles chez elle d'être domptés, que de plus en plus la tendresse, la vraie, la profonde, celle qui résiste au temps et aux déceptions de la chair. Et cette tendresse-là, d'ailleurs, s'augmentait encore de ce que Raymond était moins fortuné qu'elle-même et plus abandonné dans la vie, n'ayant pas eu de père...

22

— Eh bien, Gatchutcha, tu lui en as enfin parlé, à ta maman, de l'oncle Ignacio ? demandait Raymond, très tard, le même soir, dans l'allée du jardin, sous les rayons de lune.

— Pas encore, non, je n'ai pas osé... C'est que, vois-tu, comment lui expliquer que je sais toutes ces choses, moi, puisque je suis censée ne plus causer avec toi jamais, et qu'elle m'en a fait défense ?... Songe un peu, si j'allais lui donner soupçon !... Après, ce serait fini, nous ne pourrions plus nous voir ! J'aimerais mieux remettre à plus tard, à quand tu auras quitté le pays, car alors tout me sera égal...

— C'est vrai !... Attendons, puisque je vais partir.

En effet, il allait partir et déjà leurs soirs étaient comptés.

Maintenant qu'ils avaient définitivement laissé échapper ce bonheur immédiat, offert là-bas dans les prairies d'Amérique, il leur semblait préférable de hâter le départ de Raymond pour l'armée, afin qu'il fût de retour plus vite aussi. Donc, ils avaient décidé qu'il

demanderait à « devancer l'appel », qu'il irait s'engager dans l'infanterie de marine, le seul corps où l'on ait
la faculté de ne servir que trois ans [29]. Et, comme il leur
fallait, pour être plus certains de ne pas manquer de
courage, une époque précise, envisagée longtemps à
l'avance, ils avaient fixé la fin de septembre, après la
grande série des jeux de paume.

Cette séparation de trois années, ils la contem-
plaient d'ailleurs avec une confiance absolue dans
l'avenir, tant ils se croyaient sûrs l'un de l'autre, et
d'eux-mêmes, et de leur impérissable amour. Mais
c'était cependant une attente qui déjà leur serrait le
cœur étrangement ; cela jetait une mélancolie imprévue sur les choses même les plus indifférentes d'ordinaire, sur la fuite des journées, sur les moindres indices
de la saison prochaine, sur l'éclosion de certaines
plantes, sur l'épanouissement de certaines espèces de
fleurs, sur tout ce qui présageait l'arrivée et la marche
si rapide de leur dernier été.

23

Déjà les feux de la Saint-Jean ont flambé, joyeux et
rouges dans une claire nuit bleue, — et la montagne
espagnole, là-bas, semblait ce soir-là brûler comme
une gerbe de paille, tant il y en avait de ces feux de
joie, allumés sur ses flancs. La voici donc commencée,
la saison de lumière, de chaleur et d'orage, vers la fin
de laquelle Raymond doit partir.

Et les sèves, qui au printemps montaient si vite, déjà s'alanguissent dans le développement complet des verdures, dans l'épanouissement large des fleurs. Et le soleil, toujours plus brûlant, surchauffe toutes les têtes, de bérets coiffées, exalte les ardeurs et les passions, fait lever partout, dans ces villages basques, des ferments d'agitation bruyante et de plaisir. Tandis qu'en Espagne commencent les grandes courses sanglantes, c'est ici l'époque de tant de fêtes, de tant de parties de paume, de tant de fandangos dansés le soir, de tant d'alanguissements d'amoureux dans la tiède volupté des nuits!...

C'est bientôt la splendeur chaude de juillet méridional. La mer de Biscaye s'est faite très bleue et la côte Cantabrique a pour un temps revêtu ses fauves couleurs de Maroc ou d'Algérie.

Avec les lourdes pluies d'orage, alternent les merveilleux beaux temps qui donnent à l'air des limpidités absolues. Et il y a les journées aussi où les choses un peu distantes sont comme mangées de lumière, poudrées d'une poussière de soleil; alors, au-dessus des bois et du village d'Etchézar, la Gizune très pointue devient plus vaporeuse et plus haute, et, sur le ciel, flottent, pour le faire paraître plus bleu, de tout petits nuages d'un blanc doré avec un peu de gris de nacre dans leurs ombres.

Et les sources coulent plus minces et plus rares sous l'épaisseur des fougères, et, le long des routes, s'en vont plus lents, sous la conduite des hommes deminus, les chars à bœufs, qu'un essaim de mouches environne.

A cette saison, Ramuntcho, dans le jour, vivait de sa vie agitée de *pelotari*, tout le temps en courses, avec Arrochkoa, de village en village, pour organiser des parties de paume et pour les jouer.

Mais, à ses yeux, les soirs existaient seuls.

Les soirs !... Dans l'obscurité odorante et chaude du jardin, être assis très près de Gracieuse ; nouer les bras autour d'elle, peu à peu l'attirer et l'appuyer contre la poitrine pour la tenir comme blottie, et rester ainsi longuement sans rien dire, le menton appuyé sur ses cheveux, à respirer la senteur jeune et saine de son corps.

Il s'énervait dangereusement, Raymond, à ces contacts prolongés qu'elle ne défendait pas. D'ailleurs, il la devinait assez abandonnée à lui maintenant, et confiante, pour tout permettre ; mais il ne voulait pas tenter d'aller jusqu'à la communion suprême, par pudeur d'enfant, par respect de fiancé, par excès et par profondeur d'amour. Et il lui arrivait parfois de se lever brusquement pour se détendre, — à la manière d'un chat qui s'étire, disait-elle comme jadis à Erribiague —, quand il se voyait pris d'un tremblement dangereux et d'une plus impérieuse tentation de se fondre en elle, pour une minute d'ineffable mort.

24

Cependant Franchita s'étonnait de l'attitude inexpliquée de son fils, qui, semblait-il, ne voyait plus

jamais Gracieuse et qui pourtant n'en parlait même
pas. Alors, tandis que s'amassait en elle-même la
tristesse de ce départ si prochain pour le service
militaire, elle observait, avec son mutisme et sa
patience de paysanne.

Un soir donc, un des derniers soirs, comme il
partait, mystérieux et empressé, bien avant l'heure de
la contrebande nocturne, elle se dressa devant lui, le
regard dans le sien :

— Où vas-tu, mon fils ?

Et le voyant détourner la tête, rouge et embarrassé,
elle acquit la soudaine certitude :

— C'est bon, maintenant je sais... Oh ! je sais !...

Elle était plus émue que lui encore, à la découverte
de ce grand secret... Que ce ne fût pas Gracieuse, que
ce fût une autre fille, l'idée ne lui en était même pas
venue, elle était pour cela trop clairvoyante. Et ses
scrupules de chrétienne s'éveillaient, sa conscience
s'épouvantait du mal qu'ils avaient pu faire tous deux,
— en même temps que montait du fond de son cœur
un sentiment dont elle avait honte comme d'un crime,
une espèce de joie sauvage... Car enfin, si leur union
charnelle était accomplie, l'avenir de son fils s'assurait
tel qu'elle l'avait rêvé pour lui... Elle connaissait bien
assez son Ramuntcho, du reste, pour savoir qu'il ne
changerait pas et que Gracieuse ne serait jamais
abandonnée.

Le silence cependant se prolongeait entre eux, elle
toujours devant lui, barrant le chemin :

— Et qu'avez-vous fait ensemble ? se décida-t-elle à
demander. Dis-moi, la vérité, Raymond, qu'avez-vous
fait de mal ?...

— De mal?... Oh! mais rien, ma mère, rien de mal, je vous le jure...

Il répondait cela sans aucune irritation d'être interrogé, et en soutenant le regard de sa mère avec de bons yeux de franchise. C'était vrai, d'ailleurs, et elle le crut.

Mais, comme elle restait encore en face de lui, la main sur le loquet de la porte, il reprit, avec une sourde violence.

— Vous n'allez pas m'empêcher d'y aller, au moins, quand je pars dans trois jours!

Alors, devant cette jeune volonté en révolte, la mère, enfermant en elle-même le tumulte de ses pensées contradictoires, baissa la tête et, sans un mot, s'écarta pour le laisser passer.

25

C'était leur dernier soir, car avant-hier, à la mairie de Saint-Jean-de-Luz, il avait, d'une main un peu tremblante, signé son engagement de trois années pour le 2e d'infanterie de marine, qui tient garnison dans un port militaire du Nord.

C'était leur dernier soir, — et ils s'étaient dit qu'ils le prolongeraient plus que de coutume, — jusqu'à minuit, avait décidé Gracieuse : minuit, qui est dans les villages une heure indue et noire, une heure après laquelle, on ne sait pourquoi, tout semblait à la petite fiancée plus grave et plus coupable.

Malgré l'ardent désir de leurs sens, l'idée n'était venue ni à l'un ni à l'autre que, pendant ce dernier rendez-vous, sous l'oppression du départ, quelque chose de plus pourrait être tenté.

Au contraire, à l'instant si recueilli de leurs adieux, ils se sentaient plus chastes encore, tant ils s'aimaient d'amour éternel.

Moins prudents, par exemple, puisqu'ils n'avaient plus de lendemains à ménager, ils osaient causer, là, sur leur banc d'amoureux, ce que jamais ils n'avaient fait encore. Ils causaient de l'avenir, d'un avenir qui était pour eux si loin, car à leur âge, trois ans paraissent infinis.

Dans trois ans, à son retour, elle aurait vingt ans ; alors, si sa mère persistait à refuser d'une manière absolue, au bout d'une année d'attente elle userait de son droit de fille majeure, c'était entre eux une chose convenue et jurée.

Les moyens de correspondre, pendant la longue absence de Raymond, les préoccupaient beaucoup : entre eux, tout était si compliqué d'entraves et de secrets !... Arrochkoa, leur seul intermédiaire possible, avait bien promis son aide ; mais il était si changeant, si peu sûr !... Mon Dieu, s'il allait leur manquer !... Et puis, accepterait-il de faire passer des lettres cachetées ? — Sans quoi il n'y aurait plus aucune joie à s'écrire. — De nos jours où les communications sont faciles et constantes, il n'y en a plus guère, de ces séparations complètes comme serait bientôt la leur ; ils allaient se dire un très solennel adieu, comme s'en disaient les amants de jadis, ceux du temps où existaient encore des pays sans courriers, des distances

qui faisaient peur. Le bienheureux revoir leur apparaissait comme situé là-bas, là-bas, dans le recul des
durées ; cependant, à cause de cette foi qu'ils avaient
l'un dans l'autre, ils espéraient cela avec une tranquille
assurance, comme les croyants espèrent la vie céleste.

Mais les moindres choses de cette dernière soirée
prenaient dans leur esprit une importance singulière ;
à l'approche de cet adieu, tout s'agrandissait et
s'exagérait pour eux, comme il arrive aux attentes de
la mort. Les bruits légers et les aspects de la nuit leur
semblaient particuliers et, à leur insu, se gravaient
pour toujours dans leur souvenir. Le chant des grillons
d'été avait quelque chose de spécial qu'il leur semblait
n'avoir jamais entendu. Dans la sonorité nocturne, les
aboiements d'un chien de garde, arrivant de quelque
métairie éloignée, les faisaient frissonner d'une frayeur
triste. Et Ramuntcho devait emporter en exil, conserver plus tard avec un attachement désolé, certaine tige
d'herbe arrachée dans le jardin en passant et avec
laquelle il avait machinalement joué tout ce soir-là.

Une étape de leur vie finissait avec ce jour ; un
temps était révolu, leur enfance avait passé...

De recommandations, ils n'en avaient pas de bien
longues à échanger, tant chacun d'eux se croyait sûr de
ce que l'autre pourrait faire en son absence. Ils avaient
moins à se dire que la plupart des fiancés, parce qu'ils
connaissaient mutuellement leurs pensées les plus
intimes. Donc, après la première heure de causerie, ils
restaient la main dans la main et gardaient un silence
grave, à mesure que se consumaient les minutes
inexorables de la fin.

A minuit, elle voulut qu'il partît, ainsi qu'elle l'avait

décidé d'avance dans sa petite tête réfléchie et obstinée[30]. Donc, après s'être embrassés longuement, ils se
quittèrent, comme si la séparation était, à cette
minute précise, une chose inéluctable et impossible à
retarder. Et tandis qu'elle rentrait dans sa chambre,
avec tout à coup des sanglots qui vinrent jusqu'à lui,
il enjamba le mur et, au sortir de l'obscurité des
feuillages, se trouva sur la route déserte, toute
blanche de rayons lunaires. A cette première séparation, il souffrait moins qu'elle, parce que c'était lui
qui partait, lui qu'attendaient les lendemains remplis
d'inconnu. En s'en allant sur ce chemin poudreux et
clair, il était comme insensibilisé par le puissant
charme des changements, des voyages ; presque sans
aucune pensée suivie ni précise, il regardait marcher
devant lui son ombre que la lune faisait nette et dure.
Et la grande Gizune dominait impassiblement les
choses, de son air froid et spectral, dans tout ce
rayonnement blanc de minuit.

26

Le jour du départ. Des adieux à des amis, çà et là ;
des souhaits joyeux d'anciens soldats revenus du
régiment. Depuis le matin, une sorte de griserie ou de
fièvre, et, en avant de lui, tout l'imprévu de la vie.

Arrochkoa, très gentil ce dernier jour, s'était offert
avec instances pour le conduire avec sa voiture à
Saint-Jean-de-Luz et avait combiné qu'on partirait au

déclin du soleil, de façon à arriver là-bas juste au
passage du train de nuit.

Donc, le soir étant inexorablement arrivé, Franchita
voulut accompagner son fils sur la place, où cette
voiture des Detcharry l'attendait toute prête, et là son
visage, malgré sa volonté, se contracta de douleur
tandis que lui se raidissait pour conserver cet air crâne
qui sied aux conscrits en partance pour le régiment :

— Faites-moi une petite place, Arrochkoa, dit-elle
brusquement, je vais monter entre vous deux jusqu'à
la chapelle de Saint-Bitchentcho ; je m'en reviendrai à
pied...

Et ils partirent au soleil baissant qui, sur eux comme
sur toutes choses, épandait la magnificence de ses ors
et de ses cuivres rouges.

Après un bois de chênes, la chapelle de Saint-
Bitchentcho passa, et la mère voulut rester encore.
D'un tournant à un autre, remettant chaque fois la
grande séparation, elle demandait à le conduire toujours plus loin.

— Allons, ma mère, en haut de la côte d'Issaritz il
faudra descendre ! dit-il tendrement. Tu m'entends,
Arrochkoa, tu arrêteras ta voiture où je viens de dire ;
je ne veux pas qu'elle aille plus loin, ma mère...

A cette côte d'Issaritz, le cheval avait de lui-même
ralenti son allure. La mère et le fils, les yeux brûlés de
larmes retenues, restaient la main dans la main, et on
allait doucement, doucement, en un silence absolu,
comme si c'était une montée solennelle vers quelque
calvaire.

Enfin, tout en haut de la côte, Arrochkoa, qui
semblait muet lui aussi, tira légèrement sur les guides,

avec un simple petit : « Ho !... là !... » discret comme un signal lugubre qu'on hésite à donner, — et la voiture fut arrêtée.

Alors, sans rien dire, Raymond sauta sur la route, fit descendre sa mère, lui donna un grand baiser très long, puis remonta lestement sur le siège :

— Va, Arrochkoa, vite, enlève ton cheval, partons !

Et en deux secondes, à la descente rapide d'après, il perdit de vue Celle[31] dont le visage enfin s'inondait de larmes.

Maintenant ils s'éloignaient l'un de l'autre, Franchita et son fils. En sens inverse, ils cheminaient sur cette route d'Etchézar, — à la splendeur du soleil couchant, dans une région de bruyères roses et de fougères jaunies. Elle remontait lentement vers son logis, rencontrant quelques groupes isolés de laboureurs, quelques troupeaux menés à travers le soir d'or par des petits pâtres en béret. — Et lui descendait toujours, et très vite, par des vallées bientôt obscures, vers le bas pays où le chemin de fer passe...

27

Au crépuscule donc, elle s'en revenait, Franchita, de conduire son fils, et s'efforçait de reprendre sa figure habituelle, son air de hautaine indifférence, pour traverser le village.

Mais, arrivée devant la maison Detcharry, elle vit Dolorès qui, près de rentrer chez elle, se retournait et

se campait sur sa porte pour la regarder passer. Il
fallait bien quelque chose de nouveau, quelque
révélation subite, pour qu'elle prît cette attitude de
défi agressif, cette expression de provocante ironie,
— et Franchita alors s'arrêta, elle aussi, tandis que
cette phrase presque involontaire jaillissait entre ses
dents serrées :

— Qu'est-ce qu'elle a, pour me regarder comme
ça, cette femme?...

— Il ne viendra pas ce soir, l'amoureux, hein!
répondit l'ennemie.

— Ah! tu le savais donc, toi, alors, qu'il venait
ici, voir ta fille?

En effet, elle le savait depuis le matin : Gracieuse
le lui avait dit, puisqu'il n'y avait plus aucun lendemain à ménager; elle le lui avait dit de guerre
lasse, après avoir inutilement parlé de l'oncle Ignacio, du nouvel avenir de Raymond, de tout ce qui
pouvait servir leur cause de fiancés...

— Ah! tu le savais donc, toi, alors, qu'il venait
ici voir ta fille?

Par un ressouvenir d'autrefois, elles reprenaient
d'instinct leur tutoiement de l'école des sœurs, ces
deux femmes qui depuis bientôt vingt ans ne
s'étaient plus adressé une parole. Pourquoi elles se
détestaient, en vérité elles l'ignoraient presque; tant
de fois, cela commence ainsi, par des riens, des
jalousies, des rivalités d'enfance et puis, à la longue,
à force de se voir chaque jour sans se parler, à
force de se jeter en passant de mauvais regards,
cela fermente jusqu'à devenir l'implacable haine...
Donc, elles étaient là, l'une devant l'autre, et leurs

deux voix chevrotaient de rancune, d'émotion mauvaise :

— Eh! répliqua l'autre, tu le savais avant moi, je suppose, toi, l'éhontée, qui l'envoyais chez nous!... Du reste, on comprend que tu ne sois pas difficile sur les moyens, après ce que tu as fait dans les temps...

Et, tandis que Franchita, beaucoup plus digne par nature, restait muette, terrifiée maintenant par l'imprévu de cette dispute en pleine rue, Dolorès reprit encore :

— Non, ma fille épousant ce bâtard sans le sou, voyez-vous ça!...

— Eh bien, j'ai idée que si, moi! qu'elle l'épousera quand même!... Essaie donc, tiens, de lui en proposer un de ton choix, pour voir!...

Alors, comme qui dédaigne de continuer, elle reprit son chemin, entendant, par derrière, la voix et l'insulte de l'autre qui la poursuivaient. Elle tremblait de tous ses membres et chancelait à chaque pas sur ses jambes près de faiblir.

Au logis, maintenant vide, quelle morne tristesse, quand elle fut rentrée!

La réalité de cette séparation de trois ans lui apparaissait sous un aspect affreusement nouveau, comme si elle y avait à peine été préparée; — de même, au retour du cimetière, on sent pour la première fois, dans son intégrité affreuse, l'absence des chers morts...

Et puis, ces mots d'insulte dans la rue! Ces mots d'autant plus accablants qu'elle avait, au fond, cruellement conscience de sa faute avec l'étranger! Au lieu de passer son chemin, ainsi qu'elle aurait dû faire,

comment avait-elle pu s'arrêter devant son ennemie
et, par une phrase murmurée entre les dents, provoquer cette dispute odieuse? Comment avait-elle pu
descendre à une telle chose, s'oublier ainsi, elle qui,
depuis quinze ans, s'était peu à peu imposée au
respect de tous par sa tenue si parfaitement
digne?... Oh! s'être attiré et avoir subi l'injure de
cette Dolorès, — dont le passé, en somme, était
irréprochable, et qui avait, en effet, le droit de la
mépriser!

A la réflexion, voici même qu'elle s'épouvantait
de plus en plus de cette sorte de défi pour l'avenir,
qu'elle avait eu l'imprudence de jeter en s'éloignant; il lui semblait avoir compromis tout le cher
espoir de son fils, en exaspérant ainsi la haine de
cette femme.

Son fils!... Son Ramuntcho, qu'une voiture lui
emportait à cette heure dans la nuit d'été, lui
emportait au loin, au danger, à la guerre!... Elle
avait assumé des responsabilités bien lourdes, en
dirigeant sa vie avec des idées à elle, avec des
entêtements, des fiertés, des égoïsmes... Et voici que
ce soir elle venait peut-être d'attirer sur lui le malheur, tandis qu'il s'en allait si confiant dans les
joies du retour!... Ce serait sans doute là pour elle
le châtiment suprême; elle croyait entendre, dans
l'air de sa maison vide, comme la menace de cette
expiation, elle en sentait l'approche lente et sûre.

Alors, elle se mit à dire pour lui ses prières, d'un
cœur âprement révolté, parce que la religion, telle
qu'elle savait la comprendre, restait sans douceur,
sans consolation, sans rien de confiant ni d'attendri.

Sa détresse et ses remords étaient en ce moment d'une nature si sombre, que les larmes, les bienfaisantes larmes ne lui venaient plus...

Et lui, à ce même instant du soir, continuait de descendre, par les vallées plus obscures, vers le bas pays où les trains passent — emportant les hommes au loin, changeant et bouleversant toutes choses. Pour une heure environ, il continuerait d'être sur la terre basque ; puis, ce serait fini. Le long de sa route, il croisait quelques chars à bœufs, d'allure indolente, qui rappelaient les tranquillités des vieux temps ; ou bien de vagues silhouettes humaines lui disant au passage le traditionnel bonsoir, l'antique *gaou-one* que demain il n'entendrait plus. Et là-bas sur sa gauche, au fond d'une sorte de gouffre noir, se profilait encore l'Espagne, l'Espagne qui, de très longtemps sans doute, n'inquiéterait plus ses nuits [32]...

DEUXIÈME PARTIE

1

Trois ans ont passé, rapides.

Franchita est seule chez elle, malade et couchée, au déclin d'un jour de novembre. — Et c'est le troisième automne, depuis le départ de son fils.

Dans ses mains brûlantes de fièvre, elle tient une lettre de lui, une lettre qui aurait dû n'apporter que de la joie sans nuage, puisqu'elle annonce son retour, mais qui lui cause au contraire des sentiments tourmentés, car le bonheur de le revoir s'empoisonne à présent de tristesses, d'inquiétudes surtout, d'inquiétudes affreuses...

Oh! elle avait eu un pressentiment bien juste du sombre avenir, le soir où, revenant de l'accompagner sur la route du départ, elle était rentrée chez elle si angoissée, après cette sorte de défi jeté à Dolorès en pleine rue : c'était cruellement vrai que, cette fois-là, elle avait à tout jamais brisé la vie de son fils!...

Des mois d'attente et de calme apparent avaient cependant suivi cette scène, tandis que Raymond, très loin du pays, faisait ses premières armes. Puis, un jour, un riche épouseur s'était présenté pour Gracieuse et celle-ci, au su de tout le village, l'avait obstinément refusé malgré la volonté de Dolorès. Alors, elles étaient subitement parties toutes deux, la mère et la fille, sous prétexte de visite à des parents du Haut-Pays ; mais le voyage s'était prolongé ; un mystère de plus en plus singulier avait enveloppé cette absence, — et tout à coup le bruit s'était répandu que Gracieuse faisait son noviciat chez les sœurs de Sainte-Marie-du-Rosaire, dans un couvent de Gascogne où l'ancienne Bonne-Mère d'Etchézar était dame abbesse !

Dolorès avait reparu seule dans son logis, muette, l'air mauvais et désolé. Personne n'avait su quelles pressions s'étaient exercées sur la petite aux cheveux d'or, ni comment les portes lumineuses de la vie avaient été fermées devant elle, comment elle s'était laissé murer dans ce tombeau ; mais, sitôt les délais strictement accomplis, sans que son frère même eût pu la revoir, elle avait prononcé là-bas ses vœux, — pendant que Raymond, dans une lointaine guerre de colonie, toujours loin des courriers de France, au milieu des forêts d'une île australe, gagnait ses galons de sergent et la médaille militaire[33].

Franchita avait eu presque peur qu'il ne rentrât jamais au pays, son fils... Mais enfin, voici qu'il allait revenir ! Entre ses doigts, amaigris et chauds, elle tenait la lettre qui disait : « Je pars après-demain et je serai là samedi soir. » Mais que ferait-il, une fois de retour, quel parti allait-il prendre pour la suite de sa vie si tristement changée ?... Dans ses lettres, il s'était obstiné à n'en point parler.

D'ailleurs, tout avait tourné contre elle. Les fer-

miers, ses locataires d'en bas, venaient de quitter
Etchézar, laissant l'étable vide, la maison plus solitaire, et naturellement son modeste revenu s'en trouvait diminué beaucoup. De plus, dans un placement
inconsidéré, elle avait perdu une partie de l'argent
donné par l'étranger pour son fils. Vraiment, elle était
une mère par trop maladroite, compromettant de toute
façon le bonheur de son Ramuntcho bien-aimé, — ou
plutôt, elle était une mère sur qui la justice d'en haut
s'appesantissait aujourd'hui pour sa faute passée... Et
tout cela l'avait vaincue, tout cela avait hâté et aggravé
cette maladie que le médecin, appelé trop tard, ne
réussissait plus à enrayer.

Donc, maintenant, pour attendre le retour de ce fils,
elle était là, étendue sur son lit, et brûlante d'une
grande fièvre.

2

Il revenait, lui, Raymond, après ses trois années
d'absence, congédié de l'armée dans cette ville du nord
où son régiment tenait garnison. Il revenait le cœur en
désarroi, le cœur en tumulte et en détresse.

Son visage de vingt-deux ans avait bruni sous les
ardents soleils ; sa moustache, maintenant très longue,
lui donnait un air de noblesse fière. Et, sur le parement
du costume civil qu'il venait d'acheter, s'étalait le
ruban glorieux de sa médaille.

A Bordeaux, où il était arrivé après une nuit de

voyage, il avait pris place, avec déjà une émotion, dans ce train d'Irun qui descend en ligne directe vers le sud, à travers la monotonie des landes interminables. Près d'une portière de droite, il s'était installé pour voir plus tôt s'ouvrir le golfe de Biscaye et se dessiner les hautes terres d'Espagne.

Puis, vers Bayonne, il avait tressailli en apercevant les premiers bérets basques, aux barrières, les premières maisons basques dans les pins et les chênes-lièges.

Et à Saint-Jean-de-Luz enfin, en mettant pied à terre, il s'était senti comme un homme ivre... D'abord, après ces brumes et ces froids déjà commencés dans la France septentrionale, c'était l'impression subite et voluptueuse d'un climat plus chaud, la sensation d'entrer dans une serre. Il y avait fête de soleil, ce jour-là : le vent de sud, l'exquis vent de sud soufflait, et les Pyrénées s'enlevaient en teintes magnifiques sur le grand ciel libre. De plus, des filles passaient, dont le rire sonnait le Midi et l'Espagne, qui avaient l'élégance et la grâce désinvolte des Basquaises, — et qui, après les lourdes blondes du Nord, le troublaient encore plus que toutes ces illusions d'été... Mais promptement il retomba sur lui-même : à quoi donc pensait-il, de se laisser reprendre au charme d'ici, puisque ce pays retrouvé était pour lui vide à tout jamais ? En quoi cela pouvait-il changer son infinie désespérance, cette désinvolture si tentante des filles, toute cette ironique gaîté du ciel, des êtres et des choses ?...

Non ! rentrer chez lui plutôt, regagner son village, embrasser sa mère !...

Comme il l'avait prévu, la diligence qui dessert chaque jour Etchézar était déjà partie depuis deux heures. Mais sans peine il ferait à pied cette longue route, du reste si familière, et ainsi, il arriverait quand même ce soir, avant la nuit close.

Il alla donc s'acheter des espadrilles, la chaussure de ses courses d'autrefois. Et, de son pas rapide de montagnard, à longues enjambées nerveuses, il s'enfonça tout de suite au cœur du pays silencieux, par des routes qui étaient pour lui remplies de souvenirs.

Novembre finissait, dans un tiède rayonnement de ce soleil qui s'attarde toujours très longtemps ici, sur les pentes pyrénéennes. Depuis des jours, dans le pays basque, durait ce même ciel lumineux et pur, au-dessus des bois à demi effeuillés, au-dessus des montagnes rougies de la teinte ardente des fougères. Au bord des chemins, montaient de hautes graminées, comme au mois de mai, et de grandes fleurs en ombelle qui se trompaient de saison ; dans les haies, des troènes, des églantiers avaient refleuri, au bourdonnement des dernières abeilles ; et on voyait voler de persistants papillons, à qui la mort avait fait grâce de quelques semaines.

Les maisons basques émergeaient çà et là des arbres, — très élevées, le toit débordant, très blanches dans leur vieillesse extrême, avec leurs auvents bruns ou verts, d'un vert ancien et fané. Et partout, sur leurs balcons de bois, séchaient les citrouilles jaune d'or, les gerbes de haricots roses ; partout, sur leurs murs, s'étageaient, comme de beaux chapelets de corail, des guirlandes de piments rouges : toutes les choses de la

terre encore féconde, toutes les choses du vieux sol
nourricier, amassées ainsi suivant l'usage millénaire,
en prévision des mois assombris où la chaleur s'en va.

Et, après les brumes de l'automne du Nord, cette
limpidité de l'air, cet ensoleillement méridional, chaque détail revu de ce pays, éveillaient dans l'âme
complexe de Ramuntcho des vibrations infinies, dou-
loureusement douces.

C'était la saison tardive où l'on coupe ces fougères
qui forment la toison des coteaux roux. Et de grands
chariots à bœufs, qui en étaient remplis, roulaient
tranquillement, au beau soleil mélancolique, vers les
métairies isolées, laissant au passage la traînée de leur
senteur. Très lentes, par les chemins de montagne, s'en
allaient ces charges énormes de fougères ; très lentes,
avec des tintements de clochettes. Les bœufs attelés,
indolents et forts, — coiffés tous de la traditionnelle
peau de mouton couleur de bête fauve qui leur donne
l'air de bisons ou d'aurochs, — traînaient ces chariots
lourds, dont les roues sont des disques pleins, comme
celles des chars antiques. Les bouviers, le long bâton à
la main, marchaient devant, toujours sans bruit, en
espadrilles, la chemise de coton rose découvrant la
poitrine, la veste jetée à l'épaule gauche — et le béret
de laine très enfoncé sur une face rasée, maigre, grave,
à laquelle la largeur des mâchoires et des muscles du
cou donne une expression de solidité massive.

Ensuite, il y avait des intervalles de solitude, où l'on
n'entendait plus, dans ces chemins, que le bourdonnement des mouches, à l'ombre jaunie et finissante des
arbres.

Ramuntcho les regardait, ces rares passants qui

croisaient sa route, s'étonnant de ne pas encore rencontrer quelqu'un de connu qui s'arrêterait à lui. Mais, point de visages familiers, non. Et point d'effusion avec des amis retrouvés; rien que de vagues bonjours, échangés avec des gens qui se retournaient un peu, croyant l'avoir vu jadis, mais ne se rappelaient plus bien et, tout de suite, se replongeaient dans l'humble rêve des champs... Et il sentait plus accentuées que jamais les différences premières entre lui et ces gens de labour.

Là-bas cependant, en voici venir, un de ces chariots, dont la gerbe est si grande que les branches des chênes l'accrochent au passage. Devant, chemine le conducteur, au regard de résignation douce, large garçon paisible, roux comme les fougères, roux comme l'automne, avec une fourrure rousse embroussaillée sur sa poitrine nue; il marche d'une allure souple et nonchalante, les bras étendus en croix le long de son aiguillon à bœufs, qu'il a posé en travers sur ses épaules. Ainsi, sans doute, au flanc de ces mêmes montagnes, marchaient ses ancêtres, laboureurs et bouviers comme lui depuis des siècles sans nombre.

Et celui-là, à l'aspect de Ramuntcho, touche ses bœufs au front, les arrête d'un geste et d'un petit cri de commandement, puis vient au voyageur en lui tendant ses braves mains... Florentino! un Florentino très changé, ayant plus de carrure encore, tout à fait homme à présent, avec je ne sais quoi de définitivement assuré et épanoui.

Ils s'embrassent, les deux amis. Ensuite, ils se dévisagent en silence, gênés tout à coup par le flot des souvenirs qui remontent du fond de leur âme et qu'ils ne savent ni l'un ni l'autre exprimer ; Raymond, pas mieux que Florentino, car, si son langage est infiniment plus formé, la profondeur et le mystère de ses pensées sont aussi bien plus insondables.

Et cela les oppresse, de concevoir des choses qu'ils sont impuissants à dire ; alors leurs regards embarrassés se reportent distraitement sur les beaux grands bœufs en arrêt :

— Ils sont à moi, tu sais, dit Florentino... Il y a deux ans, je me suis marié... Ma femme a de l'ouvrage de son côté... Et, en travaillant... nous commençons à être assez bien chez nous... Oh ! ajoute-t-il, avec son orgueil de naïf, j'en ai encore une autre paire de bœufs comme ça, à la maison !

Puis, il se tait, devenu rose tout à coup sous son hâle de soleil, car il a ce tact qui vient du cœur, que les plus humbles possèdent souvent par nature, mais qu'en revanche l'éducation ne donne jamais, même aux gens du monde les plus affinés : considérant le retour désolé de Ramuntcho, sa destinée brisée, sa fiancée ensevelie là-bas chez les nonnettes noires, sa mère mourante, il a peur d'avoir été déjà cruel en étalant trop son bonheur à lui.

Alors, le silence revient ; ils se regardent encore un instant avec de bons sourires, ne trouvant point de paroles. D'ailleurs, entre eux deux, l'abîme des conceptions différentes s'est creusé davantage en ces trois années. Et Florentino, touchant de nouveau ses bœufs au front, les remet en marche avec un petit appel de la langue, serrant bien fort la main de son ami :

— On se reverra, n'est-ce pas? On se reverra?

Et le bruit des clochettes de son attelage se perd bientôt dans le calme du chemin plus ombreux où commence à décroître la chaleur du jour...

« Allons, il a réussi sa vie, celui-là! » pense lugubrement Ramuntcho, en continuant de marcher sous les branchages d'automne...

La route qu'il suit monte toujours, ravinée çà et là par des sources et quelquefois traversée par les grosses racines des chênes.

C'est bientôt qu'Etchézar va lui apparaître et, avant même qu'il l'ait vu, voici que l'image s'en précise de plus en plus en lui-même, rappelée et avivée dans sa mémoire par l'aspect des alentours.

Son pas s'accélère et son cœur a des battements plus forts.

Vide à présent, tout ce pays-là, où Gracieuse n'est plus, vide et triste à parcourir comme une demeure aimée quand la grande Faucheuse y a passé!... Et pourtant Ramuntcho, au fond de lui-même, ose songer que, dans quelque petit couvent par là-bas, sous le béguin d'une nonne, les chers yeux noirs existent toujours et qu'il pourra au moins les revoir; qu'une prise de voile, en somme, ce n'est pas tout à fait comme la mort, et que peut-être le dernier mot de la destinée n'est pas dit à jamais... Car, en y réfléchissant, qui a pu changer ainsi l'âme de Gracieuse, autrefois si uniquement abandonnée à lui?... Oh! de terribles pressions étrangères, pour sûr... Et alors, en se revoyant face à face, qui sait?... En se reparlant, les yeux dans les yeux?... Mais quoi, cependant, que pourrait-il bien espérer d'un peu raisonnable et possible?... Est-ce qu'on a jamais vu, au pays, une religieuse faillir à ses éternels vœux pour suivre un fiancé ? Et d'ailleurs, où iraient-ils bien vivre ensemble, après, quand les gens s'écarteraient d'eux, les fuiraient comme des renégats?... Aux Amériques peut-être, et encore !... Et comment l'aborder et la reprendre, dans ces blanches maisons de mortes où les sœurs habitent, éternellement surveillées et écoutées... Oh! non, chimère irréalisable, tout cela... C'est bien fini, fini sans espoir !...

Ensuite, la tristesse, qui lui vient de Gracieuse, pour un moment s'oublie, et il ne sent plus qu'un élan de tout son cœur vers sa mère : vers sa mère qui lui reste, elle, qui est là, très près, un peu bouleversée sans doute par le joyeux trouble de l'attendre.

Et maintenant, sur la gauche de sa route, voici un humble hameau, à demi noyé dans les hêtres et les chênes, avec sa chapelle ancienne, — et avec son mur pour le jeu de pelote, sous de très vieux arbres, au croisement de deux sentiers. Aussitôt, dans la tête jeune de Raymond, le cours des pensées change encore : ce petit mur au faîte arrondi, recouvert d'un badigeon de chaux et d'ocre, éveille tumultueusement en lui des pensées de vie, de force et de joie ; avec une ardeur d'enfant, il se dit que demain il pourra s'y remettre, à ce jeu des Basques, qui est une griserie de mouvement et de rapide adresse ; il songe aux grandes parties des dimanches après vêpres, à la gloire des belles luttes avec les champions d'Espagne, à tout cela qui lui a tant manqué pendant ses années d'exil et dont il va faire son avenir à présent... Mais c'est un instant bien court, et la désespérance mortelle revient le heurter au front : ses triomphes sur les places, Gracieuse ne les verra pas ; alors, mon Dieu, à quoi bon !... Sans elle, toutes choses, même celles-ci, retombent décolorées, inutiles et vaines, n'existent seulement plus...

Etchézar !... Etchézar, qui se découvre là-bas tout à coup à un tournant du chemin !... C'est dans une lueur rouge, comme une image de fantasmagorie, éclairée à dessein d'une façon spéciale au milieu de grands fonds d'ombre et de soir. Il est l'heure du couchant. Autour du village isolé, que surmonte le vieux clocher lourd, un dernier faisceau de rayons trace un halo couleur de cuivre et d'or, tandis que des jeux de nuages — et une obscurité géante émanée de la Gizune — assombrissent les terres amoncelées au-dessus et au-dessous, l'amas des coteaux bruns, colorés par la mort des fougères...

Oh ! la mélancolique apparition de patrie, au soldat qui revient et qui ne retrouvera plus de fiancée !...

Trois ans passés, depuis qu'il s'en était allé d'ici... Or, trois ans, — si c'est, hélas ! un rien fugitif plus tard dans la vie, — à son âge, c'est encore un abîme de temps, une période qui change toutes choses. Et, après cet exil si long, combien ce village, qu'il adore cependant, lui réapparaît diminué, petit, muré dans les montagnes, triste et perdu !... Au fond de son âme de grand garçon inculte, recommence, pour le faire davantage souffrir, le combat de ces deux sentiments d'homme trop affiné, qui sont un héritage de son père inconnu : un attachement presque maladif à la

demeure, au pays de l'enfance, et un effroi de revenir
s'y enfermer, quand on sait qu'il existe par le monde
de si vastes et libres *ailleurs*...

... Après la chaude après-midi, voici que l'automne
s'indique maintenant par la chute hâtive du jour, avec
tout à coup une fraîcheur montant des vallées d'en
dessous, une senteur de feuilles mourantes et de
mousse. Et alors les mille détails des précédents
automnes du pays basque, des novembres d'autrefois,
lui reviennent très précis : les froides tombées de nuit
succédant aux belles journées de soleil ; les brumes
tristes apparaissant vers le soir ; les Pyrénées confon-
dues parmi des vapeurs d'un gris d'encre, ou bien, par
places, découpées en noires silhouettes sur un pâle ciel
d'or ; autour des maisons, les tardives fleurs des
jardins, que les gelées épargnent longtemps ici, et,
devant toutes les portes, la jonchée de feuilles des
platanes en berceau, la jonchée jaunie craquant sous
les pas de l'homme qui rentre en espadrilles au gîte
pour l'heure du souper... Oh ! le bien-être et l'insou-
ciante joie de ses retours au logis, les soirs d'autrefois,
après les journées de marche dans la rude montagne !
Oh ! la gaîté, en ce temps-là, des premières flambées
d'hiver — dans le haut foyer fumeux orné d'une
draperie de calicot blanc et d'une découpure de papier
rose !... Non, à la ville, avec ces amas de maisons,
d'intérieurs grouillants partout, on n'a plus la vraie
impression de rentrer chez soi, de se terrer le soir à la
manière primitive, comme ici, sous ces toits basques
solitaires au milieu de la campagne, avec tout le grand
noir alentour, le grand noir frissonnant des feuillées,
le grand noir changeant des nuages et des cimes...

Mais aujourd'hui, ses dépaysements, ses voyages, ses conceptions nouvelles lui ont amoindri et gâté sa demeure de montagnard ; il va, sans doute, la retrouver presque désolée, en songeant surtout que sa mère n'y sera pas toujours — et que Gracieuse n'y sera jamais plus.

Son pas s'accélère encore, dans la hâte d'embrasser sa mère ; il contourne, sans y entrer, son village, pour gagner sa maison écartée, par un chemin qui domine la place et l'église ; en passant vite, il regarde tout avec un trouble inexprimable. De la paix, du silence planent sur cette petite paroisse d'Etchézar, cœur du pays basque français et patrie de tous les *pelotaris* fameux du passé — lesquels sont devenus de lourds grands-pères, ou bien des morts à présent. L'immuable église, où sont restés ensevelis ses rêves de foi, s'entoure des mêmes cyprès obscurs, comme une mosquée. La place du jeu de paume, tandis qu'il chemine rapidement au-dessus, s'éclaire d'un peu de soleil encore, d'un rayon finissant, très oblique, vers le fond, vers le mur que surmonte l'inscription des anciens temps, — tout comme le soir de son premier grand succès, il y a quatre années, quand, parmi la joyeuse foule, Gracieuse se tenait là en robe bleue, elle qui est devenue une nonnette noire aujourd'hui... Sur les gradins déserts, sur les marches de granit où l'herbe pousse, trois ou quatre vieillards sont assis, qui jadis étaient les vaillants du lieu et que leurs souvenirs ramènent sans cesse là, pour causer à la fin des journées, pendant que le crépuscule descend des cimes, envahit la terre, semble émaner et tomber des Pyrénées brunes... Oh ! les gens qui habitent ici, dont la vie s'écoule ici ; oh ! les petites auberges à cidre, les petites boutiques simplettes, et les surannées petites choses — apportées des villes, des *ailleurs* — qu'on y vend aux montagnards d'alentour !... Combien tout cela lui paraît maintenant étranger, séparé de lui-même, ou reculé comme au fond d'un primitif passé !... Est-ce que vraiment il n'est plus quelqu'un d'Etché-zar, aujourd'hui, est-ce qu'il n'est plus le Ramuntcho d'autrefois ?... Quoi donc de si particulier réside en son âme pour l'empêcher de se retrouver bien ici, comme les autres ? Pourquoi, mon Dieu, lui est-il interdit, à lui seul, d'accomplir ici la tranquille destinée de son rêve, quand tous ses amis ont accompli la leur ?...

Enfin voici sa maison, là, devant ses yeux. Elle est bien telle cependant qu'il pensait la revoir. Ainsi qu'il s'y attendait, il reconnaît le long du mur toutes les persistantes fleurs cultivées par sa mère, les mêmes espèces que les gelées ont détruites là-bas depuis des semaines, dans le nord d'où il vient : les héliotropes, les géraniums, les hauts dahlias et les roses aux branches grimpantes. Et la chère jonchée de feuilles, qui tombe chaque automne des platanes taillés en voûte, est là aussi, et se froisse et s'écrase avec un bruit si familier sous ses pas !...

Dans la salle d'en bas, quand il entre, il y a déjà de l'indécision grise, déjà de la nuit. La haute cheminée, où son regard d'abord s'arrête par un instinctif souvenir de ces flambées des anciens soirs, se dresse pareille avec sa draperie blanche ; mais froide, emplie d'ombre, sentant l'absence ou la mort.

Il monte en courant vers la chambre de sa mère. Elle, de son lit ayant bien reconnu le pas du fils, s'est dressée sur son séant, toute raide, toute blanche dans le crépuscule.

— Raymond! dit-elle, d'une voix couverte et vieillie.

Elle lui tend les bras, et, dès qu'elle le tient, l'enlace et le serre :

— Raymond!...

Puis, après ce nom prononcé, sans ajouter rien, elle appuie la tête contre sa joue, dans le mouvement habituel d'abandon, dans le mouvement des grandes tendresses d'autrefois... Lui, alors, s'aperçoit que le visage de sa mère est brûlant contre le sien. A travers cette chemise il sent les bras qui l'entourent amincis, fiévreux et chauds. Et pour la première fois, il a peur ; la notion qu'elle est sans doute très malade se présente à son esprit, la possibilité et la soudaine épouvante qu'elle meure...

— Oh! vous êtes toute seule, ma mère! Mais qui donc vous soigne? Qui vous veille?

— Me veiller?... répond-elle avec sa brusquerie, ses idées de paysanne subitement revenues. Dépenser de l'argent pour me garder, eh! pour quoi faire, mon Dieu?... La benoîte ou bien la vieille Doyamburu vient dans la journée me donner ce dont j'ai besoin, les choses que le médecin me commande... Quoique... les remèdes, vois-tu!... Enfin!... Allume une lampe, dis, mon Ramuntcho!... Je veux te voir... et je ne te vois pas!

Et, quand la clarté a jailli, d'une allumette de contrebande espagnole, elle reprend, sur un ton de câlinerie infiniment douce, comme on parle à un tout petit enfant qu'on adore :

— Oh! tes moustaches! Les longues moustaches qui te sont venues, mon fils!... C'est que je ne reconnais plus mon Ramuntchito, moi!... Approche-la, ta lampe, mon bien-aimé, approche-la, que je te regarde bien!...

Lui aussi la voit mieux, à présent, sous la lueur nouvelle de cette lampe, tandis qu'elle le dévisage et l'admire avec amour. Et il s'effraie davantage, parce que les joues de sa mère sont si creuses, ses cheveux presque blanchis; même l'expression de son regard est changée et comme éteinte; sur sa figure apparaît tout un sinistre et irrémédiable travail du temps, de la souffrance et de la mort...

Et, maintenant, deux larmes, rapides et lourdes, coulent des yeux de Franchita, qui s'agrandissent, redeviennent vivants, rajeunis de révolte désespérée et de haine:

— Oh! cette femme!... dit-elle tout à coup. Oh! crois-tu! cette Dolorès!...

Et son cri inachevé exprime et résume toute sa jalousie de trente années, toute sa rancune sans merci contre cette ennemie d'enfance, qui a réussi enfin à briser la vie de son fils.

Un silence entre eux. Lui s'est assis, tête courbée, auprès de ce lit, tenant la pauvre main fiévreuse que sa mère lui a tendue. Elle, respirant plus vite, semble un long moment sous l'oppression de quelque chose qu'elle hésite à exprimer:

— Dis-moi, mon Raymond!... Je voudrais te demander... Et qu'est-ce que tu comptes faire à présent, mon fils? Quels sont tes projets, dis, pour l'avenir?...

— Je ne sais pas, ma mère... On pensera, on va voir... Tu me demandes ça... là tout de suite... On a le loisir d'en recauser, n'est-ce pas?... Aux Amériques, peut-être?...

— Ah! oui, — reprend-elle lentement, avec tout l'effroi qui couvait en elle depuis des jours... — Aux Amériques... Oui, je m'en doutais bien... Oh! c'est là ce que tu feras, va... Je le savais, je le savais...

Sa phrase s'achève en un gémissement et elle joint les mains pour essayer d'une prière...

3

Raymond, le lendemain matin, errait dans le village et aux abords, sous un soleil qui avait percé les nuages de la nuit, encore radieux comme le soleil d'hier. Soigné dans sa toilette, la moustache bien retroussée, l'allure fière, élégant, grave et beau, il allait au hasard, pour voir et pour être vu, un peu d'enfantillage se mêlant à son sérieux, un peu de bien-être à sa détresse. Sa mère lui avait dit au réveil :

— Je suis mieux, je t'assure. C'est dimanche aujourd'hui ; va, promène-toi, je t'en supplie...

Et des passants se retournaient pour le regarder, chuchotaient un instant, puis colportaient la nouvelle : « Le fils de Franchita est revenu au pays ; il a très belle mine ! »

Une illusion d'été persistait partout, avec cependant l'insondable mélancolie des choses tranquillement finissantes. Sous cet impassible rayonnement de soleil, les campagnes pyrénéennes semblaient mornes ; toutes leurs plantes, toutes leurs verdures étaient comme recueillies dans on ne sait quelle résignation lassée de vivre, quelle attente de mort.

Les tournants de sentiers, les maisons, les moindres arbres, tout venait rappeler les heures d'autrefois à Ramuntcho, les heures auxquelles Gracieuse était mêlée. Et alors, à chaque ressouvenir, à chaque pas, se gravait et se martelait dans son esprit, sous une forme nouvelle, cet arrêt sans recours : « C'est fini, tu es seul pour jamais, Gracieuse t'a été ravie et on l'a enfermée... » Ses déchirements, tous les hasards du chemin les renouvelaient et les changeaient. Et, au fond de lui-même, comme une base constante à ses réflexions, cette autre anxiété demeurait sourdement ; sa mère, sa mère très malade, en danger mortel peut-être !...

Il rencontrait des gens qui l'arrêtaient, l'air accueillant et bon, qui lui adressaient la parole dans la chère langue basque — toujours si alerte et si sonore malgré son incalculable antiquité ; — de vieux bérets, de vieilles têtes blanches aimaient à reparler jeu de paume à ce beau joueur de retour au bercail. Et puis tout de suite, après les premiers mots de bienvenue échangés, les sourires s'éteignaient, malgré ce clair soleil dans ce ciel bleu, et on se troublait en repensant à Gracieuse voilée et à la Franchita mourante.

Un violent reflux de sang lui monta au visage quand, d'un peu loin, il aperçut Dolorès qui rentrait chez elle. Bien décrépite, celle-là, et l'air bien accablé ! Elle l'avait certes reconnu, elle aussi, car elle détourna vivement sa tête opiniâtre et dure, couverte d'une mantille de deuil. Avec une demi-pitié à la voir si défaite, il songea qu'elle s'était frappée du même coup, et qu'elle serait seule à présent, pour sa vieillesse et pour sa mort...

Sur la place, il trouva Marcos Iragola qui lui apprit qu'il s'était marié, tout comme Florentino — et avec sa petite amie d'enfance, lui aussi, bien entendu.

— Je n'ai pas eu de service à faire au régiment, expliquait-il, parce que, tu sais, nous sommes des Guipuzcoans, nous autres, émigrés en France ; alors, ça m'a permis de l'épouser plus vite !

Lui, vingt et un ans ; elle dix-huit ; sans terre et sans le sou ni l'un ni l'autre, Marcos et Pilar, mais associés joyeusement tout de même, comme deux moineaux qui font leur nid. Et le très jeune époux ajoutait en riant :

— Que veux-tu ! le père m'avait dit : « Toi, mon aîné, tant que tu ne te marieras pas, je te préviens que je te donnerai un petit frère chaque année. » Et c'est qu'il l'aurait fait, sais-tu bien ! Or, nous sommes déjà quatorze, tous en vie...

Oh ! les simples ceux-là, et les naturels ! Les sages et les humblement heureux !... Raymond le quitta avec un peu de hâte, le cœur plus meurtri pour lui avoir parlé, mais lui souhaitant malgré cela bien sincèrement le bonheur, dans son petit ménage d'imprévoyant oiseau.

Çà et là, des gens étaient assis devant leur porte, dans cette sorte d'atrium de branches qui précède toutes les maisons de ce pays. Et leurs voûtes de platanes, taillées à la mode basque, qui l'été sont si impénétrables, tout ajourées à cette saison, laissaient tomber des faisceaux de lumière sur eux ; le soleil flambait, un peu destructeur et triste, au-dessus de ces feuilles jaunes qui se desséchaient...

Et Raymond, dans sa lente promenade d'arrivée, sentait de plus en plus quels liens intimes, d'une très singulière persistance, l'attacheraient toujours à cette région de la terre, âpre et enfermée, quand même il y serait seul à l'abandon, sans amis, sans épouse et sans mère...

Maintenant, voici la grand'messe qui sonne ! Et les vibrations de cette cloche le jettent dans un étrange émoi qu'il n'attendait pas. Jadis, son appel si familier était un appel de joie et de fête...

Il s'arrête, il hésite, malgré son incroyance actuelle et malgré sa rancune contre cette église qui lui a ravi sa fiancée. La cloche semble l'inviter aujourd'hui d'une façon si particulière avec une telle voix d'apaisement et de caresse : « Viens, viens ; laisse-toi bercer comme tes ancêtres ; viens, pauvre désolé, laisse-toi reprendre au doux leurre, qui fera couler tes larmes sans amertume et qui t'aidera à mourir... »

Indécis, résistant toujours, il marche pourtant vers l'église — quand Arrochkoa survient !

Arrochkoa, dont la moustache de chat s'est allongée beaucoup et dont l'expression féline s'est accentuée, court à lui les mains tendues, avec une effusion qu'il n'attendait pas, dans un élan peut-être sincère pour cet ex-sergent qui a si grande allure, qui porte un ruban de médaille et dont les aventures ont fait bruit au pays :

— Ah ! mon Ramuntcho, et depuis quand es-tu arrivé ?... Oh ! si j'avais pu empêcher, va !... Qu'en penses-tu, de ma vieille endurcie de mère et de toutes ces bigotes d'église? Oh! je ne t'ai pas dit: j'ai un fils, moi, depuis deux mois; un beau petit, j'en réponds!... Tant de choses, nous aurions à nous conter, mon pauvre ami, tant et tant de choses!...

La cloche sonne, sonne, emplit toujours plus l'air de son appel très doux, très grave et un peu imposant aussi.

— Tu ne vas pas là, je pense bien? demande Arrochkoa, désignant l'église.

— Non! oh! non! répond Ramuntcho, décidé sombrement.

— Eh bien, viens donc, entrons ensemble, goûter le cidre nouveau de ton pays!...

A la cidrerie des contrebandiers, il l'entraîne; tous deux près de la fenêtre ouverte s'attablent comme autrefois, regardant dehors; — et ce lieu aussi, ces vieux bancs, ces tonneaux alignés dans le fond, ces mêmes images au mur sont pour rappeler à Ramuntcho les temps délicieux d'avant, les temps révolus et finis.

Il fait adorablement beau; le ciel garde une limpidité rare; dans l'air passe cette senteur spéciale des arrière-saisons, senteur des bois qui se dépouillent, des feuilles mortes que le soleil surchauffe par terre. Maintenant, après le calme absolu du matin, se lève un peu de vent d'automne, un frisson de novembre, annonçant clairement, mais avec une mélancolie presque charmante, que l'hiver approche — un hiver méridional, il est vrai, un hiver très atténué, interrompant à peine la vie de la campagne. Les jardins, d'ailleurs, et tous les vieux murs sont encore si fleuris de roses!...

D'abord ils parlent de choses indifférentes en buvant leur cidre, des voyages de Raymond, de ce qui s'est fait au pays en son absence, des mariages qui se sont consommés ou rompus. Et, à ces deux révoltés qui fuient les églises, tous les bruits de la messe arrivent pendant leur causerie, les sons de clochette et les sons d'orgue, les chants séculaires dont s'emplit la haute nef sonore...

A la fin, Arrochkoa y revient, au sujet brûlant :

— Oh! si tu avais été au pays, ça ne se serait pas fait, va!... Et encore maintenant, si elle te revoyait...

Raymond le regarde alors, frissonnant de ce qu'il croit comprendre :

— *Encore maintenant ?...* Que veux-tu dire ?

— Oh! mon cher, les femmes... Avec elles, est-ce qu'on sait jamais!... Elle en tenait fortement pour toi, je t'en réponds, et ça a été dur... Eh! de nos jours il n'y a plus de loi qui la retienne, que diable!... Ce que je m'en ficherais, pour mon compte, qu'elle jette son froc aux orties!... Ah! là, là!...

Ramuntcho détourne la tête, les yeux à terre, sans répondre, frappant le sol du pied. Et pendant le silence d'ensuite, la chose impie, qu'il avait à peine osé se formuler à lui-même, lui apparaît peu à peu moins chimérique, plus réalisable, presque aisée... Non, ce n'est vraiment pas si inadmissible, en somme, de la ravoir. Et, au besoin, sans doute, celui qui est là, Arrochkoa, son propre frère, y prêterait la main. Oh! quelle tentation et quel trouble nouveau dans son âme!

Sèchement, il demande :

— Où est-elle ?... Loin d'ici ?

— Assez, oui. Là-bas, vers la Navarre, cinq à six heures de voiture. Ils l'ont changée deux fois de couvent depuis qu'ils la tiennent. Elle habite Amezqueta aujourd'hui, au-delà des grandes chênaies d'Oyanzabal ; on y va par Mendichoco ; tu sais, nous avons dû traverser ça, une nuit, ensemble, avec Itchoua, pour nos affaires.

On sort de la grand-messe... Des groupes passent : des femmes, des filles jolies et d'élégante allure, parmi lesquelles Gracieuse n'est plus : beaucoup de bérets rabattus sur des fronts basanés. Et toutes ces figures se tournent pour regarder les deux buveurs à leur fenêtre. Le vent, qui souffle un peu plus, fait danser autour de leurs verres de grandes feuilles mortes de platanes.

Une femme déjà vieille leur jette, par-dessous sa mantille de drap noir, un coup d'œil mauvais et triste :

— Ah ! dit Arrochkoa, voici la mère qui passe ! et qui nous regarde de travers encore !... Elle en a fait, de bel ouvrage, ce jour-là, elle peut s'en vanter !... La première punie, d'ailleurs, car elle finira comme une vieille solitaire à présent... Catherine, de chez Elsagarray, tu sais, va en journée pour la servir ; autrement, elle n'a plus personne à qui parler le soir...

Une voix de basse-taille, derrière eux, vient les interrompre, un bonjour basque, creux comme un son de caverne, tandis qu'une main grande et lourde se pose sur l'épaule de Ramuntcho, pour une prise de possession : Itchoua, Itchoua qui finit à l'instant de chanter sa liturgie !... Pas changé, celui-là, par exemple ; toujours sa même figure qui n'a pas d'âge, toujours son masque incolore qui tient à la fois du moine et du détrousseur, et ses mêmes yeux renfoncés,

cachés, absents. Son âme aussi doit être demeu-
rée pareille, son âme capable de meurtre impassible en même temps que de fétichiste dévotion.

— Ah! — fait-il, d'un ton qui veut être bon-
homme, — te voilà de retour parmi nous, mon
Ramuntcho! Alors, on va travailler ensemble,
hein? Ça marche dans ce moment-ci, les affaires
avec l'Espagne, tu sais, et on a besoin de bras à
la frontière. Tu redeviens des nôtres, n'est-ce
pas?

— Mon Dieu, peut-être, répond Ramuntcho.
Oui, on pourra en reparler et s'entendre...

C'est que, depuis quelques minutes, son départ
pour les Amériques vient de beaucoup reculer
dans son esprit... Non!... demeurer au pays plutôt, reprendre la vie d'autrefois, réfléchir et obstinément attendre. Du reste, à présent qu'il sait
où *elle* est, ce village d'Amezqueta, à cinq ou six
heures d'ici, le hante d'une façon dangereuse, et
il caresse toute sorte de projets sacrilèges, que,
jusqu'à ce jour, il aurait à peine osé concevoir.

4

A midi, il remonta vers sa maison isolée pour
retrouver sa mère.

Le mieux fébrile et un peu artificiel du matin
s'était continué. Gardée par la vieille Doyamburu, elle lui affirma qu'elle se sentait guérir, et,

dans sa crainte de le voir inoccupé et songeur, le fit redescendre vers la place pour assister à la partie de pelote du dimanche.

L'haleine du vent redevenait chaude, soufflait à nouveau du sud; plus rien des frissons de tout à l'heure; au contraire, un soleil et une atmosphère d'été, sur les bois roussis, sur les fougères rouillées, sur les chemins où continuait de tomber la jonchée triste des feuilles. Mais le ciel s'emplissait d'épais nuages, qui soudainement sortaient de derrière les montagnes, comme s'ils s'étaient tenus là embusqués pour apparaître tous au même signal.

La partie de pelote n'était pas encore combinée et des groupes discutaient violemment, quand il arriva sur la place. Vite, ou l'entoura, on lui fit fête, le désignant par acclamations pour entrer dans le jeu et soutenir l'honneur de sa commune. Il n'osait pas, lui, n'ayant plus joué depuis trois années et se méfiant de son bras déshabitué. A la fin, il céda pourtant et commença de se dévêtir... Mais, à qui confier sa veste à présent?... L'image lui réapparaissait tout à coup de Gracieuse, assise sur les gradins les plus avancés et tendant les mains pour la recevoir. A qui donc jeter sa veste aujourd'hui? On la confie d'ordinaire à quelqu'un d'ami, un peu comme font les toréadors pour leur manteau de soie dorée... Il la lança au hasard, cette fois, n'importe où, sur le granit des vieux bancs fleuris de tardives scabieuses...

La partie s'engagea. Désorienté d'abord, incertain aux premiers coups, il manqua plusieurs fois la petite chose folle et bondissante qu'il s'agissait d'attraper dans l'air.

Puis, il s'y remit avec rage, reprit son aisance d'autrefois et se retrouva superbement. Ses muscles avaient gagné en force ce que peut-être ils avaient perdu en adresse ; de nouveau, il fut acclamé, connut l'enivrement physique de se mouvoir, de sauter, de sentir ses membres jouer comme de souples et violents ressorts, d'entendre autour de soi l'ardente rumeur de la foule...

Mais ensuite vint l'instant de repos qui coupe d'ordinaire les longues parties disputées ; le moment où l'on s'assied haletant, le sang en ébullition, les mains rougies, tremblantes, — et où l'on reprend le cours des pensées que le jeu supprime.

Alors, il retrouva la détresse d'être seul.

Au-dessus des têtes assemblées, au-dessus des bérets de laine et des jolis chignons noués de foulards, s'accentuait ce ciel en tourmente qu'ici les vents de sud amènent toujours, quand ils vont finir. L'air avait pris une limpidité absolue, comme s'il s'était raréfié, raréfié jusqu'au vide. Les montagnes semblaient s'être avancées extraordinairement ; les Pyrénées écrasaient le village ; les cimes espagnoles ou les cimes françaises étaient là, toutes également proches, comme plaquées les unes sur les autres, exagérant leurs bruns calcinés, leurs violets intenses et sombres. De grandes nuées, qui paraissaient consistantes comme des choses terrestres, se déployaient en forme d'arc, voilant le soleil, jetant une obscurité d'éclipse. Et çà et là, par quelque déchirure bien nette, bordée d'argent éclatant, on apercevait le profond bleu-vert d'un ciel quasi africain. Toute cette contrée, dont le climat instable change entre un matin et un soir, se faisait pour quelques

heures étrangement méridionale d'aspect, de tempéra-
ture et de lumière.

Ramuntcho humait cet air sec et suave, arrivé de
l'extrême Midi pour vivifier les poitrines. C'était bien
un temps de son pays, cela. Même, c'était le temps
caractéristique de ce fond du golfe de Biscaye, le temps
qu'il aimait le plus autrefois, et qui aujourd'hui
l'emplissait de bien-être physique — autant que de
trouble d'âme, car tout ce qui se préparait, tout ce qui
s'amassait là-haut, avec des airs de si farouche
menace, lui donnait le sentiment d'un ciel sourd aux
prières, sans pensées d'ailleurs comme sans maître,
simple foyer d'orages fécondants, de forces aveugles
pour créer, recréer et détruire. Et, pendant ces minutes
de songerie encore haletante, où des hommes en béret,
d'une autre essence que la sienne, l'entouraient pour le
féliciter, il ne répondait pas, n'écoutait rien, sentait
surtout la plénitude éphémère de sa vigueur à lui, de sa
jeunesse, de sa volonté, et se disait qu'il voulait jouir
âprement et désespérément de toutes choses, essayer
n'importe quoi, sans s'entraver de vaines craintes, de
vains scrupules d'église, pour ressaisir la jeune fille qui
était la longuement désirée de son âme et de sa chair,
qui était l'unique et la fiancée...

La partie glorieusement finie, il s'en retourna seul,
triste et résolu, — fier d'avoir gagné ainsi, d'avoir su
conserver son adresse agile, et comprenant bien que
c'était un moyen dans la vie, une source d'argent et
une force, d'être resté l'un des premiers joueurs du
pays basque.

Sous le ciel noir, toujours ces mêmes teintes outrées
partout, ces mêmes horizons nets et sombres. Et

toujours ces mêmes grands souffles du sud, secs et chauds, excitateurs des muscles et de la pensée.

Cependant les nuages étaient descendus, descendus, et bientôt ce temps, ces apparences allaient changer et finir. Il le savait, lui, comme tous les campagnards habitués à regarder le ciel : ce n'était que l'annonce d'une bourrasque d'automne pour clore la série des vents tièdes, — d'une secouée décisive pour achever d'effeuiller les bois. Aussitôt après, viendraient les longues ondées refroidissant tout, les brumes rendant les montagnes confuses et lointaines. Et ce serait le règne morne de l'hiver, arrêtant les sèves, alanguissant les téméraires projets, éteignant les ardeurs et les révoltes...

Maintenant les premières gouttes d'eau commençaient à tomber dans le chemin, espacées et lourdes sur la jonchée des feuilles.

Comme hier, quand il rentra, au crépuscule, sa mère était seule.

Monté à pas de loup, il la trouva endormie d'un mauvais sommeil, agitée, brûlante.

Errant dans son logis, il essaya, pour que ce fût moins sinistre, d'allumer dans la grande cheminée d'en bas un feu de branches, mais cela s'éteignit en fumant. Dehors, c'étaient des torrents de pluie qui tombaient. Par les fenêtres, comme à travers des suaires gris, le village apparaissait à peine, effacé sous une rafale d'hiver. Le vent et l'averse fouettaient les murs de la maison isolée, autour de laquelle, une fois de plus, allait s'épaissir le grand noir des campagnes par les nuits pluvieuses — ce grand noir, ce grand silence, dont Raymond s'était longuement déshabitué.

Et dans son cœur d'enfant, filtrait peu à peu un froid de solitude et d'abandon ; voici qu'il perdait même son énergie, la conscience de son amour, de sa force et de sa jeunesse ; il sentait s'évanouir, devant le brumeux soir, tous ses projets de lutte et de résistance. Son avenir entrevu tout à l'heure devenait misérable ou chimérique à ses yeux, son avenir de joueur de pelote, de pauvre amuseur des foules, à la merci d'une maladie ou d'une défaillance... Ses espoirs du jour s'anéantissaient, basés sans doute sur d'instables riens en fuite à présent dans la nuit...

Alors il eut un élan, comme jadis dans son enfance, vers ce refuge très doux qu'était pour lui sa mère ; il remonta, sur la pointe du pied, afin de la voir, même endormie, et de rester au moins là, près de son lit, tandis qu'elle sommeillerait.

Et, quand il eut allumé dans la chambre, loin d'elle, une lampe discrète, elle lui parut plus changée qu'hier par la fièvre ; la possibilité se présenta, plus affreuse, à son esprit, de la perdre, d'être seul, de ne plus jamais, jamais sentir sur la joue la caresse de cette tête appuyée... En outre, pour la première fois *elle lui parut vieille*, et, au souvenir de tant de déceptions qu'elle avait eues à cause de lui, il sentit surtout une pitié pour elle, une pitié tendre et infinie, devant ses rides qu'il n'avait pas encore vues, devant ses cheveux blancs encore nouveaux à ses tempes. Oh ! une pitié désolée et sans aucune espérance, avec la conviction que c'était trop tard à présent pour arranger mieux la vie... Et quelque chose de douloureux, qui était sans résistance possible, commença de secouer sa poitrine, contracta son jeune visage ; les objets devinrent troubles à sa vue,

et, dans un besoin irréfléchi d'implorer, de demander
grâce, il se laissa tomber à genoux, le front sur ce lit de
sa mère, pleurant enfin, pleurant à chaudes larmes...

5

— Et qui as-tu vu au village, mon fils? — interro-
geait-elle, le lendemain matin, pendant ce mieux qui
revenait chaque fois, aux premières heures du jour,
après la fièvre tombée.

« Et qui as-tu vu au village, mon fils?... » En
causant, elle s'efforçait de garder un air un peu enjoué,
de dire des choses quelconques, dans la frayeur
d'aborder les sujets graves et de provoquer d'inquié-
tantes réponses.

— J'ai vu Arrochkoa, ma mère, répondit-il d'un ton
qui ramenait subitement aux questions brûlantes.

— Arrochkoa!... Et comment s'est-il comporté avec
toi?

— Oh! il m'a parlé comme si j'avais été son frère...

— Oui, je sais, je sais... Oh! ce n'est pas lui, va, qui
l'y a poussée...

— Même, il m'a dit...

Il n'osait plus continuer, à présent, et il baissait la
tête.

— Il t'a dit quoi donc, mon fils?

— Eh bien que... que ç'avait été dur de l'enfermer
là... que peut-être... que, même encore maintenant, si
elle me revoyait, il ne serait pas éloigné de croire...

Elle se redressa sous la commotion de ce qu'elle venait d'entrevoir ; avec ses mains maigres, elle écartait ses cheveux nouvellement blanchis, et ses yeux étaient redevenus jeunes et vifs, dans une expression presque mauvaise, de joie, d'orgueil vengé :

— Il t'a dit cela, lui !...

— Est-ce que vous me pardonneriez, ma mère... si j'essayais ?...

Elle lui prit les deux mains et ils restèrent silencieux, n'ayant osé ni l'un ni l'autre, avec leurs scrupules de catholiques, proférer la chose sacrilège qui fermentait dans leurs têtes. Au fond de ses yeux, à elle, l'éclair mauvais achevait de s'éteindre.

— Te pardonner, reprit-elle à voix très basse, oh ! moi... moi, tu sais bien que oui... Mais ne fais pas cela, mon fils, je t'en supplie, ne le fais pas ; ce serait vous porter malheur à tous deux, vois-tu !... N'y songe plus, mon Ramuntcho, n'y songe jamais...

Puis, ils se turent, entendant les pas du médecin qui montait pour sa visite quotidienne. Et ce fut la seule, la suprême fois qu'ils devaient en parler ensemble dans la vie.

Mais Raymond savait maintenant que, même après la mort, elle ne le maudirait pas pour avoir tenté cela ou pour l'avoir commis : or, ce pardon lui suffisait, et, maintenant qu'il se sentait sûr de l'obtenir, la plus grande barrière, entre sa fiancée et lui, était comme tombée tout à coup.

6

Le soir, au redoublement de la fièvre, elle semblait déjà beaucoup plus dangereusement atteinte.

Sur son corps robuste, la maladie avait eu prise avec violence, — la maladie reconnue trop tard, et insuffisamment soignée à cause de ses entêtements de paysanne, à cause de son dédain incrédule pour les médecins et les remèdes.

Et peu à peu, chez Ramuntcho, l'affreuse pensée de la perdre s'installait à une place dominante ; pendant les heures de veille qu'il passait près de son lit, silencieux et seul, il commençait à envisager la réalité de cette séparation, l'horreur de cette mort et de cet ensevelissement, — même tous les lugubres lendemains, tous les aspects de sa vie prochaine : la maison qu'il faudrait vendre avant de quitter le pays ; ensuite, peut-être, la tentative désespérée au couvent d'Amezqueta ; puis le départ, probablement solitaire et sans désir de retour, pour les Amériques inconnues...

L'idée aussi du grand secret qu'elle emporterait avec elle à jamais, — du secret sur sa naissance, — l'obsédait davantage, d'heure en heure.

Alors, se penchant sur elle et, tout tremblant, comme s'il allait commettre une impiété dans une église, il finit par oser dire :

— Ma mère !... Ma mère, apprenez-moi maintenant qui est mon père !

Elle frémit d'abord sous la suprême question, comprenant bien que, s'il osait l'interroger ainsi, c'est qu'elle était perdue. Puis, elle hésita une minute : dans sa tête, bouillante de fièvre, un combat se livrait ; son devoir, elle ne le discernait plus bien ; son obstination de tant d'années chancelait presque à cette heure, devant la soudaine apparition de la mort...

Mais, résolue enfin à tout jamais, elle répondit bientôt, avec le ton brusque des mauvais jours :

— Ton père !... Et à quoi bon, mon fils ? Que lui veux-tu, à ton père, qui depuis plus de vingt ans n'a jamais pensé à toi ?...

Non, c'était décidé, fini, elle ne le dirait pas. D'ailleurs, il était trop tard à présent ; au moment de disparaître, d'entrer dans l'inerte impuissance des morts, comment risquer de changer si complètement la vie de ce fils qu'elle ne surveillerait plus, comment le livrer à son père qui peut-être en ferait un incroyant et un désespéré comme lui-même ! Quelle responsabilité et quel immense effroi !...

Ensuite, sa décision irrévocablement prise, elle songea à elle-même, sentant pour la première fois que la vie se fermait derrière elle, et joignit les mains pour une sombre prière.

Quant à Ramuntcho, après cette tentative pour savoir, après ce grand effort qui lui avait presque semblé profanateur, il courba la tête devant la volonté de sa mère et n'interrogea plus [34].

7

Cela marchait très vite maintenant, entre les fièvres desséchantes qui lui faisaient des joues rouges, des narines pincées, ou bien les épuisements dans des bains de sueur, le pouls battant à peine.

Et Ramuntcho n'avait plus d'autre pensée que sa mère : l'image de Gracieuse cessait de le visiter pendant ces funèbres jours.

Elle s'en allait, Franchita ; elle s'en allait, muette et comme indifférente, ne demandant rien, ne se plaignant jamais...

Une fois cependant, à une veillée, elle l'appela tout à coup d'une pauvre voix d'angoisse, pour jeter les bras autour de lui, l'attirer contre elle, appuyer la tête sur sa joue. Et, en cette minute, Raymond vit passer dans ses yeux la grande Épouvante, — celle de la chair qui se sent finir, celle des hommes et celle des bêtes, l'horrible et la même pour tous... Croyante, elle l'était bien un peu ; pratiquante plutôt, comme tant d'autres femmes autour d'elle ; timorée vis-à-vis des dogmes, des observances, des offices, mais sans conception claire de l'au-delà, sans lumineux espoir... Le ciel, toutes les belles choses promises après la vie... Oui, peut-être... Mais pourtant, le trou noir était là, proche et certain, où il faudrait pourrir... Ce qui était sûr, ce qui était inexorable, c'est que jamais, jamais plus son visage détruit ne s'appuierait d'une façon réelle sur celui de Ramuntcho ; alors, dans le doute d'avoir une âme qui s'envolerait, dans l'horreur et la misère de s'anéantir, de devenir de la poudre et du rien, elle voulait encore des baisers de ce fils, et elle s'accrochait à lui comme s'accrochent les naufragés qui coulent dans les eaux noires et profondes...

Lui, comprit tout cela, que disaient si bien les pauvres yeux finissants. Et la pitié si tendre, qu'il avait déjà éprouvée à voir les rides et les cheveux blancs de sa mère, déborda comme un flot de son cœur très jeune ; il répondit à son appel par tout ce qu'on peut donner d'étreintes et d'embrassements désolés.

Mais ce fut de courte durée. Elle n'avait d'ailleurs jamais été de celles qui s'amollissent longuement ou du moins qui le laissent paraître. Ses bras dénoués, sa tête retombée, elle referma les yeux, inconsciente maintenant, — ou bien stoïque...

Et Raymond, debout, n'osant plus la toucher, pleura sans bruit de lourdes larmes en détournant la tête, — tandis que, dans le lointain, la cloche de la paroisse commençait de sonner le couvre-feu, chantait la tranquille paix du village, emplissait l'air de vibrations douces, protectrices, conseillères de bon sommeil à ceux qui ont encore des lendemains...

Le matin suivant, après s'être confessée, elle trépassa, silencieuse et hautaine, ayant eu comme une honte de sa souffrance et de son râle, — pendant que la même cloche, là-bas, sonnait lentement son agonie.

Et le soir, Ramuntcho se trouva seul à côté de cette chose couchée et refroidie que l'on conserve et regarde quelques heures encore, mais qu'il faut se hâter d'enfouir dans la terre...

8

Huit jours après.

A la tombée du soir, tandis qu'une mauvaise rafale
de montagne tordait les branches des arbres, Raymond rentrait dans sa maison déserte où le gris de la
mort semblait épandu partout. Un peu d'hiver avait
passé sur le pays basque, une petite gelée, brûlant les
fleurs annuelles, mettant fin à l'illusoire été de décembre. Devant la porte de Franchita, les géraniums, les
dahlias venaient de mourir, et le sentier d'arrivée,
qu'on ne soignait plus, disparaissait sous l'entasse-
ment des feuilles jaunies.

Pour Ramuntcho, cette première semaine de deuil
avait été occupée par les mille soins qui bercent la
douleur. Orgueilleux lui aussi, il avait voulu que tout
fût fait d'une façon luxueuse, suivant les vieux usages
de la paroisse. Sa mère avait été emportée dans un
cercueil garni de velours noir et de clous d'argent.
Puis, il y avait eu les messes mortuaires, auxquelles
étaient venus les voisins en grande cape, les voisines
enveloppées et encapuchonnées de noir. Et tout cela
représentait beaucoup de dépenses pour lui qui était
pauvre.

De la somme donnée jadis, au moment de sa
naissance, par son père inconnu, très peu de chose lui
restait, la majeure partie ayant été perdue chez des
notaires infidèles. Et à présent, il faudrait quitter la

maison, vendre les chers meubles familiers, réaliser le plus d'argent possible pour la fuite aux Amériques...

Cette fois, il rentrait chez lui avec un trouble particulier, parce qu'il allait faire une chose, remise de jour en jour, et sur laquelle sa conscience n'était pas en repos. Il avait déjà visité, trié tout ce qui venait de sa mère ; mais la boîte contenant ses papiers et ses lettres demeurait encore intacte — et ce soir il l'ouvrirait peut-être.

Il n'était pas bien sûr que la mort, comme tant de gens le pensent, donne le droit à ceux qui restent de lire les lettres, de pénétrer les secrets de ceux qui viennent de s'en aller. Brûler sans regarder lui semblait plus respectueux, plus honnête. Mais aussi, c'était détruire à tout jamais le moyen de retrouver celui dont il était le fils délaissé... Alors, que faire ?... Et d'ailleurs de qui prendre conseil, quand on n'a personne au monde ?

Au fond de la grande cheminée, il alluma la flambée des soirs ; puis il alla chercher dans une chambre d'en haut l'inquiétante boîte, la posa sur une table près du feu, à côté de sa lampe, et s'assit pour réfléchir encore. En face de ces papiers presque sacrés, presque défendus, qu'il allait toucher et que la mort seule avait pu mettre entre ses mains, il avait en ce moment conscience, d'une façon plus déchirante, de l'irrévocable départ de sa mère ; voici que des larmes lui revenaient, et qu'il pleurait là, seul, dans ce silence...

A la fin, il l'ouvrit cette boîte...

Ses artères battaient lourdement. Sous les arbres d'alentour, dans l'obscure solitude du dehors, il croyait sentir que des formes se précisaient, s'agitaient

pour venir le regarder aux vitres. Il entendait des
souffles étrangers à sa propre poitrine, comme si l'on
respirait derrière lui. Des ombres s'assemblaient, inté-
ressées à ce qu'il allait faire... La maison s'emplissait
de fantômes...

C'étaient des lettres, conservées là depuis plus de
vingt ans, toutes de la même écriture, — une de ces
écritures à la fois négligées et faciles comme en ont les
gens du monde et qui, aux yeux des simples, sont un
indice de grande différence sociale. Et tout d'abord, un
vague rêve de protection, d'élévation et de richesse
détourna le cours de ses pensées tristes... Il ne gardait
aucun doute sur la main qui les avait écrites, ces
lettres-là, et il les tenait en tremblant, n'osant encore
les lire, ni même regarder le nom dont elles étaient
signées.

Une seule avait conservé son enveloppe ; alors il
déchiffra l'adresse : « A madame Franchita Duval »...
Ah ! oui, il se souvenait d'avoir entendu dire que sa
mère, à l'époque de sa disparition du pays basque,
avait pour quelque temps pris ce nom-là... Suivait une
indication de rue et de numéro, qui lui fit mal à lire
sans qu'il pût comprendre pourquoi, qui lui fit monter
le rouge aux joues ; puis le nom de cette grande ville,
dans laquelle il était né... Les yeux fixes, il restait là, ne
regardant plus... Et tout à coup, il eut l'horrible vision
de ce ménage clandestin ; dans un appartement de
faubourg, sa mère, jeune, élégante, maîtresse de quelque riche désœuvré, ou bien de quelque officier peut-
être !... Étant au régiment, il en avait connu, de ces
ménages-là, qui sans doute se ressemblent tous, et il y
avait rencontré pour lui-même des bonnes fortunes

inespérées... Un vertige le prenait, à entrevoir ainsi
sous un aspect nouveau celle qu'il avait tant vénérée ;
le cher passé chancelait derrière lui, comme pour
s'effondrer dans un désolant abîme. Et sa désespérance
se tournait en une exécration soudaine contre celui qui
lui avait par caprice donné la vie...

Oh ! les brûler, les brûler au plus tôt, ces lettres de
malheur ! Et il commença de les jeter les unes après les
autres dans le feu, où elles se consumaient avec de
subites flammes.

Une photographie pourtant s'en dégagea, tomba à
terre ; alors il ne put se tenir de l'approcher de sa
lampe pour la voir.

Et son impression fut poignante, pendant les quelques secondes où ses yeux, à lui, se croisèrent avec
ceux à demi effacés de l'image jaunie !... *Cela lui
ressemblait !*... Il retrouvait, avec un effroi profond,
quelque chose de lui-même dans cet inconnu. Et
instinctivement il se retourna, s'inquiétant si les fantômes des coins obscurs ne s'étaient pas approchés par
derrière pour regarder aussi.

Elle eut à peine une appréciable durée, cette entrevue silencieuse, unique et suprême, avec son père. Au
feu aussi, l'image ! Il la jeta, d'un geste de colère et de
terreur, parmi les cendres des dernières lettres, et tout
ne laissa bientôt plus qu'un petit amas de poussière
noire, éteignant la flambée claire des branches.

Fini ! La boîte était vide. Il lança à terre son béret
qui lui donnait mal à la tête et se redressa, la sueur au
front, un bourdonnement aux tempes.

Fini ! Anéantis, tous ces souvenirs de faute et de
honte. Et à présent les choses de la vie lui paraissaient

reprendre leur équilibre d'avant; il retrouvait sa vénération douce pour sa mère, dont il lui semblait avoir purifié, un peu vengé aussi la mémoire par cette exécution dédaigneuse[35].

Donc, son destin venait d'être fixé ce soir à tout jamais. Il resterait le Ramuntcho d'autrefois, le « fils de Franchita », joueur de pelote et contrebandier, libre, affranchi de tout, ne devant ni ne demandant rien à personne. Et il se sentait rasséréné, sans remords, sans frayeur non plus, dans cette maison mortuaire, d'où les ombres venaient de disparaître, apaisées maintenant et amies...

9

A la frontière, dans un hameau de montagne. Nuit noire, vers une heure du matin; nuit d'hiver inondée d'une pluie froide et torrentielle. Au pied d'une sinistre maison qui ne jette aucune lueur dehors, Ramuntcho charge ses épaules d'une pesante caisse de contrebande, sous la ruisselante averse, au milieu d'une obscurité de sépulcre. La voix d'Itchoua commande en sourdine, — comme si l'on frôlait de l'archet les dernières cordes d'une basse, — et autour de lui, dans ces ténèbres absolues, on devine d'autres contrebandiers pareillement chargés, prêts à partir pour l'aventure.

C'est maintenant plus que jamais la vie de Ramuntcho, ces courses-là, sa vie de presque toutes les nuits, surtout des nuits nuageuses et sans lune où l'on n'y voit rien, où les Pyrénées sont un immense chaos d'ombre. Amassant le plus d'argent possible pour sa fuite, il est de toutes les contrebandes, aussi bien de celles qui rapportent un salaire convenable que des autres où l'on risque la mort pour cent sous. Et d'ordinaire, Arrochkoa l'accompagne, sans nécessité, lui, par fantaisie plutôt et par jeu.

Ils sont d'ailleurs devenus inséparables, Arrochkoa, Ramuntcho, — et même ils causent librement de leurs projets sur Gracieuse, Arrochkoa séduit surtout par l'attrait d'une belle prouesse, par la joie de soustraire une nonne à l'Église, de déjouer les plans de sa vieille mère endurcie, — et Ramuntcho, malgré ses scrupules chrétiens qui l'arrêtent encore, faisant de ce projet dangereux sa seule espérance, sa seule raison d'agir et d'être. Depuis un mois bientôt, la tentative est décidée en principe, et, pendant leurs causeries des veillées de décembre, sur les routes où ils se promènent, ou bien dans les recoins des cidre-ries de village où ils s'attablent à l'écart, les moyens d'exécution se discutent entre eux, comme s'il s'agis sait d'une simple entreprise de frontière. Il faudra agir très vite, conclut toujours Arrochkoa, agir dans la surprise d'une première entrevue, qui sera pour Gracieuse une chose terriblement bouleversante; sans la laisser réfléchir ni se reprendre, il faudra essayer comme un enlèvement...

— Si tu savais, dit-il, ce que c'est, ce petit couvent d'Amezqueta où on l'a mise : quatre vieilles bonnes sœurs avec elle, dans une maison isolée!... J'ai mon cheval, tu sais, qui marche si vite; une fois la nonne

montée dans ma voiture avec toi, qui l'attrapera, je te
prie ?...

Et ce soir, ils ont résolu de mettre dans la confidence
Itchoua lui-même, homme habitué aux manœuvres
louches, précieux dans les coups de main, la nuit, et
qui, pour de l'argent, est capable de tout faire.

Le lieu d'où ils partent cette fois pour la contrebande habituelle se nomme Landachkoa, et il est situé
en France, à dix minutes de l'Espagne. L'auberge,
solitaire et vieille, prend, sitôt que baisse la lumière,
des aspects de coupe-gorge[36]. En ce moment même,
tandis que les contrebandiers en sortent par une porte
détournée, elle est remplie de carabiniers espagnols,
qui ont familièrement passé la frontière pour venir se
divertir ici, et qui boivent en chantant. Et l'hôtesse,
coutumière des manèges et des cachotteries nocturnes,
est tout à l'heure venue gaîment dire en basque aux
gens d'Itchoua :

— Ça va bien ! ils sont tous gris, vous pouvez sortir !

Sortir ! c'est plus aisé à conseiller qu'à faire ! On est
trempé dès les premiers pas et les pieds glissent dans la
boue gluante, malgré l'aide des bâtons ferrés, sur les
pentes raides des sentiers. On ne se voit point les uns
les autres ; on ne voit rien, ni les murs du hameau le
long desquels on passe, ni les arbres ensuite, ni les
roches ; on est comme des aveugles, tâtonnant et
trébuchant sous un déluge, avec une musique de pluie
aux oreilles, qui vous rend sourd.

Et Ramuntcho, qui fait ce trajet pour la première
fois, n'a aucune idée des passages de chèvre que l'on va
prendre, heurte çà et là son fardeau à des choses noires
qui sont des branches de hêtre, ou bien glisse des deux

pieds, chancelle, se raidit, se rattrape en piquant au hasard, de sa seule main libre, son bâton ferré dans la terre. Ils ferment la marche, Arrochkoa et Ramuntcho, suivant la bande au flair et à l'ouïe ; — et encore, les autres, qui les précèdent, font-ils, avec leurs espadrilles, à peine autant de bruit que des loups en forêt.

En tout, quinze contrebandiers, échelonnés sur une cinquantaine de mètres, dans le noir épais de la montagne, sous l'arrosage incessant de l'averse nocturne ; ils portent des caisses pleines de bijouterie, de montres, de chaînes, de chapelets, ou bien des ballots de soie de Lyon enveloppés de toile cirée ; tout à fait devant, chargés de marchandises d'un moindre prix, marchent deux hommes qui sont les éclaireurs, ceux qui attireront, s'il y a lieu, les coups de fusil espagnols et qui alors prendront la fuite, en jetant tout par terre. On ne se parle qu'à voix basse, bien entendu, malgré ce tambourinement de l'ondée, qui déjà étouffe les sons...

Celui qui précède Ramuntcho se retourne pour l'avertir :

— Voici un torrent en face de nous... — (On l'aurait deviné d'ailleurs, ce torrent-là, à son fracas plus fort que celui de l'averse...) — Il faut le passer !

— Ah !... Et le passer comment ? Entrer dans l'eau ?...

— Non pas, l'eau est profonde. Suis-nous bien. Il y a un tronc d'arbre par-dessus, jeté en travers !

En tâtant à l'aveuglette, Ramuntcho trouve en effet ce tronc d'arbre, mouillé, glissant et rond. Le voilà debout, s'avançant sur ce pont de singe en forêt, toujours avec sa lourde charge, tandis qu'au-dessous de lui l'invisible torrent bouillonne. Et il passe, on ne sait comment, au milieu de cette intensité de noir et de ces grands bruits d'eau.

Sur l'autre rive, il faut redoubler de précautions et de silence. Finis tout à coup, les sentiers de montagne, les scabreuses descentes, les glissades, sous la nuit plus oppressante des bois. Ils sont arrivés à une sorte de plaine détrempée où les pieds enfoncent ; les espadrilles, attachées par des liens aux jambes nerveuses, font entendre des petits claquements mouillés, des *floc, floc,* d'eau battue. Les yeux des contrebandiers, leurs yeux de chats, de plus en plus dilatés dans l'obscurité, perçoivent confusément qu'il y a de l'espace libre alentour, que ce n'est plus l'enfermement et la continuelle retombée des branches. Ils respirent mieux aussi et marchent d'une allure plus régulière qui les repose...

Mais des aboiements de chiens, là-bas très loin, les immobilisent tous d'une façon soudaine, comme pétrifiés sous l'ondée. Un quart d'heure durant, ils attendent, sans parler ni bouger ; sur leurs poitrines, la sueur coule, mêlée à l'eau du ciel qui entre par les cols des chemises et descend jusqu'aux ceintures.

A force d'écouter, ils entendent bruire leurs propres oreilles, battre leurs propres artères.

Et cette tension des sens est d'ailleurs, dans leur métier, ce qu'ils aiment tous ; elle leur cause une sorte de joie presque animale, elle double la vie des muscles, en eux qui sont des êtres du passé ; elle est un rappel des plus primitives impressions humaines dans les forêts ou les jungles des époques originelles... Il faudra encore des siècles de civilisation policée pour étouffer ce goût des dangereuses surprises qui pousse certains enfants au jeu de cache-cache, certains hommes aux embuscades, aux escarmouches des guerres ou à l'imprévu des contrebandes...

Cependant ils se sont tus, les chiens de garde, tranquillisés ou bien distraits, leur flair attentif occupé d'autre chose. Le vaste silence est revenu, moins rassurant toutefois, prêt à se rompre peut-être, parce que là-bas des bêtes veillent. Et, à un commandement sourd d'Itchoua, les hommes reprennent une marche ralentie et plus hésitante, dans la grande nuit de la plaine, un peu ployés tous, un peu abaissés sur leurs jambes, comme par un instinct de fauve aux aguets.

Il paraît que voici devant eux la Nivelle; on ne la voit pas, puisqu'on ne voit rien, mais on l'entend courir, et maintenant de longues choses flexibles entravent les pas, se froissent au passage des corps humains : les roseaux des bords. C'est la Nivelle qui est la frontière; il va falloir la franchir à gué, sur des séries de roches glissantes, en sautant d'une pierre à l'autre, malgré le fardeau qui alourdit les jarrets.

Mais, avant, on fait halte sur la rive pour se recueillir et se reposer un peu. Et d'abord on se compte à voix basse : tout le monde est là. Les caisses ont été déposées dans l'herbe; elles y semblent des taches plus claires, à peu près perceptibles à des yeux habitués, tandis que, sur les ténèbres des fonds, les hommes, debout, dessinent de longues marques droites, plus noires encore que le vide de la plaine. En passant près de Ramuntcho, Itchoua lui a demandé à l'oreille :

— Quand me conteras-tu le coup que tu veux faire, toi, mon petit?

— Tout à l'heure, à notre retour !... Oh ! ne craignez rien, Itchoua, je vous le conterai !

En ce moment où sa poitrine est haletante et ses muscles en action, toutes ses facultés de lutte, doublées et exaspérées par le métier qu'on lui fait faire, il n'hésite pas, Ramuntcho ; dans l'exaltation présente de sa force et de sa combativité, il ne connaît plus d'entraves morales ni de scrupules. Cette idée qui est venue à son complice de s'adjoindre le ténébreux Itchoua, n'a plus rien qui l'épouvante. Tant pis ! Il s'abandonnera aux conseils de cet homme de ruse et de violence, même s'il faut aller jusqu'à l'enlèvement et à l'effraction. Il est, cette nuit, l'irrégulier en révolte, à qui l'on a pris la compagne de sa vie, l'adorée, celle qui ne se remplace pas ; or, il la veut, au risque de tout... Et en songeant à elle, dans le progressif alanguissement de cette halte, voici qu'il la désire tout à coup avec ses sens, dans un élan de jeune sauvage, d'une façon inattendue et souveraine...

Cependant l'immobilité se prolonge, les respirations se calment. Et, tandis que les hommes secouent leurs bérets ruisselants, se passent la main sur le front pour chasser les gouttes de pluie et de sueur qui voilent les yeux, une première sensation de froid leur vient, de froid humide et profond ; leurs vêtements mouillés les glacent, leurs pensées s'affaiblissent ; peu à peu, après la fatigue de cette fois et celle des veilles précédentes, une sorte de torpeur les engourdit, là, tout de suite, dans l'épaisse obscurité, sous l'incessante ondée d'hiver.

Ils sont, du reste, coutumiers de cela, rompus au froid et à la mouillure, rôdeurs endurcis qui vont dans les lieux et aux heures où les autres hommes ne paraissent jamais, inaccessibles aux vagues frayeurs des ténèbres, capables de dormir sans abri n'importe où, au plus noir des nuits pluvieuses, dans les dangereux marécages ou les ravins perdus...

Allons ! en route, maintenant, le repos a assez duré. C'est, d'ailleurs, l'instant décisif et grave où l'on va passer la frontière. Tous les muscles se raidissent, les oreilles se tendent et les yeux se dilatent.

D'abord, les éclaireurs ; ensuite, l'un après l'autre, les porteurs de ballots, les porteurs de caisses, chargés chacun de quarante kilos sur les épaules ou sur la tête. En glissant çà et là parmi les cailloux ronds, en trébuchant dans l'eau, tout le monde passe, atterrit sans chute sur l'autre rive. Les voici sur le sol d'Espagne ! Reste à franchir, sans coup de feu ni mauvaises rencontres, deux cents mètres environ pour arriver à une ferme isolée qui est le magasin de recel du chef des contrebandiers espagnols, et, une fois de plus, le tour sera joué !

Naturellement, elle est sans lumière, obscure et sinistre, cette ferme-là. Toujours sans bruit et à tâtons, on y entre à la file ; puis, sur les derniers passés, on tire les verrous énormes de la porte. Fini ! Barricadés et sauvés, tous ! Et le trésor de la Reine Régente est frustré, cette nuit encore, d'un millier de francs[37] !

Alors, on allume un fagot dans la cheminée, une chandelle sur la table ; on se voit, on se reconnaît, en souriant de la bonne réussite. La sécurité, la trêve de pluie sur les têtes, la flamme qui danse et réchauffe, le cidre et l'eau-de-vie qui remplissent les verres, ramènent chez ces hommes la joie bruyante, après le silence

obligé. On cause gaîment, et le grand vieux chef aux
cheveux blancs, qui les héberge tous à cette heure
indue, annonce qu'il va doter son village d'une belle
place pour le jeu de pelote, dont les devis sont faits, et
qui lui coûtera dix mille francs.

— A présent, conte-moi ton affaire, mon petit, —
insiste Itchoua à l'oreille de Ramuntcho. — Oh! je me
doute bien du coup que tu médites! Gracieuse, hein!...
C'est ça, n'est-ce pas?... C'est un coup difficile, tu
m'entends... D'ailleurs, je n'aime pas porter tort à la
religion, moi, tu sais... Et puis, j'ai ma place de
chantre, que je risque de perdre à ce jeu-là... Voyons,
combien me donneras-tu d'argent, si je mène tout à
bonne fin, pour contenter ton envie?...

Il avait déjà prévu, Ramuntcho, que ce sombre
concours lui coûterait fort cher, Itchoua étant, en effet,
un homme d'Eglise, dont il faudrait d'abord acheter la
conscience; et, très troublé, le sang aux joues, il
accorde, après discussion, jusqu'à mille francs. D'ailleurs, s'il amasse de l'argent, ce n'est que dans le but
de retrouver Gracieuse, et pourvu qu'il lui reste de
quoi passer aux Amériques avec elle, que lui
importe!...

Et, maintenant que son secret est connu d'Itchoua,
maintenant que son cher projet s'élabore dans cette
cervelle opiniâtre et rusée, il lui semble que tout vient
de faire un pas décisif vers l'exécution, que tout est
subitement devenu réel et prochain. Alors, au milieu
du délabrement lugubre de ce lieu, parmi ces hommes,
qui sont moins que jamais ses pareils, il s'isole dans un
immense espoir d'amour.

On boit une dernière fois ensemble, tous à la ronde, choquant les verres très fort ; puis, on repart, toujours dans l'épaisse nuit et sous la pluie incessante, mais cette fois par la grande route, marchant en bande et chantant. Rien dans les mains, rien dans les poches : on est à présent des gens quelconques, revenant d'une promenade toute naturelle.

A l'arrière-garde, un peu loin des chanteurs d'en avant, Itchoua, sur ses longues jambes d'échassier, chemine la main appuyée à l'épaule de Ramuntcho. Intéressé et ardent au succès, depuis que la somme est convenue, il lui souffle à l'oreille ses impérieux avis. Comme Arrochkoa, il veut qu'on agisse avec une brusquerie atterrante, dans le saisissement d'une première entrevue qui aura lieu le soir, aussi tard que le permettra la règle de la communauté, à une heure indécise et crépusculaire, quand le village, au-dessous du petit couvent mal gardé, commencera de s'endormir.

— Et surtout, mon garçon, dit-il, ne te montre pas avant de tenter le coup. Qu'elle ne t'ait pas vu, tu m'entends bien, qu'elle ne sache seulement pas ton retour au pays !... sans quoi tu perdrais tout l'avantage de la surprise...

Tandis que Ramuntcho écoute et songe en silence, les autres, qui ouvrent la marche, chantent toujours la même vieille chanson pour rythmer leurs pas. Et ainsi l'on rentre à Landachkoa, village de France, passant sur le pont de la Nivelle, à la barbe des carabiniers d'Espagne.

Ils n'ont d'ailleurs aucune illusion, les carabi-

niers de veille, sur ce que sont venus faire chez eux, à
une heure si noire, ces hommes si mouillés...

10

L'hiver, le vrai hiver s'étendit par degrés sur le pays
basque, après ces quelques jours de gelée qui étaient
venus anéantir les plantes annuelles, changer l'aspect
trompeur des campagnes, préparer le suivant renouveau.

Et Ramuntcho prit tout doucement ses habitudes
d'abandonné; dans sa maison, qu'il habitait encore,
sans personne pour le servir, il s'arrangeait seul,
comme aux colonies ou à la caserne, connaissant les
mille petits détails d'entretien que pratiquent les
soldats soigneux. Il conservait l'orgueil de sa tenue
extérieure, s'habillait proprement et bien, le ruban des
braves à la boutonnière, la manche toujours entourée
d'un large crêpe.

D'abord il était peu assidu aux cidreries de village,
où les hommes s'assemblent par les froides soirées. En
ces trois ans de voyages, de lectures, de causeries avec
les uns et les autres, trop d'idées nouvelles avaient
pénétré dans son esprit déjà ouvert; parmi ses compagnons d'autrefois, il se sentait plus déclassé qu'avant,
plus détaché des mille petites choses dont leur vie était
composée.

Peu à peu cependant, à force d'être seul, à force de
passer devant ces salles de buveurs, — sur les vitres

desquelles toujours quelque lampe dessine les ombres des bérets attablés, — il avait fini par se faire une coutume d'entrer, et de s'asseoir, lui aussi.

C'était la saison où les villages pyrénéens, débarrassés des promeneurs que les étés y amènent, enfermés par les nuées, les brumes ou les neiges, se retrouvent davantage tels qu'aux anciens temps. Dans ces cidreries — seuls petits points éclairés, vivants, au milieu de l'immense obscurité vide des campagnes — un peu de l'Esprit d'autrefois se ranime encore, aux veillées d'hiver. En avant des grands tonneaux de cidre rangés dans les fonds où il fait noir, la lampe, suspendue aux solives, jette sa lumière sur les images de saints qui décorent les murailles, sur les groupes de montagnards qui causent et qui fument. Parfois quelqu'un chante une complainte venue de la nuit des siècles ; un battement de tambourin fait revivre de vieux rythmes oubliés ; un raclement de guitare réveille une tristesse de l'époque des Maures... Ou bien, l'un devant l'autre, deux hommes, castagnettes en mains, tout à coup dansent le fandango, en se balançant avec une grâce antique.

Et, de ces innocents petits cabarets, l'on se retire de bonne heure, — surtout par ces mauvaises nuits pluvieuses dont les ténèbres sont si particulièrement propices à la contrebande, chacun ici ayant quelque chose de clandestin à faire là-bas, du côté de l'Espagne.

Dans de tels lieux, en compagnie d'Arrochkoa, Ramuntcho mûrissait et commentait son cher projet sacrilège ; ou bien, — durant les belles nuits de lune qui ne permettent de rien tenter à la frontière, — c'était sur les routes, où tous deux, par habitude de noctambules, faisaient longuement les cent pas ensemble.

De persistants scrupules religieux l'arrêtaient encore beaucoup, sans qu'il s'en rendît compte, des scrupules qui pourtant ne s'expliquaient plus, puisqu'il avait cessé de croire. Mais toute sa volonté, toute son audace, toute sa vie, se concentraient et tendaient, de plus en plus, vers ce but unique.

Et la défense, faite par Itchoua, de revoir Gracieuse avant la grande tentative, exaspérait son impatient rêve.

L'hiver, capricieux comme toujours dans ce pays, suivait sa marche inégale, avec, de temps en temps, des surprises de soleil et de chaleur. C'étaient des pluies de déluge, de grandes bourrasques saines qui montaient de la mer de Biscaye, s'engouffraient dans les vallées, courbant les arbres furieusement. Et puis, des reprises de vent de sud, des souffles chauds comme en été, des brises qui sentaient l'Afrique, sous un ciel à la fois haut et sombre, entre des montagnes d'une intense couleur brune. Et aussi, quelques matins glacés, où l'on voyait, en s'éveillant, les cimes devenues neigeuses et blanches.

L'envie le prenait souvent de tout brusquer... Mais il y avait cette affreuse crainte de ne pas réussir, et de retomber alors sur soi-même, seul à jamais, n'ayant plus d'espoir dans la vie.

D'ailleurs, les prétextes raisonnables pour attendre ne manquaient pas. Il fallait bien en avoir fini avec les hommes d'affaires, avoir réglé la vente de la maison et réalisé, pour la fuite, tout l'argent possible. Il fallait aussi connaître la réponse de l'oncle Ignacio, auquel il avait annoncé son émigration prochaine et chez qui, en arrivant là-bas, il espérait encore trouver un asile.

Ainsi les jours passaient et bientôt allait fermenter le hâtif printemps. Déjà les primevères jaunes et les gentianes bleues, en avance ici de plusieurs semaines, fleurissaient dans les bois et le long des chemins, aux derniers soleils de janvier...

11

On est cette fois dans la cidrerie du hameau de Gastelugaïn, près de la frontière, attendant le moment de sortir avec des caisses de bijouterie et d'armes.

Et c'est Itchoua qui parle :

— Si elle hésite, vois-tu... et elle n'hésitera pas, sois-en sûr... mais enfin, si elle hésite, eh bien! nous l'enlèverons... Laisse-moi mener ça, mon plan est fait. Ce sera le soir, tu m'entends bien?... Nous la conduirons n'importe où pour l'enfermer dans une chambre avec toi... Par exemple, si ça tourne mal..., enfin, supposons que je sois dans l'obligation de quitter le pays, moi, après avoir fait ce coup pour ton plaisir : alors, il faudra bien me donner plus d'argent que ça, tu comprends... Au moins, que je puisse aller chercher mon pain en Espagne...

— En Espagne!... Quoi? Alors, comment comptez-vous donc vous y prendre, Itchoua? Vous n'avez pas dans la tête de faire des choses trop graves, au moins?

— Oh! là, n'aie pas peur, mon ami, je n'ai l'envie d'assassiner personne.

— Dame! vous parlez de vous sauver...

— Eh! mon Dieu, j'ai dit ça comme autre chose, tu sais. D'abord, elles ne vont plus, les affaires, depuis quelque temps. Et puis, admettons que ça tourne mal, comme je te disais, et que la police fasse une enquête. Eh bien! j'aimerais mieux partir, c'est sûr... car ces messieurs de la Justice, quand une fois leur nez s'est fourré chez vous, ils vont chercher tout ce qui s'est passé dans les temps, et ça n'en finit plus...

Au fond de ses yeux, expressifs tout à coup, avaient paru le crime et la peur. Et Ramuntcho regardait avec un surcroît d'inquiétude cet homme, que l'on croyait solidement établi dans le pays, avec du bien au soleil, et qui acceptait si facilement l'idée de s'enfuir. Quel bandit était-il donc aussi, pour tant redouter la Justice?... Et quelles pouvaient être ces choses, qui s'étaient passées «dans les temps... »? Après un silence entre eux, il reprit plus bas, en méfiance extrême:

— D'ailleurs, l'enfermer... Vous dites ça sérieusement, Itchoua?... Et où donc l'enfermerais-je, s'il vous plaît? Je n'ai pas de château, moi, ni d'oubliettes, pour la garder cachée...

Alors Itchoua, avec un sourire de faune qu'on ne lui connaissait pas, en lui frappant sur l'épaule:

— Oh! l'enfermer... pour une nuit seulement, mon petit!... Ça suffira, tu peux m'en croire... Elles sont

toutes les mêmes, vois-tu : le premier pas leur coûte,
mais le second, elles le font toutes seules et plus vite
qu'on ne pense. Est-ce que tu t'imagines qu'elle
voudra rentrer chez les bonnes sœurs, quand une fois
elle en aura goûté?...

L'envie de souffleter ce morne visage passa en
secousse électrique dans le bras et la main de Ramuntcho. Il se contint cependant par une longue habitude
de respect pour le vieux chantre des liturgies et
demeura silencieux, le sang aux joues, le regard
détourné. Il était révolté d'entendre quelqu'un parler
ainsi *d'elle* — et si surpris, du reste, que ce fût cet
homme, qui lui semblait fermé aux choses d'amour,
cet Itchoua, qu'il avait de tout temps connu l'époux
tranquille d'une femme laide et vieille. Mais le coup
porté par l'impertinente phrase suivait quand même
dans son imagination un chemin dangereux et
imprévu... Gracieuse, « enfermée dans une chambre
avec lui! ». La possibilité immédiate de cela, si
nettement présentée d'un mot rude et grossier, faisait
tourner sa tête comme une liqueur très violente.

Il l'aimait d'une trop haute tendresse, sa fiancée,
pour se complaire aux espérances brutales. D'ordinaire, il écartait plutôt de son esprit ces images; mais
maintenant cet homme venait de les lui mettre sous les
yeux, avec une crudité diabolique, et il sentait les
frissons de cela courir dans sa chair; voici qu'il
tremblait comme s'il eût fait grand froid...

Oh! que l'aventure tombât ou non sous le coup de la
Justice, eh bien, tant pis, après tout! Il n'avait plus
rien à perdre, n'est-ce pas? tout lui était égal! Et à
partir de cette soirée, dans la fièvre d'un désir nou-

veau, il se sentit décidé plus témérairement à braver les règles, les lois, les entraves quelconques de ce monde. D'ailleurs, des sèves montaient partout autour de lui, sur le flanc des Pyrénées brunes; il y avait des soirs plus longs et plus tièdes; les sentiers se bordaient de violettes et de pervenches...

Mais les scrupules religieux, voilà, c'était tout ce qui le tenait encore. Cela demeurait toujours, inexplicablement, au fond de son âme en déroute : instinctive horreur des profanations; croyance quand même à quelque chose de surnaturel, enveloppant, pour les défendre, les églises et les cloîtres...

12

L'hiver venait de finir.

Ramuntcho, — qui avait dormi quelques heures, d'un mauvais sommeil de fatigue, dans une petite chambre de la nouvelle maison de son ami Florentino, à Ururbil, — s'éveillait maintenant, tandis que naissait le jour.

La nuit, — une nuit de tempête pourtant, une nuit trouble et noire tout à souhait, — avait été désastreuse pour les contrebandiers. Du côté du cap Figuier, dans les rochers où ils venaient d'aborder par mer avec des ballots de soie, ils avaient été poursuivis à coups de fusil, obligés de jeter bas leurs fardeaux, perdant tout, les uns fuyant sur la montagne, d'autres se sauvant à la nage au milieu des brisants, pour gagner la rive française, dans l'épouvante des prisons de Saint-Sébastien.

Vers deux heures du matin, épuisé, trempé et à demi noyé, il était venu frapper à la porte de cette maison isolée, demander au débonnaire Florentino secours et asile.

Et à son réveil, après tout le fracas nocturne de la tempête d'équinoxe, des pluies de déluge, des branches gémissantes, tordues et brisées, il percevait d'abord qu'un grand silence s'était fait. Prêtant l'oreille, il n'entendait plus le souffle immense du vent d'ouest, plus le remuement de toutes ces choses tourmentées dans les ténèbres. Non, rien qu'un bruit lointain, régulier, puissant, continuel et formidable ; le gronde-ment des eaux dans le fond de ce golfe de Biscaye — qui, depuis les origines, est sans trêve mauvais et troublé ; un grondement rythmé, comme serait la monstrueuse respiration de sommeil de la mer ; une suite de coups profonds, qui semblaient les heurts d'un bélier de muraille, continués chaque fois par une musique de déferlement sur les grèves... Mais l'air, les arbres et les choses d'alentour se tenaient immobiles ; la tempête avait fini, sans cause raisonnable, comme elle avait commencé, et la mer seule en prolongeait la plainte.

Pour regarder ce pays, cette côte d'Espagne qu'il ne reverrait peut-être plus, puisque le départ était si proche, il ouvrit sa fenêtre sur le vide encore pâle, sur la virginité de l'aube désolée.

Une lueur grise émanant d'un ciel gris ; partout la même immobilité fatiguée et figée, avec des indécisions d'aspect tenant encore de la nuit et du rêve. Un ciel opaque, qui avait l'air consistant et fait de petites couches horizontales accumulées, comme si on l'avait peint en superposant des pâtes de couleurs mortes. Et là-dessous, des montagnes d'un brun noir ; puis Fontarabie en silhouette morose, son clocher séculaire paraissant plus noir et usé par ses années. A cette heure si matinale et si fraîchement mystérieuse, où les yeux des hommes, pour la plupart, ne sont pas encore ouverts, il semblait qu'on surprît les choses dans leur navrant colloque de lassitude et de mort, se racontant, à la pointe de l'aube, tout ce qu'elles taisent pour ne pas faire peur, quand le jour est levé...

A quoi bon avoir résisté à la tempête de cette nuit ? disait le vieux clocher triste et las, debout au fond du lointain ; à quoi bon, puisqu'il en arrivera d'autres, éternellement d'autres, d'autres tempêtes et d'autres équinoxes, et que je finirai tout de même par passer, moi que les hommes avaient élevé comme un signal de prière devant demeurer là pour d'incalculables durées ?... Je ne suis déjà qu'un fantôme, venu d'un autre temps ; je continue de sonner des cérémonies et d'illusoires fêtes ; mais les hommes cesseront bientôt de s'en leurrer ; je sonne aussi des glas ; j'en ai tant sonné, des glas, pour des milliers de morts dont personne ne se souvient plus ! Et je reste là, inutile, sous l'effort presque éternel de tous ces vents d'ouest qui soufflent de la mer...

Au pied du clocher, l'église, dessinée là-bas en ternes grisailles, avec un air de vétusté et d'abandon, confessait aussi qu'elle était vide, qu'elle était vaine, peuplée seulement de pauvres images de bois ou de pierre, de mythes sans entendement, sans pouvoir et

sans pitié. Et toutes les maisons, depuis des siècles
pieusement groupées à son entour, avouaient que sa
protection était inefficace contre la mort, qu'elle était
mensongère et dérisoire...

Et surtout les nuées, les nuées et les montagnes,
couvraient de leur immense attestation muette ce que
la vieille ville murmurait en dessous ; elles confirmaient en silence les vérités sombres : le ciel vide
comme les églises, servant à des fantasmagories de
hasard, et les temps ininterrompus roulant leur flot, où
les myriades d'existences, comme de négligeables
riens, sont, l'une après l'autre, entraînées et noyées...

Un glas commença de tinter dans ce lointain que
Raymond regardait blanchir ; très lentement, par
coups espacés, le vieux clocher donnait de la voix, une
fois de plus, pour la fin d'une vie : quelqu'un râlait de
l'autre côté de la frontière, quelque âme espagnole
était là-bas qui s'anéantissait, au pâle matin, sous les
épaisseurs de ces nuages emprisonnants, — et l'on
avait comme la notion précise que cette âme-là suivrait
tout simplement son corps dans la terre qui décom-
pose...

Et Raymond contemplait et écoutait. A la petite
fenêtre de cette maisonnette basque, qui avant lui
n'avait abrité que des générations de simples et de
confiants, accoudé sur la large pierre d'appui qui
s'était usée aux frottements humains, écartant du bras
le vieux contrevent peint en vert, il promenait les yeux
sur le morne déploiement de ce coin du monde qui
avait été le sien et qu'il allait pour jamais quitter. Ces
révélations que faisaient les choses, son esprit inculte
les entendait pour la première fois et il y prêtait une

attention épouvantée. Tout un nouveau travail d'incroyance s'accomplissait soudain dans son âme héréditairement préparée aux doutes et aux angoisses. Toute une vision lui venait, subite et qui semblait définitive, du néant des religions, de l'inexistence des divinités que les hommes prient...

Et alors... puisqu'il n'y avait rien, quelle naïveté de trembler encore devant la Vierge blanche, protectrice chimérique de ces couvents où les filles sont enfermées !...

La pauvre cloche d'agonie, qui s'épuisait à tinter là-bas si puérilement pour appeler d'inutiles prières, s'arrêta enfin, et, sous le ciel fermé, la respiration des grandes eaux s'entendit seule au loin, dans l'universel silence. Mais les choses continuèrent, à l'aube incertaine, leur dialogue sans paroles : rien nulle part ; rien dans les vieilles églises si longuement vénérées ; rien dans le ciel où s'amassent les nuages et les brumes ; — mais toujours la fuite des temps, le recommencement épuisant et éternel des êtres ; et toujours et tout de suite, la vieillesse, la mort, l'émiettement, la cendre...

C'était cela qu'elles disaient, dans le blême demi-jour, les choses si mornes et si fatiguées. Et Raymond, qui avait bien entendu, se prit en pitié d'avoir hésité si longtemps pour des raisons imaginaires. A lui-même il se jura, avec une plus âpre désespérance, que, *à partir de ce matin,* il était décidé ; qu'*il le ferait,* au risque de tout ; que rien ne l'arrêterait plus.

13

Des semaines encore ont passé, en préparatifs, en indécisions inquiètes sur la manière d'agir, en changements brusques de plans et d'idées.

Entre-temps la réponse de l'oncle Ignacio est parvenue à Etchézar. Si son neveu avait parlé plus tôt, a-t-il écrit, il aurait été content de le recevoir chez lui; mais voyant ses hésitations, il s'est décidé à prendre femme, bien que déjà sur le retour de l'âge, et depuis deux mois, un enfant lui est né. Alors, plus aucune protection à attendre de ce côté-là; l'exilé, en arrivant là-bas, ne trouvera même pas de gîte...

La maison familiale a été vendue; chez le notaire, les questions d'argent ont été réglées; tout le petit avoir de Ramuntcho a été réalisé en pièces d'or dans sa main...

Et à présent, c'est aujourd'hui le jour de la tentative suprême, le grand jour, — et déjà les épaisses feuillées sont revenues aux arbres, le revêtement des hauts foins couvre à nouveau les prairies; on est en mai.

Dans la petite voiture, que traîne le fameux cheval si rapide, ils roulent par les ombreux chemins de montagne, Arrochkoa et Ramuntcho, vers ce village d'Amezqueta. Ils roulent vite; ils s'enfoncent au cœur d'une infinie région d'arbres. Et, à mesure que l'heure passe, tout devient plus paisible autour

d'eux, et plus sauvage ; plus primitifs, les hameaux ;
plus solitaire, le pays basque.

A l'ombre des branches, sur les berges de ces
chemins, il y a des digitales roses, des silènes, des
fougères, presque la même flore qu'en Bretagne ; ces
deux pays, d'ailleurs, le basque et le breton, se
ressemblent toujours par le granit qui est partout et
par l'habituelle pluie ; par l'immobilité aussi, et par la
continuité du même rêve religieux.

Au-dessus des deux jeunes hommes partis pour
l'aventure, s'épaississent les gros nuages coutumiers, le
ciel sombre et bas qui est le plus souvent le ciel d'ici.
La route qu'ils suivent, dans ces défilés de montagnes
toujours plus hautes, est verte délicieusement, creusée
en pleine ombre, entre des parois de fougères.

Immobilité de plusieurs siècles, immobilité chez les
êtres et dans les choses, — on en a de plus en plus
conscience à mesure que l'on pénètre plus avant dans
cette contrée de forêts et de silence. Sous ce voile
obscur du ciel, où se perdent les cimes des grandes
Pyrénées, apparaissent et s'enfuient des logis isolés,
des fermes centenaires, des hameaux de plus en plus
rares, — et c'est toujours sous la même voûte de
chênes, de châtaigniers sans âge, qui viennent tordre
jusqu'aux rebords des sentiers leurs racines comme des
serpents moussus. Ils se ressemblent d'ailleurs, ces
hameaux séparés les uns des autres par tant de bois,
par tant de fouillis de branches, et habités par une race
antique, dédaigneuse de tout ce qui trouble, de tout ce
qui change : l'humble église, le plus souvent sans
clocher, avec un simple campanile sur sa façade grise,
et la place, avec son mur peinturluré, pour ce tradi-

tionnel jeu de paume où, de père en fils, les hommes exercent leurs muscles durs. Partout la saine paix de la vie rustique, dont les traditions, en pays basque, sont plus immuables qu'ailleurs.

Les quelques bérets de laine, que les deux téméraires rencontrent sur leur rapide passage, s'inclinent tous pour un petit salut, par politesse générale d'abord, et par connaissance surtout, car ils sont, Arrochkoa et Ramuntcho, les deux célèbres joueurs de pelote de la contrée ; — Ramuntcho, bien des gens, il est vrai, l'avaient oublié ; mais Arrochkoa, tout le monde, de Bayonne à Saint-Sébastien, jusqu'au fond des campagnes perdues, connaît sa figure aux saines couleurs et le retroussis de sa moustache de chat.

Partageant le voyage en deux étapes, ils ont couché cette nuit à Mendichoco. Et à présent ils roulent vite, les deux jeunes hommes, si préoccupés sans doute qu'ils se soucient à peine de ménager pour cette nuit l'allure de leur bête vigoureuse.

Itchoua cependant n'est pas avec eux. A la dernière minute, une terreur est venue à Raymond de ce complice qu'il sentait capable de tout, même de tuer ; dans un subit effarement, il a refusé le concours de cet homme, qui pourtant se cramponnait à la bride du cheval pour l'empêcher de partir ; et fiévreusement il lui a jeté de l'or dans les mains, pour payer ses conseils, pour racheter la liberté d'agir seul, l'assurance au moins de ne pas se souiller de quelque crime : pièce par pièce, pour se dégager, il lui a laissé la moitié du prix convenu. Puis, le cheval lancé au galop, quand l'implacable figure s'est évanouie derrière un tournant d'arbres, il s'est senti la conscience allégée...

— Tu laisseras cette nuit ma voiture à Aranotz, chez Burugoïty, l'aubergiste, avec qui c'est entendu, dit Arrochkoa. Car, tu comprends, moi, le coup fait, ma sœur partie, je vous quitte, je ne veux pas en savoir davantage... Nous avons du reste une affaire avec les gens de Buruzabal, des chevaux à passer en Espagne ce soir même, non loin d'Amezqueta précisément, à vingt minutes de route à pied, et j'ai promis d'y être avant dix heures...

Qu'est-ce qu'ils feront, comment s'y prendront-ils exactement ? Ils ne le voient pas bien, les deux frères alliés ; cela dépendra de la tournure des choses ; ils ont différents projets, tous hardis et habiles, suivant les cas qui pourraient se présenter.

Deux places sont d'ailleurs retenues, l'une pour Raymond et l'autre pour elle, à bord d'un grand paquebot d'émigrants sur lequel déjà les bagages sont embarqués et qui part demain soir de Bordeaux, emportant quelques centaines de Basques aux Amériques. A cette petite station d'Aranotz, où la voiture les déposera tous deux, l'amante et l'amant, ils prendront le train pour Bayonne, à trois heures du matin, au passage, et, à Bayonne ensuite, l'express d'Irun à Bordeaux. Ce sera une fuite empressée, qui ne laissera pas à la petite fugitive le temps de penser, de se ressaisir, dans son affolement, dans sa terreur, — sans doute aussi dans son ivresse délicieusement mortelle...

Une robe, une mantille à Gracieuse sont là toutes prêtes, au fond de la voiture, pour remplacer le béguin et l'uniforme noir : des choses qu'elle portait autrefois, avant sa prise de voile, et qu'Arrochkoa s'est procurées dans les armoires de sa mère. Et Raymond songe *que ce sera peut-être réel tout à l'heure*, qu'elle sera peut-être là, à ses côtés, très près, sur ce siège étroit, enveloppée avec lui dans la même couverture de voyage, fuyant au milieu de la nuit, pour lui appartenir ensuite, tout aussitôt et pour jamais ; — et, en y songeant trop, il se sent pris encore de tremblement et de vertige...

— Moi, je te dis qu'elle te suivra ! — répète son ami, lui frappant rudement sur la cuisse en manière d'encouragement protecteur, dès qu'il le voit assombri et parti dans le rêve. — Moi, je te dis qu'elle te suivra, j'en suis sûr ! Si elle hésite, eh bien, laisse-moi faire !

Si elle hésite, alors un peu de violence, ils y sont résolus, oh ! très peu, rien que ce qu'il faudra, rien que dénouer et écarter les mains des vieilles nonnes tendues pour la retenir... Et puis, on l'emportera jusqu'à la petite voiture, où infailliblement le contact enlaçant et la tendresse de son ami d'autrefois auront vite fait d'entraîner sa jeune tête.

Comment cela se passera-t-il, tout cela ? Ils ne le savent pas d'une façon précise encore, s'en rapportant beaucoup à leur esprit de décision et d'à-propos, qui les a tirés déjà de tant de passes dangereuses. Mais ce qu'ils savent bien, c'est qu'ils ne faibliront pas. Et ils vont de l'avant toujours, s'excitant l'un par l'autre ; on les dirait solidaires à présent jusqu'à la mort, fermes et décidés comme deux bandits à l'heure où il faut jouer la partie capitale...

Le pays de ramures touffues qu'ils traversent, sous l'oppression de très hautes montagnes que l'on ne voit pas, est tout en ravins profonds et déchirés, en replis d'abîmes, où des torrents bruissent sous la verte nuit des feuillées. Les chênes, les hêtres, les châtaigniers

deviennent de plus en plus énormes, vivant à travers
les siècles d'une sève toujours fraîche et magnifique.
Une verdure puissante, tranquille, est jetée sur toute
cette géologie tourmentée ; depuis des millénaires, elle
la couvre et l'apaise sous la fraîcheur de son immobile manteau. Et ce ciel nébuleux, presque obscur, qui
est familier au pays basque, ajoute à l'impression que
l'on a, d'une sorte d'universel recueillement où les
choses seraient plongées ; une étrange pénombre descend de partout, descend des arbres d'abord, descend
des épais voiles gris tendus au-dessus des branches,
descend des grandes Pyrénées cachées derrière les
nuages.

Et, au milieu de cette immense paix et de cette nuit
verte, ils passent, Ramuntcho et Arrochkoa, comme
deux jeunes perturbateurs allant rompre des charmes
au fond des forêts. D'ailleurs, a tous les carrefours des
chemins, de vieilles croix de granit se lèvent, comme en
signal d'alarme, pour leur crier gare ; de vieilles croix
avec cette inscription sublimement simple, qui est ici
comme la devise de toute une race : *O crux, ave, spes
unica !*

Bientôt le soir. Maintenant ils sont silencieux, parce
que l'heure s'en va, parce que le moment approche,
parce que toutes ces croix, sur la route, commencent
presque de les intimider...

Et le jour baisse, sous ce voile triste qui se maintient
au ciel. Les vallées deviennent plus sauvages, tout le
pays plus désert. Et, aux coins des chemins, les vieilles
croix se dressent toujours avec leurs inscriptions
pareilles : *O crux, ave, spes unica !*

Amezqueta, au dernier crépuscule. Ils arrêtent leur
voiture à un carrefour du village, devant la cidrerie.
Arrochkoa est impatient de monter à la maison des
sœurs, contrarié d'arriver si tard ; il craint qu'on ne
leur ouvre plus, une fois la nuit tombée. Ramuntcho,
silencieux, se laisse faire, s'abandonne à lui.

C'est là-haut, à mi-côte ; c'est cette maison isolée
qu'une croix surmonte et que l'on voit encore se déta-
cher en blanc sur la masse plus foncée de la montagne.
Ils recommandent que, sitôt le cheval un peu reposé, on
ramène la voiture toute prête, à un tournant là-bas,
pour les attendre. Puis, tous deux s'engagent dans
l'avenue d'arbres qui mène à ce couvent et où l'épaisseur des feuillages de mai rend l'obscurité presque
nocturne. Sans rien se dire, sans faire de bruit avec leurs
semelles de cordes, ils montent, l'allure souple et facile ;
autour d'eux, les campagnes profondes s'imprègnent
des immenses mélancolies de la nuit.

Arrochkoa frappe du doigt à la porte de la paisible
maison :

— Je voudrais voir ma sœur, s'il vous plaît,
demande-t-il à une vieille nonne, qui entr'ouvre,
étonnée[38]...

Avant qu'il ait fini de dire, un cri de joie s'envole du
corridor obscur, et une religieuse, qu'on devine toute
jeune malgré l'enveloppement de son costume dissi-
mulateur, se précipite, lui prend les mains. Elle l'a
reconnu, lui, à sa voix ; mais a-t-elle deviné l'autre qui
se tient derrière et qui ne parle pas ?...

La supérieure est accourue aussi, et, dans l'obscurité
de l'escalier, les fait monter tous au parloir du petit
couvent campagnard ; puis elle avance les chaises de

paille, et chacun s'assied, Arrochkoa près de sa sœur,
Raymond en face, — et ils sont l'un devant l'autre
enfin, l'amante et l'amant, et un silence, plein de
battements d'artères, plein de soubresauts d'âmes,
plein de fièvres, descend sur eux...

Vraiment, voici que, dans ce lieu, on ne sait quelle
paix presque douce, et un peu tombale aussi, enveloppe dès l'abord l'entrevue terrible ; au fond des
poitrines, les cœurs frappent à grands coups sourds,
mais les paroles d'amour ou de violence, les paroles
meurent avant de passer les lèvres... Et cette paix, de
plus en plus s'établit ; il semble qu'un suaire blanc peu
à peu recouvre tout ici, pour calmer et éteindre.

Rien de bien particulier pourtant dans ce parloir si
humble : quatre murs absolument nus sous une couche
de chaux ; un plafond de bois brut ; un plancher où l'on
glisse, tant il est ciré soigneusement ; sur une console,
une Vierge de plâtre, déjà indistincte, parmi toutes les
blancheurs semblables de ces fonds où le crépuscule de
mai achève de mourir. Et une fenêtre sans rideaux,
ouverte sur les grands horizons pyrénéens envahis par
la nuit... Mais, de cette pauvreté voulue, de cette
simplicité blanche, se dégage une notion d'imperson-
nalité définitive, de renoncement sans retour ; et
l'irrémédiable des choses accomplies commence de se
manifester à l'esprit de Ramuntcho, tout en lui apportant une sorte d'apaisement quand même, de subite et
involontaire résignation.

Les deux contrebandiers, immobiles dans leurs
chaises, n'apparaissent plus guère qu'en silhouette,
carrures larges sur tout ce blanc des murs, et, de leurs

traits perdus, à peine voit-on le noir plus intense des moustaches et des yeux. Les deux religieuses, aux contours unifiés par le voile, semblent déjà deux spectres tout noirs...

— Attendez, sœur Marie-Angélique, — dit la supérieure à la jeune fille transformée qui jadis s'appelait Gracieuse, — attendez, ma sœur, que j'allume une lampe, qu'au moins vous puissiez voir sa figure, à votre frère!...

Elle sort, les laissant ensemble, et, de nouveau, le silence tombe sur cet instant rare, peut-être unique, impossible à ressaisir, où ils sont seuls...

Elle revient avec une petite lampe, qui fait briller les yeux des contrebandiers, — et, la voix gaie, l'air bon, demande en regardant Ramuntcho :

— Et celui-là ?... c'est un second frère, je parie ?...

— Oh! non, dit Arrochkoa, d'un ton singulier, c'est mon ami seulement.

En effet, il n'est pas leur frère, ce Ramuntcho qui se tient là, farouche et muet... Et comme il ferait peur aux nonnes tranquilles si elles savaient quel vent de tourmente l'amène!...

Le même silence retombe, lourd et inquiétant, entre ces êtres qui, semble-t-il, devraient causer simplement de choses simples ; et la vieille supérieure le remarque, déjà s'en étonne... Mais les yeux vifs de Ramuntcho s'immobilisent, se voilent comme par la fascination de quelque invisible dompteur. Sous la dure enveloppe, encore un peu haletante, de sa poitrine, le calme, le calme imposé continue de pénétrer et de s'étendre. En lui, sans doute, agissent les mystérieuses puissances blanches qui sont ici dans l'air ; des hérédités religieuses, qui sommeillaient aux tréfonds de lui-même, l'emplissent à présent d'une soumission et d'un respect inattendus ; les antiques symboles le dominent : ces croix rencontrées ce soir le long des chemins, et cette Vierge de plâtre d'une couleur de neige immaculée sur le blanc sans tache du mur...

— Allons, causez, causez, mes enfants, des choses du pays, des choses d'Etchézar, — dit la supérieure à Gracieuse et à son frère. — Et tenez, nous allons vous laisser seuls, si vous voulez, ajoute-t-elle, avec un signe à Ramuntcho comme pour l'emmener.

— Oh ! non, proteste Arrochkoa, qu'il ne s'en aille pas ! Non, ce n'est pas lui... qui nous empêche...

Et la petite nonne, si embéguinée à la manière du moyen âge, baisse encore plus la tête pour se maintenir les yeux cachés dans l'ombre de la coiffe austère.

La porte reste ouverte, la fenêtre reste ouverte ; la maison, les choses gardent leur air d'absolue confiance, d'absolue sécurité, contre les violations et les sacrilèges. Maintenant deux autres sœurs, qui sont très vieilles, dressent une petite table, mettent deux couverts, apportent pour Arrochkoa et son ami un petit souper, un pain, un fromage, des gâteaux, des raisins hâtifs de leur treille. En arrangeant ces choses, elles ont une gaîté jeunette, un babil presque enfantin — et tout cela détonne bien étrangement à côté de ces violences ardentes qui sont ici même, mais qui se taisent, et qui se sentent refoulées, refoulées de plus en plus au fond des âmes, comme par les coups de quelque sourde massue feutrée de blanc...

Et, malgré eux, les voici attablés, les deux contre-bandiers, l'un devant l'autre, cédant aux instances et

mangeant distraitement les choses frugales, sur une
nappe aussi blanche que les murs. Leurs larges
épaules, habituées aux fardeaux, s'appuient aux dos-
siers des petites chaises un peu anciennes et en font
craquer les boiseries [39]. Autour d'eux, vont et viennent
les sœurs, toujours avec ces bavardages discrets et ces
rires puérils, qui s'échappent, un peu étouffés de
dessous les béguins. Seule, elle demeure muette et sans
mouvement, la sœur Marie-Angélique : debout auprès
de son frère qui est assis, elle pose la main sur son
épaule puissante ; si svelte à côté de lui, on dirait
quelque sainte d'un primitif tableau d'église. Ramuntcho sombre les observe tous deux ; il n'avait pas pu
bien revoir encore le visage de Gracieuse, tant la
cornette l'encadre et le dissimule sévèrement. Ils se
ressemblent toujours, le frère et la sœur ; dans leurs
yeux très longs, qui cependant ont pris des expressions
plus que jamais différentes, demeure quelque chose
d'inexplicablement pareil, persiste la même flamme,
cette flamme qui a poussé l'un vers les aventures et la
grande vie des muscles, l'autre vers les rêves mystiques, vers la mortification et l'anéantissement de la
chair. Mais elle est devenue aussi frêle que lui est
robuste ; sa gorge sans doute n'est plus, ni ses reins ; le
vêtement noir où son corps demeure caché descend
tout droit comme une gaine n'enfermant rien de
charnel.

Et maintenant, pour la première fois, ils se contemplent en face, l'amante et l'amant, Gracieuse et
Ramuntcho ; leurs prunelles se sont rencontrées et
fixées. Elle ne baisse plus la tête devant lui ; mais c'est
comme d'infiniment loin qu'elle le regarde, c'est

comme de derrière d'infranchissables brumes blanches, comme de l'autre rive de l'abîme, de l'autre côté de la mort; très doux pourtant, son regard indique qu'elle est comme absente, repartie pour de tranquilles et inaccessibles ailleurs... Et c'est Raymond à la fin qui, plus dompté encore, abaisse ses yeux ardents devant les yeux vierges.

Elles continuent de babiller, les sœurs; elles voudraient les retenir tous deux à Amezqueta pour la nuit : le temps, disent-elles, est si noir, et la pluie menace... M. le curé, qui est allé porter la communion à un malade dans la montagne, va revenir; il a connu Arrochkoa jadis, à Etchézar où il était vicaire; il serait content de lui donner une chambre, dans la cure, — et à son ami aussi, bien entendu.

Mais non, Arrochkoa refuse, après un coup d'œil d'interrogation grave à Ramuntcho. Impossible de coucher ici; ils vont même s'en aller tout de suite, après quelques minutes de dernière causerie, car on les attend là-bas, pour des affaires, du côté de la frontière espagnole...

Elle qui, d'abord, dans son grand trouble mortel, n'avait pas osé parler, commence à questionner son frère. Tantôt en basque, tantôt en français, elle s'informe de ceux qu'elle a pour jamais abandonnés :

— Et la mère? Toute seule à présent au logis, même la nuit?

— Oh! non, dit Arrochkoa; il y a toujours la vieille Catherine qui la garde, et j'ai exigé qu'elle couche à la maison.

— Et le petit enfant d'Arrochkoa, comment est-il ?
L'a-t-on baptisé déjà ? Quel est son nom ? Laurent,
sans doute, comme son grand-père ?

Etchézar, leur village, est séparé d'Amezqueta par
une soixantaine de kilomètres, dans un pays sans plus
de communications qu'aux siècles passés :

— Oh ! nous avons beau être loin, dit la petite
nonne, j'ai quelquefois de vos nouvelles tout de même.
Ainsi, le mois dernier, des gens d'ici avaient rencontré
au marché d'Hasparren des femmes de chez nous ;
c'est comme cela que j'ai appris... bien des choses... A
Pâques, tiens, j'avais beaucoup espéré te voir ; on
m'avait prévenue qu'il y aurait une grande partie de
paume à Erricalde, et que tu y viendrais jouer ; alors je
m'étais dit que tu pousserais peut-être jusqu'à moi, —
et pendant les deux jours de fête, j'ai regardé bien
souvent sur la route, par cette fenêtre-là, si tu arri-
vais...

Et elle montre la fenêtre, ouverte de très haut sur le
noir de la campagne sauvage, — d'où monte un
immense silence, avec de temps à autre des bruissements printaniers, de petites musiques intermittentes
de grillons et de rainettes[40].

En l'entendant si tranquillement parler, Ramuntcho
se sent confondu devant ce renoncement à tout et à
tous ; elle lui apparaît encore plus irrévocablement
changée, lointaine... Pauvre petite nonne !... Elle s'appelait Gracieuse ; à présent elle s'appelle sœur Marie-
Angélique, et elle n'a plus de famille ; impersonnelle
ici, dans cette maisonnette aux blanches murailles,
sans espérance terrestre et sans désir peut-être, —
autant dire qu'elle est déjà partie pour les régions du

grand oubli de la mort. Et cependant, voici qu'elle
sourit, rassérénée maintenant tout à fait, et qu'elle ne
semble même pas souffrir.

Arrochkoa regarde Ramuntcho, l'interroge de son
œil perçant habitué à sonder les profondeurs noires, —
et, dompté lui-même par toute cette paix inattendue, il
comprend bien que son camarade si hardi n'ose plus,
que tous les projets chancellent, que tout retombe
inutile et inerte devant l'invisible mur dont sa sœur est
entourée. Par moments, pressé d'en finir d'une façon
ou d'une autre, pressé de briser ce charme ou bien de
s'y soumettre et de fuir devant lui, il tire sa montre, dit
qu'il est temps de s'en aller, à cause des camarades qui
vont attendre là-bas... Les sœurs devinent bien qui
sont ces camarades et pourquoi ils attendent, mais
elles ne s'en émeuvent point : Basques elles-mêmes,
filles et petites-filles de Basques, elles ont du sang de
contrebandier dans les veines et considèrent avec
indulgence ces sortes de choses...

Enfin, pour la première fois, Gracieuse prononce le
nom de Ramuntcho ; n'osant pas, tout de même,
s'adresser directement à lui, elle demande à son frère,
avec un sourire bien calme :

— Alors il est *avec toi*, Ramuntcho, à présent ? Il est
fixé au pays, vous *travaillez* ensemble ?

Un silence encore, et Arrochkoa regarde Raymond
pour qu'il réponde.

— Non, dit celui-ci, d'une voix lente et sombre,
non... moi, je pars demain pour les Amériques...

Chaque mot de cette réponse, scandé durement, est
comme un son de trouble et de défi au milieu de cette
sérénité étrange. Elle s'appuie plus fort à l'épaule de

son frère, la petite nonne, et Ramuntcho, conscient du coup profond qu'il vient de porter, la regarde et l'enveloppe de ses yeux tentateurs, repris d'audace, attirant et dangereux dans le dernier effort de tout son cœur empli d'amour, de tout son être de jeunesse et de flamme fait pour les tendresses et les étreintes... Alors, pendant une indécise minute, il semble que le petit couvent a tremblé : il semble que les puissances blanches de l'air reculent, se dissipent comme de tristes fumées irréelles devant ce jeune dominateur, venu ici pour jeter l'appel triomphant de la vie. Et le silence qui suit est le plus lourd de tous ceux qui ont entrecoupé déjà cette sorte de drame joué à demi-mot, joué presque sans paroles...

Enfin, la sœur Marie-Angélique parle, et parle à Ramuntcho lui-même. Vraiment on ne dirait plus que son cœur vient de se déchirer une suprême fois à l'annonce de ce départ, ni qu'elle vient de frémir de tout son corps de vierge sous ce regard d'amant... D'une voix qui peu à peu s'affermit dans la douceur, elle dit des choses toutes simples, comme à un ami quelconque.

— Ah ! oui... l'oncle Ignacio, n'est-ce pas ?... J'avais toujours pensé que vous finiriez par aller le rejoindre là-bas... Nous prierons toutes la sainte Vierge pour qu'elle vous accompagne dans votre voyage...

Et c'est le contrebandier qui de nouveau baisse la tête, sentant bien que tout est fini, qu'elle est perdue pour jamais la petite compagne de son enfance ; qu'on l'a ensevelie dans un inviolable linceul... Les paroles d'amour et de tentation qu'il avait pensé dire, les projets qu'il roulait depuis des mois dans sa tête, tout

cela lui paraît insensé, sacrilège, inexécutables choses,
bravades d'enfant... Arrochkoa, qui attentivement le
regarde, subit d'ailleurs les mêmes envoûtements
irrésistibles et légers ; ils se comprennent et, l'un et
l'autre, sans paroles ils s'avouent qu'il n'y a rien à
faire, qu'ils n'oseront jamais...

Pourtant une angoisse encore humaine passe dans
les yeux de la sœur Marie-Angélique quand Arrochkoa
se lève pour le définitif départ : elle prie, d'une voix
changée, qu'on reste un instant de plus. Et Ramuntcho
tout à coup a envie de se jeter à genoux devant elle ; la
tête contre le bas de son voile, de sangloter toutes les
larmes qui l'étouffent ; de lui demander grâce, de
demander grâce aussi à cette supérieure qui a l'air si
doux ; de leur dire à toutes que cette fiancée de son
enfance était son espoir, son courage, sa vie, et qu'il
faut bien avoir un peu pitié, qu'il faut la lui rendre
parce que, sans elle, il n'y a plus rien... Tout ce que son
cœur, à lui, contient d'infiniment bon, s'exalte à
présent dans un immense besoin d'implorer, dans un
élan de suppliante prière et aussi de confiance en la
bonté, en la pitié des autres...

Et qui sait, mon Dieu, s'il avait osé la formuler, cette
grande prière de tendresse pure, qui sait tout ce qu'il
aurait éveillé de bon aussi, et de tendre et d'humain
chez les pauvres filles au voile noir ?... Peut-être cette
vieille supérieure elle-même, cette vieille vierge desséchée au sourire enfantin et aux braves yeux clairs, lui
aurait ouvert ses bras, comme à un fils, comprenant
tout, pardonnant tout, malgré la règle et malgré les
vœux ? Et peut-être Gracieuse aurait encore pu lui être
rendue, sans enlèvement, sans tromperies, presque

excusée par ses compagnes de cloître. Ou tout au moins, si c'était impossible, lui aurait-elle fait de longs adieux, consolants, adoucis par un baiser d'immatériel amour...

Mais, non, il reste là, muet sur sa chaise. Même cela, même cette prière, il ne peut pas la dire. Et c'est l'heure de s'en aller, décidément. Arrochkoa est debout, agité, l'appelant d'un signe de tête impérieux. Alors il redresse aussi sa taille fière et reprend son béret, pour le suivre. Ils remercient du petit souper qu'on leur a donné et ils disent bonsoir à demi-voix comme des timides. En somme, pendant toute leur visite ils ont été très corrects, très respectueux, presque craintifs, les deux superbes. Et, comme si l'espoir ne venait pas de se briser, comme si l'un d'eux ne laissait pas derrière lui sa vie, les voilà qui descendent tranquillement l'escalier propret, entre les blanches murailles, tandis que les bonnes sœurs les éclairent avec leur petite lampe.

— Venez, sœur Marie-Angélique, propose gaîment la supérieure, de sa grêle voix enfantine. Nous allons toutes deux les reconduire jusqu'en bas... jusqu'au bout de notre avenue, vous savez, au tournant du village.

Est-elle quelque vieille fée sûre de son pouvoir, ou bien une simple et une inconsciente, qui joue sans s'en douter avec le grand feu dévorateur?... C'était fini; le déchirement, accompli; l'adieu, accepté; la lutte, étouffée, sous des ouates blanches, — et à présent les voilà, ces deux qui s'adoraient, cheminant côte à côte, dehors, dans la nuit tiède de printemps!... dans l'amoureuse nuit enveloppante, sous le couvert des

feuilles nouvelles et sur les hautes herbes, parmi toutes
les sèves qui montent, au milieu de la poussée souveraine de l'universelle vie.

Ils marchent à petits pas, à travers cette obscurité
exquise, comme par un silencieux accord pour faire
plus longtemps durer le sentier d'ombre, muets l'un et
l'autre, dans l'ardent désir et l'intense terreur d'un
contact de leurs vêtements, d'un frôlement de leurs
mains. Arrochkoa et la supérieure les suivent de tout
près, sur leurs talons, sans se parler non plus ;
religieuses avec leurs sandales, contrebandiers avec
leurs semelles de cordes, ils vont à travers ces ténèbres
douces sans faire plus de bruit que des fantômes, et
leur petit cortège, lent et étrange, descend vers la
voiture dans un silence de funérailles. Silence aussi
autour d'eux, partout dans le grand noir ambiant,
jusqu'au plus profond des montagnes et des bois. Et,
au ciel sans étoiles, dorment les grosses nuées, lourdes
de toute l'eau fécondante que la terre attend et qui va
s'épandre demain pour faire les bois encore plus
feuillus, l'herbe encore plus haute ; les grosses nuées,
au-dessus de leurs têtes, couvent toute cette splendeur
de l'été méridional qui tant de fois, dans leur enfance,
les a charmés ensemble, troublés ensemble, mais que
Ramuntcho ne reverra sans doute jamais plus et qu'à
l'avenir Gracieuse devra regarder comme avec des
yeux de morte, sans la comprendre ni la reconnaître...

Personne autour d'eux, dans la petite allée obscure,
et, en bas, le village semble déjà dormir. La nuit, tout à
fait tombée ; son grand mystère, épandu partout, dans
les lointains de ce pays perdu, sur les montagnes et les
vallées sauvages.. Et, comme ce serait facile à exécu-

ter, ce qu'avaient résolu ces deux jeunes hommes, dans cette solitude, avec cette voiture qui doit être là toute prête, et ce cheval rapide!...

Cependant, sans s'être parlé, sans s'être touchés, ils arrivent, les amants, à ce tournant de chemin où il faut se dire l'adieu éternel. La voiture est bien là, tenue par un petit garçon; la lanterne est allumée et le cheval impatient. La supérieure s'arrête : c'est, paraît-il, le terme dernier de la dernière promenade qu'ils feront l'un près de l'autre en ce monde, — et elle se sent le pouvoir, cette vieille nonne, d'en décider ainsi sans appel. De sa même petite voix fluette, presque enjouée, elle dit :

— Allons, ma sœur, faites-leur vos adieux.

Et elle dit cela avec l'assurance d'une Parque dont les décrets de mort ne sont pas discutables

En effet, personne ne tente de résister à son ordre impassiblement donné. Il est vaincu, le rebelle Ramuntcho, oh! bien vaincu par les tranquilles puissances blanches; tout frissonnant encore du sourd combat qui vient de finir en lui, il baisse la tête, sans volonté maintenant et presque sans pensée, comme sous l'influence de quelque maléfice endormeur...

« Allons, ma sœur, faites-leur vos adieux », a-t-elle dit, la vieille Parque tranquille. Puis, voyant que Gracieuse se borne à prendre la main d'Arrochkoa, elle ajoute .

— Eh bien, vous n'embrassez pas votre frère?...

Sans doute, la petite sœur Marie-Angélique ne demandait que cela, l'embrasser de tout son cœur, de toute son âme; l'étreindre, ce frère; se serrer sur son épaule et y chercher protection, à cette heure de sacrifice surhumain, où il faut laisser partir le bien-aimé sans même un mot d'amour... Et pourtant son baiser a je ne sais quoi d'épouvanté, de tout de suite retenu : baiser de religieuse, un peu pareil à un baiser de morte... A présent, quand le reverra-t-elle, ce frère, qui cependant ne va pas quitter le pays basque, lui ? quand aura-t-elle seulement des nouvelles de la mère, de la maison, du village, par quelque passant qui s'arrêtera ici, venant d'Etchézar ?...

A Ramuntcho, elle n'ose même pas tendre sa petite main froide, qui retombe le long de sa robe, sur les grains du rosaire.

— Nous prierons, lui dit-elle encore, pour que la Sainte Vierge vous protège dans votre long voyage[41]...

... Et maintenant elles s'en vont : lentement elles s'en retournent, comme des ombres silencieuses, vers l'humble couvent que la croix protège. Et les deux domptés, immobiles sur place, regardent s'éloigner, dans l'avenue obscure, leurs voiles plus noirs que la nuit des arbres.

Oh ! elle est bien brisée aussi, celle qui va disparaître là-haut, dans les ténèbres de la petite montée ombreuse. Mais elle n'en demeure pas moins comme anesthésiée par de blanches vapeurs apaisantes, et tout ce qu'elle souffre s'atténuera vite, sous une sorte de sommeil. Demain elle reprendra, pour jusqu'à la mort, le cours de son existence étrangement simple : imper-sonnelle, livrée à une série de devoirs quotidiens qui jamais ne changent, absorbée dans une réunion de créatures presque neutres qui ont tout abdiqué, elle pourra marcher les yeux levés toujours vers le doux mirage céleste...

O crux, ave, spes unica !..

Vivre, sans variation ni trêve jusqu'à la fin, entre les murs blancs d'une cellule toujours pareille, tantôt ici, tantôt ailleurs, au gré d'une volonté étrangère, dans l'un quelconque de ces humbles couvents de village auquel on n'a même pas le loisir de s'attacher. Sur cette terre, ne rien posséder et ne rien désirer, ne rien attendre, ne rien espérer. Accepter comme vides et transitoires les heures fugitives de ce monde, et se sentir affranchi de tout, même de l'amour, autant que par la mort... Le mystère de telles existences est bien pour demeurer à jamais inintelligible à ces jeunes hommes qui sont là, faits pour la bataille de chaque jour, beaux êtres d'instinct et de force, en proie à tous les désirs ; créés pour jouir de la vie et pour en souffrir, pour l'aimer et pour la propager...

O crux, ave, spes unica !... On ne les voit plus, elles sont rentrées dans leur petit couvent solitaire [42].

Les deux hommes n'ont même pas échangé un mot sur leur entreprise abandonnée, sur la cause mal définie qui a mis pour la première fois leur courage en défaut ; ils éprouvent, l'un vis-à-vis de l'autre, presque une honte de leur subite et insurmontable timidité.

Un instant leurs têtes fières étaient restées tournées vers les nonnes lentement fuyantes ; à présent ils se regardent à travers la nuit.

Ils vont se séparer, et probablement pour toujours : Arrochkoa remet à son ami les guides de la petite voiture que, suivant sa promesse, il lui prête :

— Allons, mon pauvre Ramuntcho !... dit-il sur le ton d'une commisération à peine affectueuse.

Et la fin inexprimée de sa phrase signifie clairement : « Va-t'en, puisque tu as manqué ton coup ; et
moi, tu sais, il est l'heure où les camarades m'attendent... »

Raymond, lui, allait de tout son cœur l'embrasser
pour le grand adieu, — et, dans cette étreinte avec le
frère de la bien-aimée, il aurait pleuré sans doute de
bonnes larmes chaudes qui, pour un moment au
moins, l'auraient un peu guéri.

Mais non, Arrochkoa est redevenu l'Arrochkoa des
mauvais jours, le beau joueur sans âme, que les choses
de hardiesse intéressent seules. Distraitement, il
touche la main de Ramuntcho :

— Eh bien donc, au revoir !... Bonne chance là-
bas !...

Et, de son pas silencieux, il s'en va retrouver les
contrebandiers, vers la frontière, dans l'obscurité propice.

Alors Raymond, seul au monde à présent, enlève
d'un coup de fouet le petit cheval montagnard, qui file
avec son bruit léger de clochettes... Ce train qui doit
passer à Aranotz, ce paquebot qui va partir de
Bordeaux... un instinct le pousse encore à ne pas les
manquer. Machinalement il se hâte, sans plus savoir
pourquoi, comme un corps sans âme qui continuerait
d'obéir à une impulsion ancienne, et, très vite, lui qui
pourtant est sans but et sans espérance au monde, il
s'enfonce dans la campagne sauvage, dans l'épaisseur
des bois, dans tout ce noir profond de la nuit de mai
que les nonnes, de leur haute fenêtre, voient alentour...

Pour lui, c'est fini du pays, fini à jamais ; fini des

rêves délicieux et doux de ses premières années. Il est une plante déracinée du cher sol basque, et qu'un souffle d'aventure emporte ailleurs.

Au cou du cheval, gaîment les clochettes sonnent, dans le silence des bois endormis ; la lueur de la lanterne, qui court empressée, montre au fuyard triste des dessous de branches, de fraîches verdures de chênes ; au bord du chemin, les fleurs de France ; de loin en loin, les murs d'un hameau familier, d'une vieille église, — toutes les choses qu'il ne reverra jamais, si ce n'est peut-être dans une douteuse et très lointaine vieillesse...

En avant de sa route, il y a les Amériques, l'exil sans retour probable, l'immense nouveau plein de surprises et abordé maintenant sans courage : toute une vie encore très longue, sans doute, pendant laquelle son âme arrachée d'ici devra souffrir et se durcir là-bas ; sa vigueur, se dépenser et s'épuiser qui sait où, dans des besognes, dans des luttes inconnues...

Là-haut, dans leur petit couvent, dans leur petit sépulcre aux murailles si blanches, les nonnes tranquilles récitent leurs prières du soir...

O crux, ave, spes unica [43] !...

DOSSIER

CHRONOLOGIE

1804. Naissance de Jean-Théodore Viaud, père de Loti.
1810. Naissance de Nadine Texier, mère de Loti.
1830. Mariage des parents de Loti.
1831 Naissance de Marie Viaud, sœur de Loti.
1838. Naissance de Gustave Viaud, frère de Loti.
1850. Naissance à Rochefort, le 14 janvier, de Julien Viaud, le futur Pierre Loti.
1858. Gustave Viaud, chirurgien de marine, s'embarque pour Tahiti.
1861. Premières vacances d'été à Brétenoux, dans le Lot.
1862. Julien Viaud entre comme externe de troisième au collège de Rochefort. Ses résultats y sont peu brillants, voire médiocres en « narration française ».
1863. Julien décide, à Brétenoux, d'entrer dans la marine.
1865. Mort en mer de Gustave Viaud ; il est immergé dans le golfe du Bengale.
1866. Difficultés financières de la famille Viaud. Le père de Julien, receveur municipal de Rochefort, est accusé de vol, et passe plusieurs jours en prison. Il sera acquitté en 1868. En octobre, Julien part pour Paris · il va préparer l'École navale au lycée Napoléon (Henri IV). Solitude ; il commence à rédiger un journal intime.
1867. Julien est reçu, 40ᵉ sur 60, à l'École navale.
1868. Sur le *Borda*, bateau-école à Brest, puis sur le *Bougainville*, le long des côtes françaises.
1869. Julien embarque, le 5 octobre, sur le *Jean-Bart*, vaisseau-école

d'application, pour un voyage d'un an en Méditerranée et dans l'Atlantique.

1870. Décès de Jean-Théodore Viaud. Guerre avec l'Allemagne. Julien rejoint, le 8 août, la corvette *Decrès*, qui croise pendant deux mois en mer du Nord et en Baltique.

1871. Julien embarque sur le *Vaudreuil* : voyage dans l'hémisphère austral, jusqu'en Patagonie.

1872. Ile de Pâques : nombreux dessins, qui illustrent les premiers articles de Julien, en août, dans *L'Illustration*. Séjour de deux mois à Tahiti. Il en naîtra un roman (*Le Mariage de Loti*, qui ne paraîtra que huit ans plus tard).

1873. Julien Viaud est affecté au Sénégal, sur le *Pétrel*. Ce séjour lui inspirera plus tard *Le Roman d'un spahi*.

1875. Gymnastique à l'École militaire de Joinville.

1876. Julien embarque pour la Turquie en février, à bord de la *Couronne*. Ce séjour lui inspirera *Aziyadé*, qui paraît trois ans plus tard.

1877. Il quitte la Turquie. En service sur les côtes charentaises et bretonnes, il s'ennuie. Aménagement d'une salle turque dans la maison de Rochefort : peu à peu, de salle Renaissance en mosquée, de salles égyptienne ou chinoise jusqu'à l'adjonction d'un minaret en 1907, cette maison deviendra la célèbre « maison de Pierre Loti », aujourd'hui musée municipal.

1878. Loti paraît dans le salon de Sarah Bernhardt, qu'il connaît sans doute depuis 1876. Il découvre la Bretagne, en compagnie de Pierre Le Cor, matelot en poste à Lorient, sur le *Tonnerre*, comme Loti.

1879. *Aziyadé* paraît anonymement en janvier, et se vend mal.

1880. *Le Mariage de Loti* paraît anonymement en mars 1880. Succès. Loti rencontre Juliette Adam, directrice de la toute récente *Nouvelle Revue*, qui exercera longtemps sur lui une influence littéraire, et l'introduira dans bien des salons parisiens. Loti rencontre aussi Alphonse Daudet : ils nouent une amitié durable. En Adriatique, sur le *Friedland* : il découvre le Monténégro (qu'il évoque dans *Fleurs d'ennui*, en 1882).

1881. Lieutenant de vaisseau. Il signe Pierre Loti *Le Roman d'un spahi*, pseudonyme provenant d'une fleur de Tahiti.

1882. Loti commence à Rochefort la rédaction de *Mon frère Yves*.

1883. Il embarque en mai à bord de l'*Atalante*, en direction du

Tonkin (expédition décidée par le cabinet Jules Ferry). Des articles décrivant sans fard les combats, et la prise de Hué en août, paraissent dans *Le Figaro* à la fin de septembre et en octobre : ils font scandale et provoquent le rappel en France de Loti. Il sera affecté à Rochefort jusqu'en 1885. Entretemps, *Mon frère Yves* paraît en octobre.

1884. Loti commence la rédaction de *Pêcheur d'Islande*.

1885. Loti embarque sur le *Mytho*, pour l'Extrême-Orient : Saigon, Formose. Séjours au Japon, notamment à Nagasaki (d'où naîtra *Madame Chrysanthème*). Campagne de Chine, sur la *Triomphante*.

1886. Affectation à Rochefort. Publication de *Pêcheur d'Islande*. Grand succès. Loti épouse le 20 octobre Jeanne-Amélie-Blanche Franc de Ferrière (née en 1859). Voyage de noces en Espagne.

1887. Loti rédige *Madame Chrysanthème*. Mort, à la naissance, de son premier enfant. En octobre, en route vers la Roumanie, escapade de trois jours à Istanbul (qui lui inspirera *Fantôme d'Orient*, paru en 1892).

1889. *Japoneries d'automne*. Naissance de son fils Samuel. Congé de deux mois, pour accompagner une ambassade de Jules Patenôtre auprès de Moulay-Hassan, à Fez (d'avril à mai).

1890. Publication de *Au Maroc*, en janvier. En mai, *Le Roman d'un enfant*, que la reine de Roumanie, Carmen Sylva, admiratrice et traductrice de *Pêcheur d'Islande*, lui avait suggéré en 1887 d'écrire. Nouvelle visite à Bucarest en mai, peu avant l'exil de la reine.

1891. Loti élu contre Zola, à l'Académie, le 21 mai. Il rend visite en août à la reine de Roumanie, exilée à Venise (il raconte cette visite dans *L'Exilée*, en 1893). Navigation en Méditerranée, sur le *Formidable*. Affectation en décembre sur le *Javelot*, à l'embouchure de la Bidassoa, face au Pays basque qu'il découvre les années suivantes, s'étant installé dans une maison de Hendaye.

1892. Réception de Loti à l'Académie, le 7 avril. Discours attaquant le naturalisme.

1893. Loti esquisse le plan de *Ramuntcho* en novembre. Ses *Œuvres complètes* en 9 volumes commencent à paraître chez Calmann-Lévy, jusqu'en 1906. Publication de *Matelot*.

1894. Voyage en Arabie et en Terre Sainte. Il publiera l'année suivante *Le Désert, Jérusalem, La Galilée*. Rencontre de Crucita Gainza (1867-1949), Basque espagnole, couturière et danseuse, qui lui donnera trois enfants illégitimes entre 1895 et 1900.

1896. Achèvement en novembre de *Ramuntcho*.
Mort de Nadine Viaud, mère de Loti, le 12 novembre.

1897. Publication, en novembre, de *Figures et choses qui passaient*.

1898. Loti est mis d'office à la retraite. Après avoir saisi le Conseil d'État, il sera réintégré en 1899.

1899. Publication de *Reflets sur la sombre route*. Il part en mission en Inde, puis en Perse. De ces voyages naîtront *L'Inde (sans les Anglais)*, paru en 1903, et *Vers Ispahan*, paru en 1904.

1900. Rentré de Perse en juillet, il est affecté à bord du *Redoutable*, qui part le 2 août en Extrême-Orient. Loti ne rentrera en France qu'en avril 1902. Entre-temps, il se rend à Pékin, dévasté après la révolte des Boxers. Ce séjour chinois sera évoqué dans *Les Derniers Jours de Pékin*, publié en 1902.

1901. Bref séjour en Corée, puis au Japon, de Nagasaki à Yokohama. A l'occasion d'une escale à Saigon, Loti visite les ruines d'Angkor (*Un pèlerin d'Angkor* ne paraîtra qu'en 1912).

1903. Loti est nommé commandant du *Vautour*, aviso de l'ambassade de France à Istanbul. Il y rencontre le futur Claude Farrère, alors enseigne de vaisseau. Il achève *Vers Ispahan*, commence *La Troisième Jeunesse de Madame Prune* (1905).

1904. Loti est victime d'une mystification. Il en naît *Les Désenchantées*, roman paru en 1906, où il défend la femme turque et son désir d'émancipation relative. Le roman aura un très grand retentissement, et sera le plus grand succès de Loti depuis *Pêcheur d'Islande*.

1905. Loti est à nouveau nommé à Rochefort

1906. Capitaine de vaisseau.

1907. Loti, en congé sans solde pour six mois, se rend en Égypte. La presse annonce son intention d'écrire un roman intitulé *Au pied des pyramides*. Ce voyage, qui le conduit du Caire à Assouan, est évoqué dans *La Mort de Philae* (1909).

1910. Loti est admis à la retraite.
Nouveau séjour à Istanbul.

1912. Voyage à New York · on y monte une pièce écrite par Loti et

Judith Gautier entre 1903 et 1905, *La Fille du ciel*. Première guerre balkanique. Loti défend la Turquie dans la presse.

1913. Loti fait paraître *Turquie agonisante*, son premier livre politique. Il se rend en août en Turquie, invité par le gouvernement. Accueil triomphal.

1914. Loti demande à être mobilisé. On finit par l'affecter comme agent de liaison, sans solde, auprès du général Galliéni, gouverneur militaire de Paris. Il se rend sur le front, et commence dès octobre à publier des reportages de guerre.

1915. Rappel à l'activité. Mission en Belgique. Loti visite le front belge. Il participe à des négociations secrètes avec la Turquie. Il se rend en Alsace, puis en Champagne, où il passera l'hiver dans les tranchées.

1916. Pétain refuse sa présence à Verdun. Loti publie *La Hyène enragée*, son premier livre de guerre. Il se rend sur le front de l'Est. Mission en Espagne. Hiver à Rochefort et Hendaye.

1917. Il publie son second livre de guerre, *Quelques aspects du vertige mondial*. Retour sur le front. Mission en Italie. Hiver à Rochefort et Hendaye.

1918. Il quitte définitivement le front en juin. Citation à l'ordre de l'armée. Il publie en août *L'Horreur allemande*, et cesse de rédiger un journal intime qu'il a tenu pendant quarante-cinq ans.

1919. Il publie *Prime jeunesse*.

1920. Il défend la cause turque dans *La Mort de notre chère France en Orient* ; grand retentissement.

1921. *Suprêmes visions d'Orient* (en collaboration avec son fils Samuel). Hémiplégie. Naissance de son petit-fils, Pierre Viaud.

1922. Préparation, avec son fils, d'*Un jeune officier pauvre* (1923).

1923. Loti meurt à Hendaye, le 10 juin. Funérailles nationales le 16 juin.

1924. Publication, par Juliette Adam, des *Lettres de Pierre Loti à Madame Juliette Adam (1880-1922)*. Le collège de Rochefort devient le Lycée Pierre-Loti.

1925. Publication, par son fils, du *Journal intime (1878-1881)*. Publication de *L'Histoire du spahi* (journal de Loti, 1873-1874).

1929. Publication, par son fils, du *Journal intime (1882-1885)*, et, par les soins de Nadine Duvignau et de Nicolas Serban, d'un volume de *Correspondance inédite (1865-1904)*. Claude Farrère publie son *Loti*.

1930. Odette V[alence]... publie *Mon ami Pierre Loti*.

1933. Naissance de l' « Association internationale des Amis de Pierre Loti », qui publie un *Bulletin*.

1934. Publication du *Journal intime* de Loti à Tahiti.

1940. Odette Valence et Samuel Pierre-Loti-Viaud publient *La Famille de Pierre Loti ou l'éducation passionnée*, avec des fragments de *Journal intime* et des lettres de l'écrivain. Mort de la femme de Loti, le 25 mars.

1950. Célébration du centenaire de sa naissance. Exposition à la Bibliothèque nationale. Numéro spécial de la *Revue maritime*.

1969. Mort de Samuel Viaud. Ouverture au public de la maison de Loti, devenue musée municipal, 141 rue Pierre-Loti à Rochefort.

1973. Célébration à Rochefort du cinquantenaire de sa mort.

1980. Nouvelle « Association Pierre Loti ». *Revue Pierre Loti*.

Cette chronologie est reprise de l'édition, établie par Jacques Dupont, de *Pêcheur d'Islande*, dans la même collection.

NOTICE

Commencé le 1ᵉʳ novembre 1893, *Ramuntcho* fut écrit tant à Rochefort que dans le pays basque, où Loti fit des séjours réguliers en 1894 et 1895 avant d'y retrouver son poste sur le *Javelot* en mai 1896. Nous avons examiné dans la préface quelques-uns des rapports établis entre le roman et le journal intime, et nous donnons des exemples précis dans les notes du texte.

La Bibliothèque nationale conserve un manuscrit de *Ramuntcho* dont l'étude apporte d'intéressantes informations sur la genèse de l'œuvre et sur les méthodes de travail de son auteur. Il s'agit d'un manuscrit tardif, au texte recopié, mais sur lequel Loti a encore porté de très abondantes corrections de détail, cherchant essentiellement l'amélioration de la musicalité de la phrase et la précision du trait. On y voit combien l'apparent naturel du style y est travaillé, le dépouillement voulu.

Ce manuscrit montre aussi que, jusqu'au dernier stade de la rédaction, les personnages comme les lieux portaient leurs noms réels : *Crucita*, et non *Franchita*, *Otharré* et non *Arrochkoa* ; *Sare* et *Ascain* plutôt qu'*Etchézar*, etc., comme si Loti hésitait encore à entrer complètement dans la fiction. Tout au long du manuscrit les noms définitifs, tels qu'ils apparaissent dans le roman, sont portés en surcharge, à l'encre rouge dans les premiers feuillets.

Pierre Flottes, qui a publié une étude scrupuleuse de ce manuscrit, y a joint un curieux document. Il s'agit d'une liste établie par un ami à l'intention de Loti : vingt-deux noms de lieux basques, avec leur sens littéral en français ; ainsi :

> *Bastereder : beaux parages.*
> *Amezqueta : pays des rêves.*

> *Aranotz*   *plaine froide*
> *Mendichoco* : *coin de montagne.*
> *Oyanzabal* : *large forêt.*
> *Ururbil*   . *près de l'eau.*

On voit que Loti en a utilisé certains dans le texte définitif.

La publication préoriginale a eu lieu dans la *Revue de Paris* en cinq livraisons, du 15 décembre 1896 au 15 février 1897, les trois premières correspondant à la première partie actuelle, les deux dernières à la seconde ; mais cette division en deux parties n'existe pas, et la numérotation des chapitres est continue, de I à XL (alors que le manuscrit comporte les deux parties).

Le 10 mars 1897, Calmann-Lévy met en vente l'édition originale, avec les deux parties que nous connaissons. Le succès est grand, puisque *Ramuntcho* connaît à la fin de l'année sa cinquante-cinquième édition.

Pour la publication dans les *Œuvres complètes* (tome VIII, en 1903), Loti apporte un certain nombre de corrections légères, essentiellement dans la première partie. Il procède en particulier à la suppression de quelques adjectifs et de répétitions jugés inutiles. Les éditions ultérieures, volumes de luxe, illustrés et à petit tirage ou éditions ordinaires, ont conservé le texte de l'édition originale. C'est encore le cas de celle de 1923, année de la mort de Loti. Nous avons préféré ici le texte de 1903 plus sûr, les modifications ne portant de toute manière que sur le nombre restreint de points que le lecteur retrouvera en variantes dans les notes. Nous avons corrigé quelques coquilles manifestes.

ACCUEIL DE L'ŒUVRE

L'accueil favorable fait en 1897 à *Ramuntcho* par les critiques tient largement à la *reconnaissance :* c'est bien lui, il n'a pas changé... On est heureux de retrouver le romancier, plus apprécié que le mémorialiste ou l'auteur de récits de voyage. « C'est du Loti, du vrai Loti, de l'ancien », explique Gaston Deschamps, dans *Le Temps* (21 mars 1897), comme si l'on avait pu craindre des avant-gardismes terrifiants ! De *Ramuntcho*, il vante essentiellement la beauté des descriptions : « Tous les aspects du ciel, de la terre et des eaux, tous les moments du jour et de la nuit, tous les changements des saisons pourraient se refléter en images fixes sur les pages sensibles que Pierre Loti, merveilleux photographe en couleurs, offre aux impressions de la fantasmagorie universelle ». Mais l'intérêt du livre n'est pas limité au pays basque et prend une valeur générale : « Cela est beau, d'une beauté primitive, et cependant contemporaine de tous les âges, d'une beauté déchirante, comme tout ce qui touche le fond de nos joies rapides et de nos longues misères. »

Malgré le titre de son feuilleton dans *Le Journal des Débats* (21 mars également), « Le roman de la terre basque », Anatole Le Braz parle essentiellement de la Bretagne : *Ramuntcho* lui rappelle surtout *Pêcheur d'Islande*. Il commence par se réjouir que l'administration ait nommé Loti sur le *Javelot* : « Jamais croisière n'aura été si fructueuse, car elle nous a donné, sous la signature aimée de Loti, un beau livre, une œuvre exquise, d'une tristesse pénétrante et saine, le roman, disons mieux, le poème de la terre basque, et qui sera pour elle ce que *Pêcheur d'Islande* a été pour la Bretagne. »

Car, explique-t-il, malgré des tentatives comme *Le Romancero du pays basque*, cette terre « n'avait pas d'existence littéraire ; elle en a une depuis *Ramuntcho* ». Mais plus que cette importance historique, A. Le Braz apprécie l'évocation des paysages : « L'immobilité séculaire des êtres et des choses, les aspects éternels des montagnes et de la mer, une race qui n'a point varié, dans un pays sur qui l'action du temps n'a pu mordre, voilà bien par où l'îlot basque a touché l'âme de Loti et fait frémir sa sensibilité. Et c'est de quoi est faite la profonde, la pénétrante poésie de *Ramuntcho* ».

Pour l'essentiel, le critique des *Débats* rejoint celui du *Temps* en constatant avec soulagement que Loti ne change pas. Au contraire, dans la *Revue des deux Mondes* (15 avril 1897), René Doumic se réjouit d'une évolution de l'auteur : autrefois, il se mettait au centre de ses livres et s'appliquait à jouer les dandies : « Il met sa coquetterie à contredire le sens commun et ambitionne d'être tenu pour un garçon invraisemblable qui ne fait rien que d'extraordinaire [...] Protestant devenu incrédule, petit enfant sage devenu coureur d'aventures, ces contrastes lui semblent inouïs. Il se convainc qu'il est un être d'exception et il s'admire d'être seul de son espèce ». Or, « dans *Ramuntcho*, la personne de M. Loti n'apparaît plus avec ses singularités » et laisse place à un artiste véritable : « Ce qui est merveilleux, c'est qu'avec des éléments aussi simples, M. Loti ait évité la monotonie et la fadeur : c'est proprement l'art de faire quelque chose de rien [...] Les chants alternés des bergers improvisateurs, les luttes des joueurs de pelote, les expéditions nocturnes des contrebandiers, sont autant de récits d'un dessin très pur, d'une forme toute classique. Et les procédés eux-mêmes du récit qui, à force de maîtrise savante, prennent un air d'être rudimentaires, contribuent à nous faire songer de quelque idylle épique. »

Dix ans après, dans la même *Revue des deux Mondes* (1er juin 1907), Victor Giraud consacrait une étude d'ensemble à Loti, avec quelques pages intéressantes sur *Ramuntcho*. Il y insiste sur l'importance de la thématique religieuse et met en parallèle Loti et Chateaubriand : « Nous n'aurions pas *Ramuntcho* si Loti n'était pas allé en Terre sainte. En refaisant sur les traces du grand ancêtre l'*Itinéraire de Paris à Jérusalem*, il a trouvé quelques-uns des " motifs " d'une nouvelle *Atala*. Car, comme dans *Atala*, le sujet de la touchante idylle pyrénéenne, c'est l'histoire de deux amants séparés par la religion, — une religion peut-être mal comprise par une mère peu éclairée [...] *Ramuntcho,* l'enfant sans père [est] à demi civilisé, comme Chactas, de par ses hérédités paternelles et dont l'âme est partagée comme les croyances ».

Ces divers exemples relèvent tous d'une critique conservatrice d'avance acquise à Loti, comme le « grand public ». L'avant-garde et les « intellectuels », eux, n'aiment pas Loti et lui ont généralement marqué une grande hostilité. Lorsque Breton célébrera la mort de l'auteur de *Ramuntcho* en le qualifiant de *Crétin* en 1924, il se placera dans cette tradition. Ainsi est-il remarquable que dans le *Mercure de France,* Rachilde, chargée de la critique des romans (qu'elle commente par dizaines!), ne consacre pas une ligne à *Ramuntcho.* Au contraire, dans le *Mercure* d'août 1897, Remy de Gourmont publie « Petites études de stylistique : M. Loti, II », article proposant un « nouveau choix d'épithètes interchangeables tiré des œuvres diverses de cet excellent écrivain ». Il s'en prend à des facilités d'écriture (joie enfantine, silence infini, prairies d'alentour, respiration haletante...). Un premier « choix » était paru dans le numéro de juillet 1896 : « Comment a-t-on pu si longtemps confondre M. Loti avec un bon écrivain ? » se demandait alors Gourmont.

En revanche, *Ramuntcho* suscite l'admiration d'esprits moins liés à un combat littéraire. Ainsi Raymond Roussel — dont on sait le culte pour Loti — marquait un goût particulier pour *Ramuntcho :* il avait même repris pour lui le nom du héros, rapporte Michel Leiris dans *Fibrilles ;* dans cette optique, le texte porte pour ainsi dire des traces du passage de Roussel : par exemple, Loti emploie (au chapitre XXIII de la première partie) l'expression *poussière de soleil* que Roussel reprendra, en la détournant, pour titre de sa pièce créée à Paris en 1926.

Dans un autre domaine, le *Journal* de Charles Du Bos révèle en lui un lecteur admiratif de *Ramuntcho.* Apprenant la mort de Loti, Du Bos évoque longuement sa personnalité le 13 juin 1923 et termine ainsi : « Je me rappelais l'époque où, âgé de quinze ans, je lisais *Ramuntcho* tandis que le livre paraissait dans la *Revue de Paris.* La phrase par laquelle *Ramuntcho* prélude : " Les tristes courlis, annonciateurs de l'automne... " m'avait à la lettre ensorcelé. (J'ai relu *Ramuntcho* avec Z. à Saint-Jean-de-Luz en septembre 1914 et y ai pris un plaisir encore accru). Ce doit être vers ce temps que, pour définir la prose de Loti, j'aboutissais à l'épithète *cendrée ;* elle est juste, elle rend cette poudre impalpable qui flotte sur ses phrases » (*Journal 1921-1923*, Corréa, 1946).

Mais la critique, en général, demeure fort sévère et préfère « sauver » des livres moins connus de Loti. Albert Thibaudet, dans son *Histoire de la littérature française de 1789 à nos jours*, l'exécute d'un trait : « *Ramuntcho* est un pensum basque. »

Alors que le roman est resté constamment populaire, sans cesse réédité, plusieurs fois adapté au cinéma, cette réticence de la critique ne cessa jamais. Curieusement, aujourd'hui encore, les réserves semblent toujours l'emporter et la redécouverte de Loti, depuis quelques années, ne passe décidément pas par *Ramuntcho*, d'apparence trop saine et trop simple. C'est par *Aziyadé*, œuvre plus visiblement tourmentée et « décadente » que, grâce à une préface de Roland Barthes, cette redécouverte commença en 1971. Si Alain Quella-Villéger apprécie en *Ramuntcho* une œuvre « chrétienne » (*Pierre Loti l'incompris*, 1986), Lesley Blanch affirme que l'on peut se dispenser de le lire (*Pierre Loti*, 1986) et Alain Buisine le mentionne à peine dans son volumineux *Tombeau de Loti* (1988).

Au pays basque même, *Ramuntcho* fut l'objet de divers procès : après tout, Loti n'était qu'un étranger, c'est-à-dire un être douteux ; il s'était permis de parler du pays basque, et même, d'en dire du bien. On souligna son tort : il avait méconnu *l'âme basque*. Un spécialiste de celle-ci, L. Apestéguy, constatait : « A notre modeste point de vue, qu'il nous suffise de dire que Loti n'a nullement saisi l'âme basque et qu'il n'était nullement qualifié pour le faire. » Suit une intelligente démonstration : « On connaît le thème du roman, il n'a rien de proprement basque, il ne met en jeu aucun de nos grands sentiments traditionnels et pourrait aussi bien se placer en Normandie ou en Auvergne [...] Loti avait le droit de donner à la mère de Gatchutcha le caractère qui lui plaît, mais ce caractère n'a rien de spécifiquement basque. Or le nœud de l'intrigue est là, et dès lors, le roman n'a rien non plus de spécifiquement basque[1]. » On ne saurait être ni plus basque ni plus clair. Malgré ces charges, le prévenu est acquitté *in extremis*, car « la bonne foi de Loti est entière ».

1. Cité par J. Le Tanneur, *A l'ombre des Platanes*, Bordeaux, 1932, p. 63.

RAMUNTCHO AU THÉÂTRE

Contrairement à l'adaptation de *Pêcheur d'Islande* qu'il avait réalisée en collaboration avec Louis Tiercelin, Loti signa seul celle de *Ramuntcho*, présentée à l'Odéon le 29 février 1908. Si cette version diverge sur quelques points du roman original (nous signalons les différences les plus intéressantes dans les notes), l'adaptation demeure dans l'ensemble étonnamment fidèle au texte, souvent transcrit de façon littérale : des paragraphes entiers non dialogués dans le roman sont directement placés dans la bouche des personnages. Pour y parvenir, Loti a dû ajouter des faire-valoir factices : apparaissent ainsi le curé d'Etchézar, interlocuteur de Franchita, un « parisien », pendant la partie de pelote ou Pilar qui veille Franchita malade.

Deux éléments essentiels au roman font défaut à la pièce : les scènes de contrebande et l'obsession de l'hérédité Les premières, épisodes nocturnes de plein air, d'intimité avec la nature, ne se prêtaient évidemment pas à une transposition scénique Leur disparition mutile pour ainsi dire le héros, tant elles lui sont une expérience capitale.

Le leitmotiv de l'hérédité — « les choses *autres*, les *ailleurs* » — mentionné dès les premières pages du livre ne figure pas dans la pièce : le dialogue pouvait sans doute difficilement faire passer cette donnée à peine consciente qui travaille l'esprit de Ramuntcho. Loti lui substitue un désir d'Amérique moins fort, car rationnel et explicable. Lorsque Franchita s'en empare, cela tourne au facile effet de mélodrame : « Oh ! ces Amériques, monsieur le curé, qui nous

prennent nos frères, nos fils, tant d'hommes de nos villages... »
(acte I, sc. 5).

Le texte de la pièce ôte ainsi à Ramuntcho ses caractères les plus
personnels et les plus profonds. Il est même privé de la scène finale,
qui revient à Gracieuse s'écroulant, morte ou évanouie, aux pieds de
la statue de la Vierge après le départ du bien-aimé.

C'est que les personnages et leur mystère ne sont pas au centre de
la pièce. L'essentiel se trouve dans la couleur locale et le spectaculaire : les décors variés, découvrant généralement la beauté du pays
basque, dominés par la Gizune à l'horizon ; les épisodes de
divertissement : le fandango, la nuit, sur la place, au troisième
tableau du premier acte ; la partie de pelote, au deuxième acte, avec
une équipe d'authentiques joueurs ; tout au long de la soirée, des
chansons et des airs populaires, comme la *Fileuse de lin* ou l'*Iru
Damacho*, sans compter l'hymne national basque. Ces airs avaient été
recueillis et arrangés par Gabriel Pierné, qui vint à cette fin à
Hendaye. Il en rapporta une importante musique de scène —
quarante et un numéros, comprenant de nombreux rythmes de
danses, mais aussi des pages lyriques comme *Le Jardin de Gracieuse*,
évoquant les scènes nocturnes de Ramuntcho et la jeune fille. De sa
partition, Pierné tira une suite d'orchestre, et l'*Ouverture sur des thèmes
populaires basques* n'a pas disparu du répertoire symphonique.

Cette musique obtint un réel succès à la création ; mais son
importance (comme celle des beaux décors de Jusseaume) semble
aussi avoir suscité quelque malaise. Les comptes rendus soulignè-
rent en effet que ce n'était « pas du théâtre au sens ordinaire » mais
« une pièce d'atmosphère ». Doumic, dans la *Revue des deux Mondes*
remarque combien « l'opéra guettait *Ramuntcho* ». A lire la critique,
on aurait l'impression que ce *Ramuntcho* avait les ambitions d'une
« œuvre d'art totale » au sens wagnérien, tant décors et musique
paraissent indissociables du texte. Emile Faguet, dans les *Débats*,
rappelle qu'on évoqua non seulement l'opéra, mais aussi le cinéma :
« *Ramuntcho* est un délicieux *poème pittoresque et lyrique* plutôt qu'un
poème dramatique ; il n'est même pas du tout un poème dramatique ; mais il a plu et plaira à tous ceux qui viennent chercher au
théâtre un plaisir autre que dramatique [...] On a dit : " c'est un
cinématographe ". Non. c'est un musée, un musée où il y a des toiles
ravissantes, où l'on fait de la musique charmante et où l'on joue
quelques scènes gracieuses et touchantes ».

L'enthousiasme manque, on le voit. Les réserves ne tiennent pas seulement à la réalisation de Loti, mais aussi à l'orientation qu'Antoine, directeur de l'Odéon et metteur en scène de ce *Ramuntcho*, voulait donner au théâtre en privilégiant le spectaculaire. Paul Souday termine sa critique de *L'Eclair* en écrivant : « Si l'Odéon nous a paru un second théâtre du Châtelet, avouez que c'était du moins un Châtelet exceptionnel. »

Ainsi, les éléments de « grand spectacle » ont nui à la présentation des personnages. Doumic notait que malgré l'excellence des acteurs (Sylvie en Gracieuse, Alexandre en Ramuntcho, Mme Dux, grandiose Franchita) « leur succès a été un peu éclipsé par celui des pelotaris engagés spécialement et des cent musiciens de l'orchestre ».

Ce ne fut guère plus qu'un succès d'estime. La pièce eut vingt et une représentations (en alternance) pendant l'année 1908 — tandis que les deux autres principales créations de l'Odéon cette année-là *L'Apprentie*, de Gustave Geffroy, et *Parmi les pierres*, pièce à thèse de Sudermann, en avaient respectivement quarante-huit et cinquante-trois. Le texte de ce *Ramuntcho* théâtral fut publié dans la *Petite Illustration*, n° 85, du 21 mars 1908, avant d'être repris au tome XI des *Œuvres complètes*.

FILMS ET CHANSONS

Le cinéma s'est plusieurs fois intéressé à *Ramuntcho*. Une première adaptation, en 1918, due à Jacques de Baroncelli, avait pour interprètes René Lorsay et Yvonne Annie.

Au moins trois autres versions suivirent : celle de René Barberis (1938) avec Paul Cambo et Madeleine Ozeray et de brillants seconds rôles : Louis Jouvet en Itchoua et Françoise Rosay en Dolorès : à la fin, Gracieuse s'y voyait relevée de ses vœux et tout finissait donc « bien ». Max de Vaucorbeil reprenait cette fin postiche et ajoutait quelques stupidités de son cru pour donner du relief au *Mariage de Ramuntcho* en 1946. Gaby Sylvia et André Dassary en étaient les héros.

En 1959, Mijanou Bardot et François Guérin jouaient dans le *Ramuntcho* de Pierre Schoendorffer qui réalisait aussi cette année-là une adaptation de *Pêcheur d'Islande*.

Deux chansons utilisèrent le héros de Loti dans les années quarante : l'une, en 1944, paroles de Jacques Poterat, musique de Léo Vali, exaltait curieusement *Ramuntcho, contrebandier volage...* Extraite du film de Vaucorbeil, *Dans sa cabane couronnée...* eut plus de succès ; le texte en était de Jean Rodor et la musique de Vincent Scotto.

Nous sommes mal renseignés sur l'opéra *Ramuntcho* que le compositeur sicilien Stefano Donaudy (1879-1925) fit représenter au Teatro del Verme, à Milan, le 17 mars 1921. Il y avait quatre actes, et le livret était d'Alberto Donaudy, frère du musicien.

ÉLÉMENTS DE BIBLIOGRAPHIE

I. PRINCIPALES ÉDITIONS DE *RAMUNTCHO*

Ramuntcho, Calmann-Lévy, 1897, III-351 p. Edition originale.
Ramuntcho in *Œuvres complètes de Pierre Loti*, Calmann-Lévy, tome VIII, 1908.
Ramuntcho, Société du Livre d'art, III-249 p., 1908. Illustrations par H. A. Zo. Tiré à 130 exemplaires.
Ramuntcho, Lyon, Cercle lyonnais du livre, 1922, III-246 p. Illustrations par J. B. Vettiner. Tiré à 149 exemplaires.
Ramuntcho, Calmann-Lévy, 1923, III-351 p.

Depuis, le roman a connu de très nombreuses éditions, en particulier en deux domaines : éditions illustrées d'un luxe plus ou moins grand, éditions dans des collections pour la jeunesse.

II. ÉTUDES GÉNÉRALES CONSACRÉES À LOTI

BLANCH, Lesley : *Pierre Loti*, Seghers, 1986.
BUISINE, Alain : *Tombeau de Loti*, Aux Amateurs de livres, 1988.
FARRÈRE, Claude : *Loti*, Flammarion, 1930.
FLOTTES, Pierre : *Le drame intérieur de Pierre Loti*, Le Courrier littéraire, 1937.
LERNER, Michael G. : *Pierre Loti*, Twayne Publishers, New York, 1974.
LE TARGAT, François : *A la recherche de Pierre Loti*, Seghers, 1974.

MILLWARD, Keith G. : *L'œuvre de Pierre Loti et l'esprit « fin de siècle »*, Nizet, 1955.

QUELLA-VILLEGER, Alain : *Pierre Loti l'incompris*, Presses de la Renaissance, 1986.

TRAZ, Robert de : *Pierre Loti*, Hachette, 1948.

WAKE, Clive : *The Novels of Pierre Loti*, Mouton, Paris-La Haye, 1974.

Les *Cahiers Pierre Loti* ont paru de 1952 à 1979; leur a succédé depuis 1980 l'excellente *Revue Pierre Loti*.

III. ÉTUDES CONSACRÉES À *RAMUNTCHO* ET AU PAYS BASQUE

CUZACQ, R. : *Les écrivains du pays basque*, 1951.

DUHOURCAU, F. : Préface à Pierre Loti, *Pays basque, recueil d'impressions sur l'Euskalleria* (anthologie), Calmann-Lévy, 1930.

FAURE, Paul : *Méditation sur Loti*, Tours, 1921.

FLOTTES, Pierre : « Sur un manuscrit de Ramuntcho », *Revue d'Histoire littéraire de la France*, 1935, pp. 105-116.

FRIDERICH, Emmy : *Baskenland und Basken bei Pierre Loti*, Würzburg, 1934.

GIRAUD, Victor : « Esquisses contemporaines : Pierre Loti », *Revue des deux Mondes*, 1er juin 1907.

LEFEVRE, Raymonde : *En marge de Loti*, Jean Renard, 1944.

LE TANNEUR, Jacques : *A l'ombre des Platanes*, Bordeaux, 1932.

MOULIS, André : « Genèse de Ramuntcho », Toulouse, *Littératures*, XII, 1965.

— « Amours basques de Pierre Loti », Toulouse, *Littératures*, 1980, n° 2.

NOTES

Page 27

1. *Dédicace :* M. et Mme d'Abbadie habitaient près de Hendaye un « bizarre château » gothique dû à Viollet-le-Duc, rapporte A. Moulis (*Littératures*, 1980/2, p. 128, note 5). Loti les fréquenta régulièrement. Mme d'Abbadie était passablement excentrique, « toujours entourée d'étranges compagnons : un immense perroquet, un vieux cacatoès, deux aigles apprivoisés », sans compter son mari, « vieux savant très fin, astronome, géographe et archéologue ». R. Cuzacq montre Mme d'Abbadie portant « des robes dorées comme des chasubles espagnoles ».

Page 33

2. *mère :* dans son journal, à la date du 1er juillet 1895, Loti a collé la coupure d'un quotidien local. Sous le titre « Etat civil de Rochefort, du 28 au 30 juin 1895 », elle indique cinq naissances, dont la dernière est simplement « Raymond », souligné par Loti à l'encre rouge. Sur cette naissance et le « vrai » Ramuntcho, voir la préface.

3. Aucune théorie ne semble s'imposer sur l'origine de la langue basque, « seul vestige encore vivant des langues qui se parlaient dans l'Ouest de l'Europe avant l'arrivée des peuples de langue indo-européenne. Il n'est pas issu de l'ancien ibère [...] Il est apparenté aux langues caucasiques, et a sans doute été apporté dans nos régions par des immigrants venus d'Asie antérieure » *(*René Lafon, « La littérature basque », in *Histoire des littératures,* sous la direction

de Raymond Queneau, Encyclopédie de la Pléiade, t. III, pp. 1532-1533).

4. *Etchézar :* l'action de *Ramuntcho* évoque des lieux « réels », que Loti a systématiquement baptisés de noms fictifs : les villages de Sare et d'Ascain devenant Etchézar, le mont de la Rhune devenant la Gizune, etc. Il en profite pour renforcer parfois le caractère basque de l'onomastique : ainsi le col de Saint-Dominique deviendra Saint-Bitchentcho. Loti semble avoir craint que, s'il nommait exactement les lieux, le succès du roman y attirerait cette plaie, les touristes. Outre l'article de P. Flottes cité dans la notice, voir « La vérité des lieux dans *Ramuntcho* » in Raymonde Lefevre, *En marge de Loti.*

Page 35

5. *Variante : robes brodées de soie blanche.*

6. *Vierge du Pilar :* Au Ier siècle, la Vierge apparut à saint Jacques à Saragosse ; elle lui laissa en signe un pilier de jaspe, toujours conservé à l'église Notre-Dame del Pilar.

Page 48

7. *Var. : Accoudé au rebord.*

Page 53

8. *blaid :* sur ce mot, voir *infra* p. 64 et la note 10.

Page 62

9. *Trois heures :* tout le passage qui suit est transposé du *Journal* à la date du 15 août 1895. Voici le début : « Quand j'arrive à Ascain, c'est l'heure où finissent les vêpres chantées, c'est l'heure où sortent de l'église, dans un recueillement grave, tous les bérets de laine pareillement abaissés sur les figures rasées, sur les yeux un peu sombres, immobilisés dans le rêve des vieux temps.

C'est l'heure où vont commencer les jeux, les danses — la pelote et le fandango, tout cela traditionnel et immuable.

La lumière du jour commence à se faire plus dorée, on sent le soir venir. L'église, subitement vide, s'emplit de silence et les vieux ors des fonds commencent à briller plus mystérieusement, dans plus d'ombre et de solitude » (*in* A. Moulis, « Genèse de *Ramuntcho* », *Littérature* XII, Toulouse, 1965, p. 64).

Page 64

10. *rebot :* la pelote connaît deux grandes variétés de jeux : directs ou indirects. Les jeux directs sont les formes classiques, comme le *rebot :* les deux camps y échangent directement la balle (comme au tennis). Le *blaid,* apparu au XIXᵉ siècle, est un jeu indirect où la balle doit rebondir sur le mur avant d'être renvoyée. Voir J. Allières, *Les Basques,* P.U.F., 1979, p. 111.

Page 67

11. Dans la version théâtrale de *Ramuntcho* (1908), les annonces du crieur sont faites en langue basque, évidemment non traduites, ce qui devait renforcer singulièrement la « couleur locale ».

Page 72

12. *C'est tout :* ce passage (depuis « Oh! la tristesse des fins de fête... ») figure presque mot pour mot à la fin du long texte correspondant au 15 août 1895 dans le *Journal.* Voir Moulis, *op. cit.,* p. 66.

Page 74

13. *souples :* cette évocation du fandango reprend également le *Journal* à la date du 15 août 1895. Voir Moulis, *op. cit.,* pp. 64-65.

Page 80

14. *Saint-Damase :* c'est-à-dire le 11 décembre.

Page 82

15. *Var. :* un vrai froid cinglant.

Page 89

16. *Fontarabie :* tout cet épisode provient directement du *Journal,* où Loti conte une expédition à laquelle il prenait part. Nous en donnons quelques extraits, à la date du samedi 16 septembre 1893 : « Enfin nous voici, sans encombre, tout près de la rive espagnole, parmi les grandes barques de pêche qui dorment, amarrées, immobiles, devant la « marine » de Fontarabie. Nous nous baissons dans le canot, à moitié cachés, ne parlant plus, poussant du fond avec les rames pour faire moins de bruit.

Maintenant nous voilà tapis derrière une de ces grandes barques vides, à toucher la terre; c'est le point convenu, c'est ici que les camarades de l'autre rive devraient être pour nous recevoir...

Où donc sont-ils? Les premiers moments se passent dans une sorte de paroxysme d'attente et de guet qui double la puissance de l'ouïe et de la vue; les yeux dilatés et les oreilles tendues, nous attendons, dans le noir, sous la pluie fraîche qui tombe... Où sont-ils donc? L'heure est passée...

De longs moments s'écoulent dans cette immobilité et ce silence; peu à peu, une lassitude nous vient, comme un besoin de sommeil; si le lieu n'était pas si dangereux, nous dormirions sous l'ondée...

Alors Simon et Ramoncho tiennent conseil, tout bas, en basque. Puisqu'ils ne viennent pas, les autres, c'est eux qui vont y aller, jusqu'à la maison convenue, porter eux-mêmes les ballots de contrebande. C'est bien risqué, mais ils l'ont mis dans leur tête, et j'essaie en vain de les retenir » (Moulis, *op. cit.*, pp. 71-72). La suite, l'épisode de la barque à la dérive, se trouve raconté à la première personne par Loti.

Page 95

17. *singe* : cette évocation de l'*irrintzina* reprend un passage du *Journal* du 28 novembre 1892 : « Oh! ce cri inattendu, strident, déchirant, scandé d'une façon si sauvage au début, et puis allongé, allongé en glapissement d'hyène! Je ne me rappelle qu'un cri de Peau-Rouge m'ayant causé cette angoisse triste. Et cela me ramène à des époques préhistoriques, à des sensations et des frémissements d'âge de pierre » (Moulis, *op. cit.*, p. 51).

Page 100

18. *fraudeurs* : Loti avait les contrebandiers en « haute estime » et refusait de les condamner. Il lui arriva de demander à son amie Juliette Adam « d'intercéder en faveur du plus intéressant et du plus charmant des contrebandiers », ajoutant : « ceux qu'il faudrait punir, ce ne sont pas les naïfs qui s'exposent, mais les gros marchands qu'ils enrichissent » (cité par J. Le Tanneur, *A l'ombre des platanes,* Bordeaux, 1932, p. 66)

Page 101

19. *Var. : demi-grave, demi-moqueur*

Page 107

20. *la rive :* « sur la Bidassoa, rivière neutre, une barque peut stationner en toute quiétude, et n'est soumise à la juridiction espagnole ou française que lorsqu'elle aborde l'une ou l'autre rive » (J. Goux, *Le pays basque et ses contrebandiers*, Librairie Marie, Saint-Jean-de-Luz, 1946, p. 122). A la fin du paragraphe, *platuche* est un nom local de la plie.

Page 112

21. *Var. : Et elles riaient, ces petites, elles riaient ! Elles riaient parce que.*
22. *Alphonse XIII :* il naquit en 1886, après la mort de son père Alphonse XII et se trouva donc roi d'Espagne dès sa naissance. Sa mère, Marie-Christine, assura la régence.

Page 113

23. *Var. : se trouvant tout légers à présent et plus lestes.*

Page 119

24. *Arrochkoa :* le récit de cette excursion se trouve, à peu près identique, dans le *Journal*, le 16 avril 1893. Loti voyage avec Joseph Brahy, son ordonnance sur le *Javelot*, et vont jusqu'à Bidarray (ici Erribiague), village natal du matelot : « Au cabaret de l'auberge, il y a deux vieux basques attablés, en costume d'autrefois. Brahy ne se tient pas de leur demander s'ils ont connu [le vieux Brahy, qui était douanier].

« — Ah ! vous êtes son fils, pour sûr ! » dit le vieux.

En effet, Joseph ressemble étrangement à son père.

« Si je m'en souviens, de votre père ! Il m'a pris au moins trente ballots de marchandise ! Tenez, touchez-moi la main tout de même ! » Et le vieux contrebandier, qui est un grand chef de bande, serre les deux mains de Joseph avec effusion, sans rancune pour son père ». (Moulis, *op. cit.*, p. 60). On note le gonflement du nombre de ballots dans le roman.

Page 121

25. *Maintenant :* les pages qui suivent proviennent du *Journal* et s'y enchaînent à celles citées à la note précédente : « *Bidarray, lundi 17 avril.* — Nous nous réveillons, Brahy et moi, à moitié étouffés l'un

contre l'autre, dans l'unique petit lit de l'unique petite chambre [...]
Nous ouvrons les vieux auvents, alors c'est un enchantement
de lumière. Dehors, le printemps resplendit... » (Moulis, *op. cit.* ;
p. 60).

Page 123

26. *dix-huit ans blonds :* ce paragraphe est la transcription presque
littérale du *Journal,* toujours au 17 avril. Loti parle de Joseph
Brahy : « Dans son ravissement d'être là, ses instincts de chasseur et
de sauvage réapparaissent ; il saute, détruit, brise, arrache des
herbes et des fleurs ; s'inquiète surtout de tout ce qui remue dans les
feuillages si verts, des lézards qu'on pourrait attraper, des oiseaux
qu'on pourrait dénicher, et des belles truites qui nagent dans l'eau
claire... Il saute, il saute ; il voudrait des lignes pour pêcher, des
fusils, des bâtons ; vraiment, il se révèle un peu sauvage, dans la
splendeur de ses robustes vingt-quatre ans blonds... » (Moulis, *op.
cit.,* p. 61).

Page 130

27. *Var. : encore garnir.*

Page 131

28. *20 avril :* dans le *Journal* où cet épisode se trouve presque
textuellement, c'est le retour de l'excursion avec Joseph Brahy, soit
le 17 avril.

Page 148

29. *trois ans ·* au lieu de cinq ans dans les autres corps.

Page 155

30. *obstinée :* dans la version théâtrale, à l'acte II, 2ᵉ tableau,
Arrochkoa surveille, discret mais efficace, cette scène d'adieux, et y
met un terme.

Page 157

31. *Celle :* la majuscule surprend, mais elle donne à Franchita en
larmes la dimension d'une véritable Vierge de *Stabat Mater.*

Page 161

32. Dans le manuscrit, ce paragraphe final terminait le chapitre XXVI (à la suite de « *le chemin de fer passe...*, p. 157). En le plaçant ici, Loti permet que la première partie s'achève sur le départ du héros, plutôt que sur la dispute des mères.

Page 164

33. *militaire :* dans la version théâtrale, l' « île australe » ici anonyme est nommée : c'est Madagascar. Franchita se fait relire une lettre de Ramuntcho, datée « *Tamatave, le 2 octobre* ». Il y exprime son désespoir devant la trahison de Gracieuse : « J'aurais mieux aimé qu'elle fût morte, et trouver sa tombe dans notre petit cimetière ; car j'aurais acheté la terre à côté pour qu'on y creuse la mienne. Me trahir pour entrer en religion comme elle a fait, est pire, car à présent je ne l'aime même plus » (IV, 1).

Page 195

34. *n'interrogea plus :* ici, le texte de la pièce diffère sensiblement du roman. Franchita refuse de parler — mais se justifie longuement : « C'est son sang à lui qui a causé ton plus grand malheur... Les hommes de ce monde-là souffrent plus que nous autres, vois-tu [...] J'ai cherché à te préserver de lui, parce que je m'étais perdue à son contact, comme ces pauvres moucherons, tu sais, qui viennent, le soir, se jeter dans la flamme de la lampe... Il a arraché de mon âme l'espérance... Tu n'es pas pareil à lui, et tu n'es pas non plus pareil à nous [...] J'ai eu une autre raison, peut-être, une raison d'égoïste, pour ramener si vite mon enfant à Etchézar : te garder plus à moi, mon fils, te maintenir des nôtres, de notre race » (*Œuvres complètes*, t. XI, pp. 398-399).

Page 202

35. *exécution dédaigneuse :* il y a plus de violence chez Ramuntcho dans la pièce. Il monologue : « ... Je fais connaissance avec un beau monsieur, là... qui avait ma figure, tiens, c'est vrai !... Un beau monsieur, au caprice de qui je dois le malheur de vivre ! *(Il jette avec violence le portrait dans le feu, puis retourne le coffret sur la table, froisse et brûle les dernières lettres)* Fini à présent !... Votre trace, bien perdue, mon père... » (*Ibid.*, p. 400).

Page 204

36. Toute la fin du chapitre provient du *Journal*, à la date du 15 juin 1893, où Loti raconte « une grande expédition de contrebande » organisée par Otharré Borda.

Page 209

37. Sur la Régente, voir note 22. Loti gonfle dans le roman la somme d'argent : le *Journal* indique : « le trésor de la Reine Régente est frustré ce soir d'environ 600 F de droits » (Moulis, *op. cit.*, p. 69).

Page 229

38. Loti reprend ici le récit de son *Journal* (Moulis, *op. cit.*, p. 75.) à la date du 28 août 1893. Il y accompagne au couvent de Méharin Otharré qui rend visite à sa sœur. La comparaison des deux textes est d'autant plus frappante que la sœur d'Otharré se prénommait Gracieuse et, en religion, sœur Marie-Angélique...

Page 233

39. *Var. : les boiseries frêles.*

Page 235

40. *rainette :* ici encore, Loti recopie presque littéralement les pages de son *Journal* du 28 août 1893. Mais il élimine une comparaison qui serait déplacée dans un roman dépourvu d'allusions à une culture « savante ». Dans le *Journal*, Gracieuse « ressemble à une jeune sainte de quelque tableau des Primitifs ». (Moulis, *op. cit.*, p. 76).

Page 242

41. *long voyage :* malgré le caractère impersonnel de ces mots, il n'est pas impossible qu'ils aient, pour Loti, valeur très intime. En effet, Gracieuse dans le *Journal* ne dit rien de tel : ni Otharré ni Loti ne partent pour un « long voyage ». Mais ce sont les mots mêmes que Crucita dit à Loti au terme de leur première entrevue, le 25 décembre 1893 : « Je prierai la sainte Vierge, dit-elle, pour qu'elle vous accompagne dans votre grand voyage. » Il s'agit du grand voyage de Loti en Terre sainte au début de 1894. Gracieuse dit donc les paroles de Crucita : fiction et vérité s'entremêlent absolument.

Page 243

42. *solitaire :* Loti a sensiblement modifié cette scène dans la version théâtrale. La tension dans le roman tient au silence presque total des protagonistes, qui eût transformé la pièce en pantomime. Au théâtre, donc, Ramuntcho expose en détail le projet d'enlèvement : « Projets d'enfant » dit la Mère supérieure, à quoi le jeune homme réplique : « Oh ! non, projets d'homme ». La Supérieure donne à Gracieuse les clefs du couvent, qu'elle reconduise seule les deux jeunes gens. Elle ne veut pas, terrifiée de cette liberté possible, de cette épreuve. On la pousse. Attente, prière des sœurs. On entend, dehors, la voiture qui s'ébranle. Gracieuse rentre en courant et s'écroule au pied de la statue de la Vierge.

Page 245.

43. *unica :* cette prière au sens ici douloureux semble avoir hanté Loti. Non seulement elle paraît quatre fois dans ce dernier chapitre, mais elle se trouve en épigraphe au chapitre I de *Jérusalem,* paru en 1895, au moment où il rédigeait *Ramuntcho.*

DU MÊME AUTEUR

dans la même collection

COLLECTION FOLIO

Impression Bussière
à Saint-Amand (Cher),
le 13 mai 2008.
Dépôt légal : mai 2008.
1ᵉʳ dépôt légal dans la collection : décembre 1989.
Numéro d'imprimeur : 081635/1.
ISBN 978-2-07-038214-9./Imprimé en France.